U0045471

古典詩歌研究彙刊

第二二輯

龔鵬程 主編

第5冊

《二十四詩品》之詩論研究（上）

李鴻玟 著

國家圖書館出版品預行編目資料

《二十四詩品》之詩論研究(上)/李鴻玟 著 — 初版 — 新北市：
花木蘭文化事業有限公司，2017〔民106〕
目 4+180 面；17×24 公分
(古典詩歌研究彙刊 第二二輯；第5冊)
ISBN 978-986-485-116-4(精裝)
1. 唐詩 2. 詩評
820.91 106013426

ISBN-978-986-485-116-4

古典詩歌研究彙刊
第二二輯 第五冊 ISBN：978-986-485-116-4

《二十四詩品》之詩論研究(上)

作　　者　李鴻玟
主　　編　龔鵬程
總 編 輯　杜潔祥
副總編輯　楊嘉樂
編　　輯　許郁翎、王筑　美術編輯　陳逸婷
出　　版　花木蘭文化事業有限公司
社　　長　高小娟
聯絡地址　235 新北市中和區中安街七二號十三樓
　　　　　電話：02-2923-1455／傳眞：02-2923-1452
網　　址　http://www.huamulan.tw 信箱 hml 810518@gmail.com
印　　刷　普羅文化出版廣告事業
初　　版　2017年9月
全書字數　332552字
定　　價　第二二輯共14冊(精裝)新台幣22,000元　

《二十四詩品》之詩論研究（上）

李鴻玟 著

作者簡介

李鴻玟，台灣省台中市人。國立中興大學中國文學系學士、碩士，臺北市立教育大學中國語文學系博士。著有《二十四詩品之詩論研究》、《東坡詞之美感探賾》，及單篇論文〈光風霽月——周濂溪「孔顏樂處」思想之詮釋〉、〈妙在象外——論嵇康詩「目送歸鴻，手揮五絃」之審美意蘊〉、〈周濟詞情探論〉等。致力於中國文學與美感教育的教學與研究。

提　　要

本論文乃試圖以完整的文學理論架構研究《二十四詩品》，因此分別從「創作論」、「鑑賞論」、「文體論」等三個面向來分析、論述。其中，「創作論」的部分又可再細論出「靈感論」、「表現論」、「形神論」、「主客合一論」。「鑑賞論」則可再分析爲「知音論」、「審美論」、「神韻論」。「文體論」的部分則遵照《二十四詩品》原文的標題、排序來探賾每一品的美感意蘊。除運用文學的理論外，本論文也兼採西方美學的觀念，包括康德（Kant）的「美的分析」、克羅齊（Croce）的「形象直覺」、新批評的「精品細讀」、接受美學的「讀者參與」等，來進行《二十四詩品》的文本分析。理論研究的過程中與成果上，不論是「創作論」、「鑑賞論」、「文體論」等，最終皆以中國詩學發展的歷史脈絡來作爲研究成果的檢驗，以期使本論文的研究更爲嚴謹、客觀。

目次

上冊

第一章　緒　論

第一節　研究動機

目前雖然還不能確定《二十四詩品》的作者爲誰，但終究不能抹煞的是《二十四詩品》在中國詩學史上確實有其深遠的影響力。倘《二十四詩品》的原著者爲晚唐・司空圖，那麼《二十四詩品》在「總結唐家一代詩」〔註1〕上，便眞具有很重要的歷史意義。據《全唐詩》記載有唐一代的詩歌創作量約有四萬八千九百餘首，作者二千二百餘人。〔註2〕不僅布衣、童子、緇衣、羽客等無不有詩，甚且庶民、老嫗也都能解詩。所以「詩」在唐代大放異彩，可說是唐代極爲普遍的文娛活動。大量詩歌創作的情形下，指導詩歌創作的詩學理論自然應運而生。中唐至五代期間，陸續產生許多指導詩歌創作的著作，雖然它們多以「詩式」、「詩格」等命名，但傳統多

〔註1〕清・楊深秀〈仿元遺山論詩絕句五十首〉曾云：「墜笏朝堂爲失儀，吟成廿四品尤奇。王官谷裡唐遺老，總結唐家一代詩。」見（唐）司空圖著，郭紹虞集解《詩品集解・續詩品注》（北京：人民文學出版社，2006），頁80。

〔註2〕清・聖祖玄燁〈御製全唐詩序〉即云：「得詩四萬八千九百餘首，凡二千二百餘人」。見（清）曹寅刻《全唐詩》（上海：上海古籍出版社，1996），頁2。

認爲《二十四詩品》便是在這樣的時代氛圍下所產生的著作。另外，倘《二十四詩品》的作者不是司空圖，也不能就此忽視《二十四詩品》「深得詩家三昧」〔註3〕的影響力。因爲，很明顯清代王士禎的「神韻說」、袁枚的「性靈說」，皆深受《二十四詩品》的影響。就寫作的形式而言，袁枚《續詩品》、郭麐《詞品》、江順貽《補詞品》、顧翰之《補詩品》、曾紀澤《演司空表聖詩品二十四首》、馬榮祖《文頌》、許奉恩《文品》、魏謙升《賦品》、楊伯夔《續詞品》等文藝品評著作，也都是仿《二十四詩品》而作。

《二十四詩品》僅以二十四首的四言古詩組成，卻潛藏如此深遠的影響，實爲中國文藝史上的奇葩。然而，要想清楚理解《二十四詩品》的詩學內涵並不是一件容易的事。清・林昌彝《海天琴思錄》便指出：

> 詩之品何止二十四？況廿四品中相似者甚多。〔註4〕

的確，唐代詩歌的創作量如此龐大，怎麼會只有二十四品的風格而已？甚且，這二十四品又有不少性質相似，難以區分者。其次，就文本的閱讀、理解而言，也非易事。錢鍾書即云：

> 司空表聖《詩品》，理不勝詞；藻采洵應接不暇，意旨多梗塞難通，祇宜視爲佳詩，不求甚解而吟賞之。〔註5〕

之所以「藻采洵應接不暇，意旨多梗塞難通」，實肇因於《二十四詩品》特殊的書寫形式。僅以四言十二句的形式書寫，卻欲將深奧、微妙的詩理論述清楚，本來就有其困難。此外，審美的「形象語言」與說明的「邏輯語言」相互夾雜，也是導致不容易閱讀、理解的因素。

從事《二十四詩品》研究固然必須面對文本諸多複雜的問題，但

〔註3〕清・尤桐《艮齋續說》曾云：「司空圖在唐末不以詩名，而其詩品二十四則深得詩家三昧。」見江國貞著《司空表聖研究》（臺北：文津出版社，1985），頁135。

〔註4〕見蕭水順著《從鍾嶸詩品到司空圖詩品》（臺北：文史哲出版社，1993），頁246。

〔註5〕見錢鍾書著《談藝錄》（補訂本）（臺北：藍燈文化事業股份有限公司，1987），頁371。

值得慶幸的是隨著時代的進步，人類對文學、藝術的理解也不斷在精進。其中，作爲理解藝術知識的「美學」，便是得以窺探文學奧妙的學問。「美學」自古希臘羅馬算起，已有二千五百多年的歷史，然而作爲一門獨立研究的學科，則始於十八世紀中葉的德國，距今只有二百多年歷史。雖然還是一門年輕的學科，但「美學」卻有著相當豐碩的研究成果。康德（Kant，1724～1804）與黑格爾（Hegel，1770～1831）的美學標誌著古典美學的完成。十九世紀中葉以後，叔本華（Schopenhauer，1788～1860）與尼采（Neitzsche，1844～1900）倡導經驗美學，則造成古典美學向現代美學的轉變。二十世紀的美學更是空前的蓬勃發展，出現許多學術流派。人們對「美」既有深刻的認識與領悟，自然也就影響到文學理論的發展。楊冬在《文學理論：從柏拉圖到德里達》一書的〈序言〉中即表示：

> 自喬治・聖茨伯利的《歐洲批評和文學趣味史》（History of Criticism and Literary Taste in Europe，1900～1904）問世以來，西方文論史研究已經走過了一個世紀的艱難歷程。尤其是上世紀五〇年代之後，隨著當代西方文學理論的日趨活躍，文論史研究更是取得了長足的進步。〔註6〕

職是，在前人博學覃思的累積成果下，從「文藝美學」的角度來研究《二十四詩品》的詩論，可說是返回到文學的藝術本質面來看問題。依此，將可深入的抉微出《二十四詩品》所涵融的詩學理論與審美韻致。相對的，《二十四詩品》在透過現代文學理論與美學理論的解析後，也將使西方學者更瞭解中國詩學，使中國文藝史上的奇葩能向世界文學散發其悠遠的芬芳。此即本論文研究《二十四詩品》的動機。

第二節 文獻探討

有關《二十四詩品》作者的問題，恐怕是近年來研究《二十四詩

〔註6〕見楊冬著《文學理論：從柏拉圖到德里達》（北京：北京大學出版社，2009），頁7。

品》者最棘手的問題。早在清代，翁方綱與潘德輿便分別在他們的詩論中對司空圖詩作與詩論不相配稱的問題感到懷疑。〔註7〕但直至一九九四年，陳尚君、汪涌豪合撰〈司空圖二十四詩品辨僞〉一文，始大膽提出《二十四詩品》非司空圖所著的諸項疑點與證據。〔註8〕此文一出，也隨即引爆了反對者與贊成者之間多年來的文筆爭論。

在〈司空圖二十四詩品辨僞〉一文中，陳尚君、汪涌豪指出《二十四詩品》其實是明末人從《詩家一指》的〈二十四品〉析出後，僞署晚唐・司空圖所著，而流行於世的作品。因此，《詩家一指》的作者明景泰間嘉興人懷悅，便可能是《二十四詩品》的原作者。此後，張健也發表〈詩家一指的產生時代與作者——兼論二十四品詩作者問題〉一文，贊同陳、汪之說，以《二十四詩品》非司空圖所著，但卻修正了以明・懷悅爲《詩家一指》和《二十四詩品》作者的錯誤觀點。理由是《詩家一指》在明初・趙撝謙的《學範》中便曾引用過，所以明景泰間人懷悅不可能是《詩家一指》的作者。進一步，張健指出比起《詩家一指》更近於原貌的版本是《虞侍書詩法》，因此認爲《詩家一指》及《二十四詩品》的可能作者是元・虞集。〔註9〕

明・懷悅〈書詩家一指後〉曾云：

> 余生酷好吟詠，然學未能。……一旦偶獲是編，……日閱數四，稍覺有進。今不敢匿，命工繡梓，與四方學者共之，

〔註7〕清・翁方綱《石州詩話》云：「司空表聖在晚唐中，卓然自命，且論詩亦入超詣。而其所作，全無高韻，與其評詩之語，竟不相似。此誠不可解。《二十四品》眞有妙語，而其自編《一鳴集》，所謂『撐霆裂月』者，竟不知何在也。」見郭紹虞編選，富壽蓀校點《清詩話續編》（臺北：木鐸出版社，1983），頁1395。清・潘德輿《養一齋詩話》云：「愚謂表盛善論詩，而自作不逮」見郭紹虞編選，富壽蓀校點《清詩話續編》（臺北：木鐸出版社，1983），頁2073。

〔註8〕參見陳尚君、汪涌豪著〈司空圖二十四詩品辨僞〉，《中國古籍研究》第1卷（上海：上海古籍出版社，1996），頁39～73。

〔註9〕參見張健著〈詩家一指的產生時代與作者——兼論二十四品詩作者問題〉，《北京大學學報》（哲學社會科學版）第5期（北京：北京大學，1955），頁38。

> 庶亦吟社中之一助耳。〔註10〕

是故，懷悅爲《詩家一指》的刊行者而非作者的歷史事實，可以確認無疑。然而，針對元・虞集爲《二十四詩品》作者的問題，祖保泉、陶禮天合撰〈詩家一指與二十四詩品作者問題〉一文，則認爲《虞侍書詩法》是僞託之作。書的名稱原來可能是「詩法」或「詩家一指」，乃因坊間書商爲了賣書牟利，於是在虞集去世後，假虞集「侍書」的高官頭銜，而變更成《虞侍書詩法》一書。然而，這樣的說法並沒有直接的證據可供證實。另外，呂正惠將《虞侍書詩法》與《詩家一指》仔細對校，從而認爲《虞侍書詩法》雖爲殘本，卻是出自一人之手，並且〈二十四品〉爲其有機的一部分。但《二十四詩品》的作者究竟爲誰？呂正惠表示目前仍未知，只能斷定是元人，而不可能是司空圖。〔註11〕

就版本流傳的問題而言，陳、汪一文指出，現今所能看到最早明確說到司空圖作《二十四詩品》文字的是明末人鄭鄤的《峚陽草堂文集》，其次則是同爲明末人費經虞的《雅輪》。此外，明代所刊刻的《二十四詩品》也是現今所知最早的刊本，其版本有三，分別是：吳永輯的《續百川學海》本，毛晉輯的《津逮秘書》本，宛委山堂刊刻的《說郛》本。〔註12〕然而，祖保泉卻辯駁云：

> 唐末司空圖撰成之後，宋蘇軾就讀過《詩品》；元代有《虞侍書詩法》中的「二十四品」流傳於世；明初至萬曆以前，除趙撝謙《學範》引用《一指》外，尚有三種「二十四詩品」夾在《一指》中存世（成化二年的懷悅本、成化十六年的楊成本、嘉靖二十四年的黃省曾本）；再加上署名范德機的「萬曆」本、明末的《津逮》本、《說郛》本。〔註13〕

〔註10〕見祖保泉著《司空圖詩文研究》（合肥：安徽教育出版社，1999），頁79。

〔註11〕參見呂正惠著〈從詩家一指的原貌論二十四詩品非司空圖撰〉，《淡江中文學報》第16期（臺北：淡江大學中文系，2007），頁99。

〔註12〕參見陳尚君、汪湧豪著〈司空圖二十四詩品辨僞〉，《中國古籍研究》第1卷（上海：上海古籍出版社，1996），頁48～49。

〔註13〕見祖保泉著〈再論二十四詩品作者問題〉，《江淮論壇》第1期（合

祖保泉、陶禮天並且認爲《詩家一指》乃抄錄《虞侍書詩法》，但卻不抄錄《虞侍書詩法》中有訛漏的《二十四詩品》原文，而是另覓底本擇善抄錄。所以《詩家一指》可說是保存了可讀性較好的《二十四詩品》讀本，爲通行的《津逮秘書》本找到了前身。〔註 14〕元代有《虞侍書詩法》中的〈二十四品〉流傳於世，因此《二十四詩品》已非陳、汪二人所論，是出於明人之手。但歷史的眞相是否如祖、陶二人所述，《二十四詩品》在司空圖撰成後，幾經流傳，而有數種版本存世的可能，則尚待進一步舉證。

綜上所述，可以發現《二十四詩品》在元、明兩代皆有流傳的版本可尋。然而宋代的情形又如何呢？趙福壇認爲宋．陳振孫《直齋書錄解題》中曾云：「詩格尤非晚唐諸子所可望也。」〔註 15〕其中，「詩格」一語，指的便是《二十四詩品》。由此，趙福壇認爲有宋一朝，不止蘇軾一人見過《二十四詩品》，進而可證《二十四詩品》乃出自司空圖之手。陳尚君對此表示，唐宋人講「詩格」可以指詩學著作而言，也可以指詩歌的氣格、格調而言。但即使陳振孫「詩格」一語指的是詩學著作，也不應當指的是《二十四詩品》，因爲張伯偉編《全唐五代詩格校考》一書時，即以《二十四詩品》非詩格之作，所以該書不予收錄。〔註 16〕另外，倘有宋一代，不止蘇軾一人見過《二十四詩品》，那麼將更不容易駁難陳、汪一文所提出的質疑：爲什麼宋代的公私書志不著錄此書？爲什麼宋人的書目未稱引此書？甚且，司空圖的詩論觀點在大文豪蘇軾的稱引後，宋朝人也多有再稱引者，怎麼會沒有人進一步去討論《二十四詩品》呢？〔註 17〕

肥：安徽省社會科學院，1997），頁 93。

〔註 14〕參見祖保泉、陶禮天著〈詩家一指與二十四詩品作者問題〉，《安徽師大學報》第 1 期（蕪湖：安徽師範大學，1996），頁 92。

〔註 15〕見（宋）陳振孫撰，徐小蠻、顧美華點校《直齋書錄解題》（上海：上海古籍出版社，1987），頁 485。

〔註 16〕參見陳尚君著〈二十四詩品眞僞之爭與唐代文獻考據方法〉，《漢唐文學與文獻論考》（上海：上海古籍出版社，2008），頁 187。

〔註 17〕宋人稱引蘇軾讚揚司空圖詩論之語者，如：任舟《古今總類詩話》云：

比宋・陳振孫「詩格」一語更接近指涉《二十四詩品》者，為蘇軾〈書黃子思詩集後〉中「二十四韻」一語。蘇軾〈書黃子思詩集後〉云：

> 唐末司空圖，崎嶇兵亂之間，而詩文高雅，猶有承平之遺風。其論詩曰：「梅止于酸，鹽止于鹹。」飲食不可以無鹽梅，而其美常在鹹酸之外。蓋自列其詩之有得于文字之表者二十四韻，恨當時不識其妙。予三復其言而悲之。〔註18〕

蘇軾到底有沒有讀過《二十四詩品》呢？陳尚君、汪涌豪持否定意見。因為，蘇軾所謂「自列其詩之有得於文字之表者二十四韻」，陳、汪一文認為「有得於文字之表」是「其詩」的定語，故此句可簡作「自列其詩二十四韻」。「列」者，羅列之義，「其詩」則明顯指司空圖本人的詩。所以，〈書黃子思詩集後〉中的「二十四韻」者，陳、汪二人認為非指《二十四詩品》，而是指〈與李生論詩書〉中，司空圖列舉符合自己論詩見解的「二十四聯」詩句。此外，宋・洪邁《容齋隨筆》云：

> 予讀表聖《一鳴集》，有〈與李生論詩〉一書，乃正坡公所言者……。〔註19〕

如此看來，陳、汪二人認為蘇軾所謂「二十四韻」即指〈與李生論詩書〉中「二十四聯」詩句的可能性就更大了。與陳、汪二人的意見相反，祖、陶一文認為〈書黃子思詩集後〉中的「二十四韻」即謂二十四首詩，並且是每首從一個韻部中選字押韻的詩。此外，「韻」唐宋

「東坡云司空表聖自論其詩以為得味於味外」見陳尚君、汪涌豪著〈司空圖二十四詩品辨偽〉，《中國古籍研究》第1卷（上海：上海古籍出版社，1996），頁15。陳振孫《直齋書錄解題》云：「其論詩以『梅止於酸，鹽止於鹹；鹹酸之外，醇美乏焉』，東坡常以為名言。」見（宋）陳振孫撰，徐小蠻、顧美華點校《直齋書錄解題》（上海：上海古籍出版社，1987），頁485。洪邁《容齋隨筆》云：「予讀表聖《一鳴集》，有〈與李生論詩〉一書，乃正坡公所言者……。」見（宋）洪邁著《容齋隨筆》（上海：上海古籍出版社，1987），頁183。

〔註18〕見（宋）蘇軾著，傅成穆儔標點《蘇軾全集》（上海：上海古籍出版社，2000），頁2133。

〔註19〕見（宋）洪邁著《容齋隨筆》（上海：上海古籍出版社，1987），頁183。

詩人通常指的就是「韻腳」或「韻部」。所以，這「二十四首詩」指的便是《二十四詩品》。另外，就文法而言，祖、陶二人以「詩之有得於文字之表者」爲一定語，它限定了「二十四韻」的特性，即是在於對「品韻」或「味外之旨」的體會。祖保泉、陶禮天指出：

> 正因古體詩、近體詩聯與聯之間押韻，這才可以說「一聯爲一韻。如果聯與聯之間不押韻，那就不成其爲詩，也便不能說「一聯爲一韻」。〔註20〕

〈與李生論詩書〉中司空圖自列的二十四聯詩句，聯與聯之間確實不押韻，因此陳、汪一文所謂「二十四聯」詩句之說並不能成立。然而，此屬界定用詞上的後出問題，仍不能完全駁倒「二十四韻」即是〈與李生論詩書〉中司空圖自列其詩的可能性。此後，陳尚君著〈二十四詩品眞僞之爭與唐代文獻考據方法〉一文，便明顯更改「二十四聯」詩句爲「二十四例」詩句。在該文中，陳尚君也回應「韻」字固然可指一首詩而言，如此「二十四韻」便是指由二十四篇四言韻語所組成的《二十四詩品》，但就詩歌押韻方式的術語而言，古詩中大量與數字相連的作爲量詞的「韻」，都僅指的是詩中兩句之末押一次韻，即兩句押一韻之意。職是，就押韻與文法而言，都很難斷定蘇軾所謂「二十四韻」究竟指的是《二十四詩品》，還是〈與李生論詩書〉中「二十四例」詩句。如此，蘇軾是否眞有閱讀過《二十四詩品》，幾乎成了歷史懸案。又以目前未能見到《二十四詩品》被宋人著錄的情況來看，恐怕一時也很難說《二十四詩品》曾在有宋一朝存在過。

職此，《二十四詩品》是否爲司空圖的著作，在新材料尚未出現以前，實在難有定論。司空圖著作中《司空表聖文集》十卷，留存至今，且宋・陳振孫《直齋書錄解題》云：「但有雜著，無詩」〔註21〕。因此，作爲一篇四言十二句古詩的《二十四詩品》不可能是《司空表

〔註20〕祖保泉、陶禮天〈詩家一指與二十四詩品作者問題〉，《安徽師大學報》第1期（蕪湖：安徽師範大學，1996），頁95。

〔註21〕見（宋）陳振孫撰，徐小蠻、顧美華點校《直齋書錄解題》（上海：上海古籍出版社，1987），頁485。

聖文集》中的一篇作品。但司空圖另有《一鳴集》三十卷及《司空表聖集》十卷皆在宋以後失傳了。宋人中洪邁曾是閱讀過司空圖《一鳴集》的人，若《二十四詩品》眞是《一鳴集》中的一部份作品，那麼洪邁所謂「乃正坡公所言者」，爲什麼不直接點明就是《二十四詩品》？卻反而只說「有〈與李生論詩〉一書」呢？《司空表聖集》十卷，《直齋書錄解題》云：「別有全集，此集皆詩也。」〔註 22〕。因此，如果《二十四詩品》是司空圖失傳的作品之一，那麼其屬《司空表聖集》的可能性最大。由於《一鳴集》三十卷與《司空表聖集》十卷尚未有出土的發現，所以部分學者仍傾向將《二十四詩品》的著作權歸於司空圖。但即便如此，仍然很難合理化《二十四詩品》爲什麼曾經存在過兩宋，甚至是晚唐等歷史問題。因爲任何研究《二十四詩品》的學者都不能不正視現存的文獻資料中，宋代的公私書志爲什麼不曾著錄或稱引《二十四詩品》？又五代至元有關司空圖的傳記，爲什麼沒有記載司空圖著有《二十四詩品》一書？〔註 23〕

目前有關《二十四詩品》作者的問題，明・懷悅已公認不是《二十四詩品》的作者。元・虞集與晚唐・司空圖則皆有待歷史文獻的進一步論證。雖然《二十四詩品》的作者問題懸而未決，但有關《二十四詩品》的研究，卻未因此而束諸高閣。蕭馳即認爲：

> 由於陳、汪懸置了《二十四詩品》之著作權，也就拆解了傳統研究從作者生平、思想到文本的思路，這就把研究者的詮釋視野逼向更爲廣闊的背景，逼向產生《二十四詩品》的思想文化和詩歌藝術作風的歷史土壤。而這樣的新視野，《二十四詩品》對於中國詩歌藝術和詩學的重大意義更得以眞正確立。〔註 24〕

〔註 22〕見（宋）陳振孫撰，徐小蠻、顧美華點校《直齋書錄解題》（上海：上海古籍出版社，1987），頁 574。

〔註 23〕參見陳尚君、汪湧豪著〈司空圖二十四詩品辨僞〉，《中國古籍研究》第 1 卷（上海：上海古籍出版社，1996），頁 44。

〔註 24〕見蕭馳著〈玄、禪觀念之交接與二十四詩品〉，《中國文哲研究集刊》第 24 期（臺北：中國文哲研究集刊，2004），頁 1。

職是，懸置《二十四詩品》的作者問題，即是本論文的研究立場，而將研究的觸角深入到《二十四詩品》所可能產生的思想背景、藝術條件、詩話用語等歷史土壤，正是本論文所要努力開拓的新視野。

第三節　前賢研究成果綜述

在清代的研究成果中，孫聯奎《詩品臆說・附注》曾云：

> 總通編言：〈雄渾〉爲〈流動〉之端，〈流動〉爲〈雄渾〉之符。中間諸品則皆〈雄渾〉之所生也，〈流動〉之所行也。不求其端，而但期〈流動〉，其文與詩，有不落空滑者幾希。一篇文字，亦似小天地，人亦載要其端可矣。〔註25〕

「雄渾」與「流動」分據首尾，一爲之端，一爲之符，有相互照應的作用，其它二十二品則分別與它們有派生和運行的關係。職是，《二十四詩品》儼然具有一完整、嚴密的結構。其中「不求其端，而但期〈流動〉」一語，又點明《二十四詩品》帶有指導文學創作的濃厚含意。另外，楊廷芝《二十四詩品淺解》云：

> 二十四目，前後平分兩段，一則言在箇中，一則神游象外。首以〈雄渾〉起，統冒諸品，是無極而太極也。〈雄渾〉有從物之未生處說者，〈沖淡〉是也。有從物之已生處說者，〈纖穠〉是也。……《詩品》所爲，以〈雄渾〉起，以〈流動〉結也。然則二十四品，固以〈精神〉爲關鍵，以〈沖淡〉〈纖穠〉〈縝密〉等項爲對待，以〈自然〉〈實境〉爲流行，渾分兩宜，至詳且盡，其殆有增之不得、減之不得者與？〔註26〕

與孫聯奎一般，楊廷芝也首重「雄渾」一品，並以《周易》「無極而太極」的觀念來解釋《二十四詩品》的生成與關係。如此，同樣是將

〔註25〕見（清）孫聯奎、楊廷芝著，孫昌膝、劉淦校點《司空圖詩品解說二種》（濟南：齊魯書社，1980），頁47。

〔註26〕見（清）孫聯奎、楊廷芝著，孫昌膝、劉淦校點《司空圖詩品解說二種》（濟南：齊魯書社，1980），頁122～123。

《二十四詩品》看成是一自足完整、關係緊密的體系。與孫聯奎、楊廷芝看法不同，楊振綱〈瑣言二則・一〉云：

> 《詩品》者，品詩也。本屬錯舉，原無次第。然細按之，卻有脈絡可尋，故綴數言，繫之篇首。雖無當於作者之意，庶有裨於學者之心。〔註27〕

楊振綱從鑑賞者的角度解讀《二十四詩品》，所以認爲「《詩品》者，品詩也」，並且否認二十四品間有一定的次第關係，「雄渾」也不具有派生或統冒諸品的地位。然而，明知不符合《二十四詩品》作者的原意，卻基於助益後學的考量，楊振綱仍舊爲二十四品建構出一相聯繫的體系論。

顯然的，《二十四詩品》的體系與偏重哪一品等問題，其實都是後人所附加上去的。祖保泉對孫聯奎的體系論即表示：

> 從這幾句話看來，孫氏似乎看出《詩品》有什麼體系。其實呢，他只說了些玄妙莫測的話，並沒有說出任何具體的理由。如果有誰要問：爲什麼中間諸品如「沖淡」、「纖穠」等都是「雄渾之所生」，「流動之所行」呢？它們爲什麼按照那樣的順序排列呢？顯然，這在孫氏的話裡，是找不到答案的。因此，我們說，孫氏關於《詩品》的體系問題，言之尚不成理，他的話是沒有說服力的。〔註28〕

職是，我們同樣的也可以質疑楊廷芝的體系論述：何以二十四品前後平分兩段後，前十二品在箇中，而後十二品神遊象外呢？又「雄渾」如何能「無極而太極」的統冒諸品呢？楊廷芝一樣說出了玄妙莫測的話，也一樣沒有說出任何具體的理由。

另一位將《二十四詩品》做體系論述的清代學者是許印芳。《詩法萃編・二十四詩品跋》云：

〔註27〕見（唐）司空圖著，郭紹虞集解《詩品集解・續詩品注》（北京：人民文學出版社，2006），頁68。

〔註28〕見祖保泉著《司空圖詩品注釋及釋文》（臺北：新文豐出版公司，1980），頁7。

> 其教人爲詩，門户甚寬，不拘一格。嘗撰《二十四詩品》，分題繫辭，字字新創，比物取象，目擊道存。然品格必成家而後定，如「雄渾」「高古」之類，其目凡十又二。至若「實境」「精神」之類，乃詩家功用，其目亦十有二。竊嘗會通其義，究厥終始。〔註 29〕

認爲《二十四詩品》是「不拘一格」，又書寫形式爲「比物取象，目擊道存」等，皆是許印芳見解超越前人的地方。然而，純以創作者的角度來看《二十四詩品》，並區分爲「品格」與「功用」兩大類，則難掩許印芳落入窠臼的一面。因爲，爲什麼「雄渾」等十二品屬「品格」？「實境」等十二品爲「功用」？許印芳一樣沒有作出清楚的說明。

對《二十四詩品》不作體系論述，而純就詩論觀點立論者，首推清・王士禎。《帶經堂詩話》云：

> 表聖論詩，有二十四品，予最喜「不著一字，盡得風流」八字。又云:「采采流水，蓬蓬遠春」二語形容詩境亦絕妙，正與戴榮州「藍田日暖，良玉生煙」八字同旨。〔註 30〕

又《四庫全書總目提要》曾云：

> 故是書亦深解詩理，凡分二十四品：曰雄渾，曰沖淡，曰纖穠，曰沉著，曰高古，曰典雅，曰洗鍊，曰勁健，曰綺麗，曰自然，曰含蓄，曰豪放，曰精神，曰縝密，曰疏野，曰清奇，曰委曲，曰實境，曰悲慨，曰形容，曰超詣，曰飄逸，曰曠達，曰流動，各以韻語十二句體貌之。所列諸體畢備，不主一格。王士禎但取其「采采流水，蓬蓬遠春」二語，又取其「不著一字，盡得風流」二語，以爲詩家之極則，其實非圖意也。〔註 31〕

王士禎分別以「采采流水，蓬蓬遠春」的詩境與「不著一字，盡得風

〔註 29〕見（唐）司空圖著，郭紹虞集解《詩品集解・續詩品注》（北京：人民文學出版社，2006），頁 73。

〔註 30〕見（清）王士禎著，張宗柟纂集，戴鴻森校點《帶經堂詩話》（北京：人民出版社，1982），頁 72。

〔註 31〕見（清）永瑢、紀昀等撰《四庫全書總目提要》（武英殿本）第 5 冊（臺北：臺灣商務印書館股份有限公司，1983），頁 220。

流」二語，作爲「品詩」與「作詩」的最高指導原則。雖然兼顧詩論中「鑑賞」與「創作」兩方面，但以「含蓄」、「纖穠」二品爲《二十四詩品》的論詩宗旨，卻也分別引來《四庫全書總目提要》「不主一格」和清・趙執信「設格甚寬」〔註32〕的澄清辯證。

不可否認，清人有關體系的研究成果，也深刻影響了近人的研究情況。朱東潤即以《二十四詩品》爲「詩的哲學」論，並將二十四品分爲：論詩人之生活、論詩人之思想、論詩人與自然之關係、論作品、論作法等五類。〔註33〕此外，蕭馳認爲《二十四詩品》是由「天人合一」觀所發展出來的一套形上詩學，「二十四品」與「二十四節氣」有一定的相關聯。〔註34〕黃保眞主張《二十四詩品》是以「道」爲中心，作爲美的客觀精神性；以「素」爲中心，作爲審美的主觀能動性，而幾乎每一則詩，都涉及了詩美的本質。〔註35〕張國慶則指出《二十四詩品》的總體結構嚴整，開頭兩品和結尾一品的位次固定而中間二十一品位次安排相對自由，因此他的研究也力求對應《二十四詩品》的結構模式，並反映出《二十四詩品》的基本精神。〔註36〕

至於是否有「主於一格」的問題，喬力認爲《二十四詩品》中的「沖淡」一品，貫穿全書各品。如「典雅」有「落花無言，人淡如菊」；

〔註32〕清・趙執信《談龍錄》云：「觀其所第二十四品，設格甚寬，後人得以各從其所近，非第以『不著一字，盡得風流』爲極則也。」見丁福保編《清詩話》（臺北：明倫出版社，1971），頁314。

〔註33〕論詩人之生活者：疏野、曠達、沖淡。論詩人之思想者：高古、超詣。論詩人與自然之關係者：自然、精神。論作品屬陰柔之美者：典雅、沈著、清奇、飄逸、綺麗、纖穠；屬陽剛之美者：雄渾、悲慨、豪放、勁健。論作法者：縝密、委曲、實境、洗鍊、流動、含蓄、形容。參見朱東潤著《中國文學論集》（北京：中華書局，1983），頁9～10。

〔註34〕參見蕭馳著〈司空圖的詩歌宇宙——論二十四詩品的可理解性〉一文，《中國社會科學》第6期（北京：中國社會科學雜誌社，2003）。

〔註35〕參見蔡鐘翔、黃保眞、成復旺著《中國文學理論》第2冊（北京：北京出版社，1987），頁240～274。

〔註36〕參見張國慶著《二十四詩品詩歌美學》（北京：中央編譯出版社，2008），頁15～16。

「清奇」有「神出古異，淡不可收」；「超詣」有「如將白雲，清風與歸」；「綺麗」有「濃盡必枯，淡者屢深」等。〔註37〕此外，另一項支持這一說法的理由是司空圖爲《二十四詩品》的作者。司空圖後來退隱中條山王官谷，又其詩論盛讚王維自然、恬淡的詩風等，皆與「沖淡」的性質有了相關聯。然而，倘以「淡而有韻」的詩論觀點論詩，就說成「沖淡」一品貫穿二十四品，則似未妥切。郭紹虞即指出：

> 看出司空圖論詩恉趣是一回事；研究司空圖的二十四詩品是另一回事，所以我說這是兩個問題。他論詩品，應當顧到詩的諸種風格，求其全面。〔註38〕

司空圖是否爲《二十四詩品》的作者，目前尚缺直接的證據。但即使《二十四詩品》的作者是司空圖，其對「沖淡」的偏愛，也不能說成是《二十四詩品》的詩論宗旨，更何況現今仍不能確定《二十四詩品》的作者就是司空圖。

就文化思想的影響層面而言，杜松柏以《二十四詩品》的作者爲司空圖，並且認爲其思想受南宗溈仰宗的影響最大。〔註39〕張松輝雖也以《二十四詩品》的作者爲司空圖，卻認爲從《二十四詩品》的思想與典故上來看，《二十四詩品》的主要影響是來自道家、道教，而不是佛教。〔註40〕由此可見，《二十四詩品》除了作爲一部詩論或二十四則詩作以外，其實還涵融著豐富的文化思想內涵。

以《二十四詩品》的理論屬性爲「風格論」者，有羅根澤、敏澤、吳調公、曹冷泉、王潤華等學者。另外，尚有潘世秀、李清等的「意境論」，孫漢生的「審美圖式論」等。〔註41〕祖保泉將「意境」和「風

〔註37〕見喬力著《二十四詩品探微》（濟南：齊魯書社，1983），頁153。

〔註38〕見（唐）司空圖著，郭紹虞集解《詩品集解・續詩品注》（北京：人民文學出版社，2006），頁195。

〔註39〕參見杜松柏著《禪學與唐宋詩學》（臺北：新文豐出版股份有限公司，2008），頁617。

〔註40〕參見張松輝著〈道家道教與司空圖〉，《中國文學研究》第3期（長沙：湖南師範大學文學院，1997），頁31～37。

〔註41〕參見程國賦著〈世紀回眸：司空圖及二十四詩品研究〉，《學術研究》

格」看作是孿生姐妹，並且認爲詩的風格美就是詩的意境美，因此以《二十四詩品》爲詩「風格論」發展途程中的一個里程碑。〔註42〕陳國球則主張「風格」是以「作品」爲論，「意境」則重在「讀者」的美感效應，所以「風格」與「意境」是一體的兩面。此外，陳國球以《二十四詩品》爲「後設詩歌」，因爲《二十四詩品》既是文學作品，也是關於文學作品的理論，而其表現的方式即顯出它對詩歌本質的把握和操縱。〔註43〕

臺灣學位論文部分，自一九七一年到一九八五年間，分別有蕭水順《司空圖詩品研究》、彭錦堂《司空圖詩味論》、吳忠華《司空圖詩論研究》等三本碩士論文。其中，蕭水順《司空圖詩品研究》對司空圖傳記與《二十四詩品》注釋、淵源、體系、特質、影響、價值等傳統研究，有多方面的綜合探討。彭錦堂《司空圖詩味論》則分別對中國「以味論詩」、司空圖詩論、「味外之旨」與「言外之意」的美感進行研究。最後，吳忠華《司空圖詩論研究》乃分別從形成、創作論、風格論、美學觀、影響等面向，來研究司空圖的詩論。至於博士論文方面，目前僅有一九九〇年，閔丙三的《司空圖詩品運用莊子思想之研究》。閔丙三首先研究《莊子》和司空圖《詩品》的作家、文學特性，來作爲整個研究的旁證。其次，分析司空圖《詩品》對《莊子》文字的運用。復次，闡明司空圖《詩品》對《莊子》思想中「自然之道」、「虛靜論」、「形神論」、「言意論」等運用。最後，分別肯定《莊子》與司空圖《詩品》在中國文藝思想史上的影響與地位。

綜上所述，可以發現歷來研究多將司空圖視爲《二十四詩品》的作者，僅張國慶《二十四詩品詩歌美學》例外。張國慶《二十四詩品詩歌美學》於二〇〇八年出版，是近年來有關《二十四詩品》最新的

（廣州：廣東省社會科學界聯合會，1996），頁5～6。

〔註42〕參見祖保泉著《司空圖的詩歌理論》（臺北：萬卷樓圖書有限公司，1993），頁51。

〔註43〕分別參見陳國球導讀《二十四詩品》（臺北：金楓出版社，1987），頁4、11。

研究專著。張國慶在該書〈前言〉中即表示提到作者時，乃「徑言《詩品》作者，而不稱司空圖」。〔註44〕職是，為力求研究的嚴謹、客觀，本論文也不將《二十四詩品》的原作直接視為司空圖。懸置《二十四詩品》的作者問題，不以傳記方法來研究《二十四詩品》是本論文與前賢諸多研究明顯不同之處。其次，歷來有關《二十四詩品》的研究可說涵蓋「作者」、「讀者」、「作品」等觀點，然而卻各家分說，缺乏文學理論的架構統整。所以，以詩論的立場來研究《二十四詩品》中「作者」、「讀者」、「作品」等觀點，而依次呈現《二十四詩品》的詩學理論——「創作論」、「鑑賞論」、「文體論」等，也是本論文與前賢研究有別之處。〔註45〕

劉若愚在談到寫《中國文學理論》的目的時，曾云：

> ……雖然已有成打（中文和日文的）一般文學批評史，其中有些只不過是廣徵博引，穿插以事實的敘述而已，以及論述某一主題或著作的無數論文（包括一些英文的），可是許多重要的批評概念與術語仍未闡明，而主要的中國文學理論尚未獲得適當的論述。這種現象不足為奇，因為中國的文學理論，很少受到有系統的闡述或明確的描述，通常是簡略而隱約地暗示在零散的著作中。〔註46〕

就《二十四詩品》的文本而言，也多是簡略而隱約的暗示。然而，不可否認的是《二十四詩品》的確有其詩學上的影響力，而在這影響力中實包含有「創作論」、「鑑賞論」、「文體論」等詩學概念。自清代到當代，研究《二十四詩品》的人很多，但取法分殊，看法也就有所不

〔註44〕參見張國慶著《二十四詩品詩歌美學・前言》（北京：中央編譯出版社，2008），頁3。

〔註45〕清代學人中，顧龍振輯《詩學指南》、何文煥輯《歷代詩話》等皆收錄有《二十四詩品》一書，這也意謂著他們是站在純詩論的立場，把《二十四詩品》當詩論來讀，只是他們對於《二十四詩品》中包含有「創作論」、「鑑賞論」、「文體論」等重要的詩學理論命題，仍未加以細論。

〔註46〕見劉若愚著，杜國清譯《中國文學理論》（臺北：聯經出版事業公司，1989），頁3～4。

同。因此有些重要的批評術語和詩學概念，仍有待進一步闡明。此外，現有的研究中多屬單篇論文的研究，能對《二十四詩品》做整體而有系統性的詩論研究者確實不多。王潤華在〈司空圖研究的發展及其新方向〉一文中即指出：

> 從過去二十年研究的主題與成果來看，司空圖研究的方向會從注釋、考證、探源、舉例、翻譯、解說、走向更有深度的文學理論與批評、美學及比較文學等領域。〔註47〕

因此，在過去《二十四詩品》「注釋」、「考證」、「探源」、「舉例」、「翻譯」、「解說」等條件基礎上，結合現代文學理論與美學理論等觀念來闡明《二十四詩品》的論詩內涵，可說是一項值得開拓的研究領域。這樣的研究成果將有助於建構《二十四詩品》詩學理論的現代論述，讓世人更清楚的理解與接受這份中華文化所遺留下來的珍貴資產，而不會只停留在「僅收影響模糊之效，終不獲使他人聞見親切」〔註48〕的困境中。職此，即爲本論文《二十四詩品之詩論研究》所要努力達成的目標。

第四節　研究方法與步驟

（一）方法

美國康乃爾大學教授亞伯拉姆斯（Abrams）在《鏡與燈》一書中，曾提出一切文學藝術批評通常不外出自四個批評基點：「作品」（Work）、「藝術家」（Artist）、「宇宙」（Universe）、「觀眾」（Audience）。從這四個基點出發，便演變出四種內涵廣泛的詩論：其一、「藝術論」

〔註47〕見王潤華著《司空圖新論》（臺北：東大圖書股份有限公司，1989），頁280。

〔註48〕錢鍾書曾云：「巧構形似，廣設譬喻，有如司空圖以還撰《詩品》者之所爲，縱極描摹刻繪之功，僅收影響模糊之效，終不獲使他人聞見親切。是以或云詩文品藻只是繞不可言傳者而盤旋。」見錢鍾書著《管錐編》第2冊（北京：三聯書店，2008），頁640～641。

（Objective Theory）乃以「作品」爲基點。其二、「表現論」（Expressive Theory）以「作者」爲基點。其三、「模擬論」（Mimetic Theory）以藝術的「模擬」爲基點，模擬的對象包括萬物的自然世界與抽象的理念。其四、「實用論」（Pragmatic Theory）以「讀者」爲基點。〔註 49〕有不少學者將亞伯拉姆斯（Abrams）的理論應用於中國文學理論的研究。劉若愚《中國文學理論》即認爲中國文學理論與西方文學理論有相類似的地方，可是有些地方並不容易納入亞伯拉姆斯（Abrams）四種詩論中的任何一類。因此，劉若愚稍加修改了亞伯拉姆斯（Abrams）的理論，用「作家」代替「藝術家」，用「讀者」代替「觀眾」，並解釋藝術過程的四個階段云：

> 在第一階段，宇宙影響作家，作家反應宇宙。由於這種反應，作家創造作品：這是第二階段。當作品觸及讀者，它隨即影響讀者：這是第三階段。在最後一個階段，讀者對宇宙的反應，因他閱讀作品的經驗而改變。如此，整個過程形成一個圓圈。同時，由於讀者對作品的反應，受到宇宙影響他的方式所左右，而且由於反應作品，讀者與作家的心靈發生接觸，而再度捕捉作家對宇宙的反應，因此這個過程也能以相反的方向進行。〔註 50〕

另一位借用亞伯拉姆斯（Abrams）理論，爲建設中國文學理論而努力的學者是葉維廉。基於「模子」理論，葉維廉也對亞伯拉姆斯（Abrams）的理論略加增修，從而提出一篇作品產生前後，有五個必需的據點：「作者」、「世界」（包括物像、人、事件）、「作品」、「讀者」、「語言」（包括文化、歷史因素）等。〔註 51〕

〔註 49〕參見劉若愚著，杜國清譯《中國文學理論》（臺北：聯經出版事業公司，1998），頁 12～13。與王潤華著《司空圖新論》（臺北：東大圖書股份有限公司，1989），頁 214～218。

〔註 50〕見劉若愚著，杜國清譯《中國文學理論》（臺北：聯經出版事業公司，1998），頁 14。

〔註 51〕參見葉維廉著《比較詩學》（臺北：東大圖書股份有限公司，2007），頁 8～14。

綜上所述，可以發現葉維廉的「語言」實含有「世界」與「作品」成分，劉若愚文學理論的基點分類，則與亞伯拉姆斯（Abrams）類似。但亞伯拉姆斯（Abrams）因「宇宙」基點而產生的「模擬論」，不禁令人聯想起古希臘時代亞理斯多德（Aristotle，公元前 384～公元前 322）也曾對「模擬論」有過的深刻見解。亞理斯多德（Aristotle）云：

> 自吾人所述，當可知詩人所描述者，不是已發生之事，而是一種可能發生之事，亦即一蓋然的或必然的可能性。〔註 52〕

易言之，詩人的職責並不在於說明「宇宙」的現實內容爲何，其模擬技巧所能達到的效果與目的，乃在於展現宇宙中因「可然率」或「必然率」所可能發生的事情。因此，「作品」不能代表「宇宙」全部的內容，但在展現「宇宙」眞實性的可能上，「作品」與「宇宙」實是一體的兩面。

除此之外，就西方文論史的發展來說，伊格爾頓（Eagleton）在《文學理論導論》一書中也指出：

> 人們的確可以把現代文學理論史大體分爲三個階段：全神貫注於作者的階段（浪漫主義與十九世紀）；絕對關注於文本的階段（新批評），以及近年來將注意力明顯地轉向讀者的階段。讀者原來在這個三重奏中一直地位很低——這頗令人奇怪，因爲沒有讀者就根本沒有文學文本。文學文本並非存在於書架上；它們是只有在閱讀實踐中才能得以具體化的意義過程。爲了使文學發生，讀者就像作者一樣重要。〔註 53〕

是故，西方文學理論在「作者」、「作品」、「讀者」等三方面的深入探討，已爲人們在瞭解文學藝術的理路上，取得了許多豐碩的成果。所以，本論文即擬就《二十四詩品》中所含有「作者」、「作品」、「讀者」

〔註 52〕見亞理斯多德（Aristotle）著，姚一葦譯註《詩學箋註》（臺北：臺灣中華書局股份有限公司，1993），頁 86。

〔註 53〕見楊冬著《文學理論：從柏拉圖到德里達》（北京：北京大學出版社，2009），頁 373。

等三方面觀點來研究《二十四詩品》。「作者」方面即是文學理論中的「創作論」，「讀者」方面屬「鑑賞論」，至於「作品」方面則爲「文體論」。

所謂「文體」指的便是西方「風格」（Style）的概念，因爲中國最早用來表示風格概念的是「體」，因此本論文乃對「作品」的研究命名爲「文體論」。〔註 54〕此外，本論文以「文體論」作爲「作品」研究的主要內容，乃因本論文將《二十四詩品》視爲二十四種獨立的文體風格。《二十四詩品》的「品」字，清・楊廷芝以「文如其人」的觀點，而作「人品」解，但清・楊振綱則從鑑賞者的角度出發，認爲有「品味」之意。〔註 55〕之後，吳調公進一步主張「品」字，可作爲動詞解，有「品詩」之義，即如楊振綱的見解，但也可作名詞解，

〔註 54〕劉勰《文心雕龍・體性》云：「若總其歸塗，則數窮八體：一曰典雅，二曰遠奧，三曰精約，四曰顯附，五曰繁縟，六曰壯麗，七曰新奇，八曰輕靡。」見（梁）劉勰著，王更生注譯《文心雕龍讀本》下篇（臺北：文史哲出版社，2004），頁 21。因此，所謂「體」者，指的就是「風格」。徐復觀即云：「近年來許多人以風格作 Style 之譯名，則郭氏（紹虞）之以『風格』易『體』字，似無不可。但將風格譯 Style，這是對風格一詞的廣義用法。縱使我們承認此一廣義用法，也依然不能代替傳統的文體觀念。因爲第一，風格一詞過於抽象，不易表示『文體』一詞中所含的藝術的形相性。而『形相性』才是此一觀念的基點。第二，風格一詞，是作爲文體價值判斷的結果，常指的是文體中某種特殊的文體而言；因此，文體一詞可以包含風格，而風格不能包括文體。更重要的是：對風格的這種廣義的使用，乃是近幾十年來的事，並不能推到劉彥和的時代。」見徐復觀著《中國文學論集》（臺北：臺灣學生書局，2001），頁 13～14。廖蔚卿云：「古人用文體一詞，所指甚廣，即以《文心雕龍》而言，或指文章的製作類別，或指文學的作風流派，甚或作品之體要、體裁、體用，其構成作品的一切要素及作品所表現的諸般風貌，無不以體名之。」見廖蔚卿著《六朝文論》（臺北：聯經出版社，1978），頁 77。

〔註 55〕楊廷芝〈二十四詩品大序〉云：「詩以言志，亦以見品，則志立而品與俱立。」見（清）孫聯奎、楊廷芝著，孫昌熙、劉淦校點《司空圖詩品解說二種》（濟南：齊魯書社，1980），頁 83。又楊振綱〈瑣言二則・一〉則云：「《詩品》者，品詩也。」見（唐）司空圖著，郭紹虞集解《詩品集解・續詩品注》（北京：人民文學出版社，2006），頁 68。

指的便是風格之「品」。〔註 56〕陳尚君、汪湧豪認爲「品」字乃借用佛經中經品名之義，指分列各細目而言。〔註 57〕又《廣韻》注解「品」字時，亦云：「類也」。〔註 58〕因此，王潤華〈司空圖詩品風格說之理論基礎〉云：

> 在許多種讀法中，其中作爲描述二十四種詩的風格的解釋爲最多人採納，而且《詩品》在這方面對後世批評理論家的影響，也特別重大。〔註 59〕

職此，本論文基本上亦將《二十四詩品》視爲二十四種獨立文體風格的表現。另外，現代文學理論大師韋勒克（Wellek，1903～1995）曾云：

> 文體論之純粹用爲文學的和審美的並限於一個藝術作品或一群作品的研究，這研究就是描述那些審美作用和含意。亦只有以這審美的興趣爲中心，然後文體論才是文學研究之一部分；且只有這種文體論的方法始能明定文學作品之特殊性格，然後文體論才是文學研究之重要部分。〔註 60〕

可見「文體論」也是文學理論中重要的一環，「文體論」必須以美學的角度來發掘作品中的審美興趣，如此方能有效闡明作品的文體風格。職是，除現代文學理論外，本論文也兼採部分西方美學觀念，包括：德・康德（Kant）的「美的分析」、義大利・克羅齊（Croce，1866～1952）的「形象直覺」、新批評學派的「精品細讀」、接受美學的「讀者參與」等，來進行《二十四詩品》的文本分析。

〔註 56〕參見吳調公著《古代文論今探》（西安：陝西人民出版社，1982），頁 96。

〔註 57〕參見陳尚君、汪湧豪著〈司空圖二十四詩品辨僞〉，《中國古籍研究》第 1 卷（上海：上海古籍出版社，1996），頁 65。

〔註 58〕見（宋）陳彭年等重修，林尹校訂《新校正切宋本廣韻》（臺北：黎明文化事業股份有限公司，1984），頁 329。

〔註 59〕見王潤華著《司空圖新論》（臺北：東大圖書股份有限公司，1989），頁 156。

〔註 60〕韋勒克（Wellek）、華倫（Warren）著，王夢鷗、許國衡譯《文學論》（臺北：志文出版社，2000），頁 291。

（二）步驟

無名氏〈司空表聖二十四詩品注釋敘〉曾就《二十四詩品》的文本書寫談道：

> 且其中各品詞語，俱各按其品極意形容，清詞麗句，絡繹不絕，實爲描摹盡致；推闡無窮，是不啻以各二字爲題，而以其語爲詩也。〔註61〕

是故，研究《二十四詩品》的文體風格，不可只拘泥於各則的詩題求解，而應以各則詩的內容如何表現詩題來作爲探討的重點。然而，要如何把握各則詩的內容書寫呢？清・孫聯奎《詩品臆說・自序》云：

> 昔鍾嶸創作《詩品》，志在沿流溯源。若司空《詩品》，意主摹神取象。其取象明顯者，俯拾即是也。〔註62〕

《二十四詩品》的書寫形式主要是取「象」以摹「神」，而所謂「象」者，指的便是詩的本質——「意象」。所以，本論文雖將《二十四詩品》視爲二十四種獨立的文體風格，但如何把握這二十四品文體風格，關鍵便在於掌握住每一則詩所表現出來的意象。〔註63〕

在閱讀《二十四詩品》文本時，會發現這二十四則詩並非全是取象之詞，而是有審美的形象語言與說明的邏輯語言相互夾雜的現象。因此，蕭水順指出：

> 表聖詩品特重一品之整體印象，故其取象類目或有不同，無不以達及完整詩境之建造爲其目的，欲尋其境，則須研究整品十二句所推湧之形象、及用以相佐助之敘述語句，

〔註61〕見（唐）司空圖著，郭紹虞集解《詩品集解・續詩品注》（北京：人民文學出版社，2006），頁74。

〔註62〕見（清）孫聯奎、楊廷芝著，孫昌膝、劉淦校點《司空圖詩品解說二種》（濟南：齊魯書社，1980），頁7。

〔註63〕蕭水順也認爲：「表聖著作《詩品》，摹其神而取其象。今人讀其書，則由取象入手，想摹其神，故論究詩品特質，當由詩品形象喻詞之分析，窺探詩境。」見蕭水順著《從鍾嶸詩品到司空圖詩品》（臺北：文史哲出版社，1993），頁216。

而後得以想摹其神。〔註 64〕

又吳彩娥亦云：

二十四詩品塑造繁富的素材爲意象，復借重繁富的意象來象徵抽象的情思。而在每一品中，繁富的意象又與少數的直接敘述，互出互現、互補互足，運用之妙，頗富變化，卻又不失靈活自然。大抵每一品中的具體意象，不但暗示題意，更且在整首詩的結構上發揮承上啓下、迴旋往復、補充強調的功用……。〔註 65〕

所以，在掌握《二十四詩品》的文體風格時，首先必須區分《二十四詩品》文本中，哪些是審美的形象語言？哪些是說明的邏輯語言？審美的形象語言即「意象」所在，爲表現文體風格的主體；說明的邏輯語言則爲輔助角色，乃作爲文體風格的概念補充。因此，本論文的文體論部分先論述審美的形象語言，其次再論述說明的邏輯語言。目前對《二十四詩品》章法有較完整論述者爲祖保泉《司空圖詩品解說》與杜黎均《二十四詩品譯注評析》，所以在區分《二十四詩品》文本中的審美形象語言與說明邏輯語言時，本論文將以這兩本專著，作爲重要的參考底本。除此之外，前賢對《二十四詩品》有全面的解說又時代較早者，如清代的孫聯奎、楊廷芝、楊振綱、無名氏等，也將是本論文研究上重要的引證資料。至於對審美形象的理解，則採克羅齊（Croce）「形象直覺」的美學觀念。朱光潛在〈我們對於一棵古松的三種態度〉一文中云：

他不計較實用，所以心中沒有意志和慾念；他不推求關係、條理、因果等等，所以不用抽象的思考。這種脫淨了意志和抽象思考的心理活動叫做「直覺」，直覺所見到的孤立、絕緣的意象叫做「形象」。美感經驗就是形象的直覺，美就

〔註 64〕見蕭水順著《從鍾嶸詩品到司空圖詩品》（臺北：文史哲出版社，1993），頁 217。

〔註 65〕見吳彩娥著〈論象徵批評與司空圖詩品的批評方法〉，《幼獅學誌》（臺北：幼獅文化事業公司，1982），頁 68。

是事物呈現形象於直覺時的特質。〔註 66〕

易言之，《二十四詩品》審美形象的美感韻致即藉由形象直覺的審美經驗來闡發。讀者的審美經驗並不至於會造成主觀詮釋的偏頗，甚且將是闡發二十四品美感韻致的重要一環。促進德國接受美學的興起，並影響讀者反應批評的學者，德・加達默爾（Gadamer，1900～2001）即指出：

> 由此也可以推知——但願詮釋學永遠不要忘記這一點——創造某個作品的藝術家並不是這個作品的理想解釋者。藝術家作爲解釋者，並不比普通的接受者有更大的權威性。就他反思他自己的作品而言，他就是他自己的讀者。他作爲反思者所具有的看法並不具有權威性。解釋的惟一標準就是他的作品的意蘊（Sinngehalt），即作品所「意指」的東西。〔註 67〕

職是，對《二十四詩品》審美形象的美感論述，讀者審美經驗的參與是必要的過程。清・王飛鶚〈詩品續解序〉曾引桐舫程的話說：

> 《詩品》貴悟不貴解，解其字句，乃皮相也。成誦於口，領會於心，時有一種活潑之趣，流露於意言之表，不必沾沾求解也。〔註 68〕

《二十四詩品》如果只作爲個人閒情逸致的遣興賞玩，當然不必沾沾求解，只需求個人的領悟與會心便足夠了。然而倘能將其中活潑之趣有條理的說清楚，便可謂臻至《二十四詩品》的精髓。爲求研究的嚴謹與客觀，本論文在對《二十四詩品》文本的解析過程中，也力求作到「精品細讀」，最後再繩之以中國詩學的發展脈絡作檢視，以達到精確闡明二十四品文體風格的目的。

至於創作論與鑑賞論部分，則必須先釐清《二十四詩品》文本中，

〔註 66〕見朱光潛著《談美》（臺南：漢風出版社，1993），頁 5。

〔註 67〕見（德）加達默爾（Gadamer）著，洪漢鼎譯《眞理與方法：哲學詮釋學的基本特徵》（上海：上海譯文出版社，2005），頁 250。

〔註 68〕見（唐）司空圖著，郭紹虞集解《詩品集解・續詩品注》（北京：人民文學出版社，2006），頁 66。

何者爲「創作論」觀點？何者爲「鑑賞論」觀點？現實上，「作者」與「讀者」雖然身分上有所不同，但就藝術品的創作經驗而言，作者的「創作」經驗其實與讀者的「欣賞」經驗密不可分。換言之，一位作家在從事一件文藝作品的創作前，必須先是一位好的讀者。唯有先懂得欣賞自己所要創作的題材後，接下來才能眞正從事行諸筆墨的創作。所以在就《二十四詩品》文本作「創作論」與「鑑賞論」的區分時，可先將明顯說明或指導詩歌創作的語言，劃分爲「創作論」範圍，其餘明顯屬讀者欣賞角度而立論者，及不易區分卻含有重要詩學觀念者，如：「情性所致，妙不自尋」、「超以象外，得其環中」、「乘之愈往，識之愈眞」、「虛佇神素，脫然畦封」等，則一併歸爲文藝美感表現中最基本的「鑑賞論」範圍。

在對《二十四詩品》文本做好「創作論」觀點與「鑑賞論」觀點的區分後，接下來的工作便是如何理解其中所指的意旨。現代的文學理論與美學原理，固然有助於闡明《二十四詩品》中語焉不詳的詩論觀點，但不能忽視一個重要的客觀事實是，《二十四詩品》的詩學觀念是在中國文化的土壤上滋養起來。易言之，在知其學理上之何以然後，更要知其歷史文化上之所以然，如此才能精確掌握《二十四詩品》的詩學觀念。

如何知其歷史文化上之所以然？這便牽涉到《二十四詩品》要放在中國歷史上哪一時代的問題。目前，雖然在元代可以找到《二十四詩品》的傳本，但是否就是原著者？有沒有更早的傳本？皆尙未可知。所以，在缺乏有力的證據下，實難確定《二十四詩品》原作者與著作年代等問題。然而，就《二十四詩品》文本的書寫形式與內在理路而言，卻透露出一些可以追本溯源的文化、思想線索。茲將有關的文化、思想線索分述如下：

1. 象徵批評：

清・許印芳〈二十四詩品跋〉曾說《二十四詩品》的書寫形式

是「分題繫辭，字字創新，比物取象，目擊道存」〔註 69〕，其中「比物取象」即點出《二十四詩品》的詩學批評方式是採形象化的詩歌語言，而非使用抽象化的邏輯語言。郭紹虞在《中國文學批評史》中便將這樣的批評方式名之爲「象徵批評」。〔註 70〕中國的「象徵」批評主要可追溯至魏晉時期對人物的品評，如《世說新語・容止》載嵇康「巖巖若孤松之獨立；其醉也，傀俄如玉山之將崩」〔註 71〕。用形象化的語言來做品評，在魏晉六朝時形成一種特殊的風尚，而成功的將此批評方式應用在文學領域的是南朝梁・鍾嶸的《詩品》。〔註 72〕繼之，唐人對詩的品評，如盛唐・杜甫〈戲爲六絕句〉、中唐・皇甫湜〈諭業〉、晚唐・杜牧〈李賀歌詩集序〉等，也往往會使用形象化的語言來品評詩歌。〔註 73〕至北宋時，黃庭堅曾讚周敦頤「如光風霽月」〔註 74〕，南宋則有嚴羽的《滄浪詩話》等。〔註 75〕因此，

〔註 69〕見（唐）司空圖著，郭紹虞集解《詩品集解・續詩品注》（北京：人民文學出版社，2006），頁 73。

〔註 70〕見郭紹虞著《中國文學批評史》（臺北：五南圖書出版公司，1994），頁 146。

〔註 71〕見（南朝宋）劉義慶撰，（梁）劉孝標注，楊勇校箋《世說新語・巧藝》第 3 冊（北京：中華書局，2007），頁 553。

〔註 72〕如鍾嶸云：「潘詩爛若舒錦，無處不佳；陸文如披沙簡金，往往見寶。」見（南朝梁）鍾嶸撰，陳延傑注釋《詩品注》（臺北：臺灣開明書店，1995），頁 16。

〔註 73〕杜甫〈戲爲六絕句六首・一〉云：「庾信文章老更成，凌雲健筆意縱橫。」見楊倫編輯《杜詩鏡銓》（臺北：藝文印書館，1971），頁 691。皇甫湜〈諭業〉云：「韓吏部之文，如長江大注，千里一道，衝飆激浪，汙流不滯；然而施於灌溉，或爽於用。」見（唐）皇甫湜著《皇甫持正文集》（上海：上海古籍出版社，1994），頁 20～21。杜牧〈李賀歌詩集序〉讚美李賀詩云：「雲煙綿聯，不足爲其態也；水之迢迢，不足爲其情也；春之盎盎，不足爲其和也；秋之明潔，不足爲其格也；……。」見（唐）杜牧撰《樊川文集》（臺北：漢京文化事業有限公司，1983），頁 149。

〔註 74〕見（清）黃宗義原著《宋元學案》第 1 冊（北京：中華書局，2007），頁 525。

〔註 75〕嚴羽《滄浪詩話》云：「李杜數公，如金鳷擘海，香象渡河，下視郊島輩，直蟲吟草間耳。」見（清）何文煥輯《歷代詩話》（北京：中

《二十四詩品》著作的年代不會早於南北朝。鍾嶸《詩品》以前的詩論觀念，可視爲《二十四詩品》的歷史淵源，而唐以下象徵批評的詩論觀點，則可作爲理解《二十四詩品》詩論的重要參考。

2. 形神論：

中國畫論中的「神韻論」比詩論發展得早。東晉畫家顧愷之主張「傳神寫照」〔註 76〕的繪畫藝術觀點，對後來的畫論、書論都產生巨大的影響。如畫論方面有：南朝宋．宗炳的「澄懷味像（象）」〔註 77〕、南朝齊．謝赫的「氣韻生動」〔註 78〕、唐．王維的「畫中有詩」〔註 79〕等。書論方面則如：南朝齊．王僧虔的「神采論」〔註 80〕、唐．張懷瓘的「惟觀神采」〔註 81〕等。因此，《二十四詩品》的象徵批評法既然可上溯至魏晉，那麼書畫理論中的「神韻」理論對《二十四詩品》的「離形得似」〔註 82〕也必然有一定的影響。

3. 文體論：

「玄學」在魏晉六朝時，便對文學理論發生了影響，陸機〈文賦〉、劉勰《文心雕龍》、鍾嶸《詩品》等皆是受玄學沾溉的代表著作。其

華書局，2006），頁 698。

〔註 76〕見（南朝宋）劉義慶撰，（梁）劉孝標注，楊勇校箋《世說新語．巧藝》第 3 冊（北京：中華書局，2007），頁 646。

〔註 77〕見俞劍華編著《中國古代畫論類編．畫山水序》（北京：人民美術出版社，2007），頁 583。

〔註 78〕見俞劍華編著《中國古代畫論類編．古畫品錄》（北京：人民美術出版社，2007），頁 355。

〔註 79〕蘇軾〈書摩詰藍田煙雨圖〉曾云：「味摩詰之詩，詩中有畫。觀摩詰之畫，畫中有詩。」見（宋）蘇軾著，傅成穆儔標點《蘇軾全集》（上海：上海古籍出版社，2000），頁 2198。

〔註 80〕見上海書畫出版社編《歷代書法論文選．筆意贊》（上海：上海書畫出版社，2007），頁 62。

〔註 81〕見上海書畫出版社編《歷代書法論文選．筆意贊》（上海：上海書畫出版社，2007），頁 209。

〔註 82〕見（唐）司空圖著，郭紹虞集解《詩品集解．續詩品注》（北京：人民文學出版社，2006），頁 36。

中，劉勰《文心雕龍》在「體性」、「風骨」、「定勢」等篇對文體風格都有重要討論，而〈體性〉始分風格爲「八體」。繼之，唐・空海和尚《文鏡秘府論・論體篇》歸爲「六體」，中唐・皎然《詩式・辯體有一十九字》別爲「十九體」。《二十四詩品》所標榜的品目名稱，有些便與皎然「十九體」的名稱有通同之處。晚唐至五代時，陸續出現了許多指導作詩的著作，其中也多有涉及風格論者，如晚唐・詩僧齊己的《風騷旨格》、五代・徐寅的《雅道機要》等，因此傳統認爲《二十四詩品》即是在這樣的時代氛圍下所產生的作品。由是，中唐・皎然《詩式》與《二十四詩品》的關係頗爲密切，其文體論的內容便可作爲《二十四詩品》首要的參考依據。

4. 禪與詩結合：

蕭馳曾指出：

> 顯然，魏晉詩學接受的是玄學與「感物」和「感時」相合的方面。這個事實説明：僅在玄學的背景下並非本然地可以開綻出《二十四詩品》這樣的詩學奇葩。在魏晉玄學興起的六個世紀之後，另一種思想出現並與玄學交融，才是這篇曠世之作得以產生的不可或缺的思想營養。這就是在中唐以後大行其道的南宗禪。〔註 83〕

的確，《二十四詩品》除接受魏晉玄學的影響外，另外不能忽視的是佛教的影響。早在南朝時，佛教思想便深入到繪畫、文學等藝術領域。南朝宋畫家宗炳本身爲高僧慧遠的門人。南朝梁・劉勰也曾依紗門十餘年，長於佛理，後入空門。中唐禪宗大盛，更造成文人與佛教多有浸染、接觸。王維取字「摩詰」，即以篤信佛教者自居，其詩、畫的成就更是藝術與禪宗結合的最佳典範。在詩方面，王維是山水田園詩人代表。在畫方面，王維則爲南宗之祖，宋代董源、米芾，元代倪瓚、黃公望，明代董其昌等繪畫大家都是他的繼承者。王維詩藝

〔註 83〕見蕭馳著〈玄、禪觀念之交接與二十四詩品〉，《中國文哲研究集刊》第 24 期（臺北：中國文哲研究集刊，2004），頁 12。

在有唐時便有很高的評價。唐天寶末年殷璠《河嶽英靈集》標舉「興象」〔註 84〕，中唐・高仲武《中興間氣集》偏愛「工於形似」〔註 85〕，晚唐・司空圖〈與李生論詩書〉力主「韻外之致」〔註 86〕等皆對王維詩作推崇備至。此外，與《二十四詩品》文體論關係密切者的皎然，本身也是一位僧人。與《二十四詩品》詩學理論上有通同之處的司空圖，亦與僧人常有往來。職是，跳過佛教禪宗思想的影響、忽視王維在詩藝上所引起的重要作用等，都恐難綻放出《二十四詩品》這部詩論奇葩。

5. 追求象外：

《二十四詩品》「超以象外，得其環中」一語，雖說化用於《莊子》。〔註 87〕但「超以象外」的藝術風潮則明顯與魏晉玄學「得意在忘象」〔註 88〕的思想有更直接的關係。追求「象外」的藝術，在南朝已形成風氣，齊・謝赫《古畫品錄》便有「取之於象外」〔註 89〕的主張，梁・劉勰《文心雕龍・隱秀》則有「文外之重旨」〔註 90〕說。中唐時，南宗禪大盛，《六組壇經・定慧》云：「於相而離相」〔註 91〕的思想更助長了藝術對「象外」的追求，如：皎然的「採奇

〔註 84〕見（明）毛晉編《唐人選唐詩》下冊（臺北：大通書局，1973），頁1113～1114。

〔註 85〕見（明）毛晉編《唐人選唐詩》下冊（臺北：大通書局，1973），頁1016。

〔註 86〕見（唐）司空圖著，祖保泉、陶禮天箋校《司空表聖詩文集箋校》（合肥：安徽大學出版社，2002），頁 194。

〔註 87〕《莊子・齊物》曾云：「樞始得其環中，以應無窮。」又〈則陽〉云：「冉相氏得其環中以隨成。」分見（清）郭慶藩集釋《莊子集釋》（臺北：貫雅文化事業有限公司，1991），頁 66、885。

〔註 88〕見（晉）王弼著，（唐）刑璹注《周易略例》，《叢書集成新編》第 14 冊（臺北：新文豐出版公司，1984），頁 701。

〔註 89〕見俞劍華編著《中國古代畫論類編》（北京：人民美術出版社，2007），頁 357。

〔註 90〕見（梁）劉勰著，王更生注譯《文心雕龍讀本》下篇（臺北：文史哲出版社，2004），頁 202。

〔註 91〕見（唐）釋法海錄，丁福保箋註《六組壇經箋註》（臺北：佛陀教育

於象外」〔註92〕、「文外之旨」〔註93〕，劉禹錫的「境生於象外」〔註94〕，晚唐·司空圖的「象外之象，景外之景」〔註95〕等。是故《二十四詩品》「超以象外，得其環中」〔註96〕當與上述諸詩論家追求「象外」的主張有相通的旨趣。

職是，在兼顧現代文學理論、美學原理及中國思想、書畫、詩學等發展的歷史條件下，本論文擬定的綱要如下：

第一章緒論：表述研究動機、探討《二十四詩品》文獻問題、綜述前賢研究成果、說明研究方法與步驟。

第二章《二十四詩品》之創作論：可細論爲「靈感論」、「表現論」、「形神論」、「主客合一論」等。

第三章《二十四詩品》之鑑賞論：可細論爲「知音論」、「審美論」、「神韻論」等。

第四至七章《二十四詩品》之文體論：依《二十四詩品》原文排序，逐次論述二十四品文體風格的審美韻致。

第八章結論：總結研究成果。

基金會，1991），頁45。

〔註92〕見傅璇琮主編，張伯偉編撰《全唐五代詩格校考·詩議》（西安：陝西人民教育出版社，1996），頁185。

〔註93〕見傅璇琮主編，張伯偉編撰《全唐五代詩格校考·詩式》（西安：陝西人民教育出版社，1996），頁210。

〔註94〕劉禹錫〈董氏武陵集紀〉云：「義得而言喪，故微而難分。境生於象外，故精而寡和。」見（唐）劉禹錫著，瞿蛻園箋證《劉禹錫集箋證》（上海：上海古籍出版社，1989），頁517。

〔註95〕司空圖〈與極浦書〉云：「象外之象，景外之景，豈容易譚哉？」。見（唐）司空圖著，祖保泉、陶禮天箋校《司空表聖詩文集箋校》（合肥：安徽大學出版社，2002），頁215。

〔註96〕見（唐）司空圖著，郭紹虞集解《詩品集解·續詩品注》（北京：人民文學出版社，2006），頁3。

第二章　《二十四詩品》之創作論

第一節　素處以默，妙機其微——靈感論

「靈感」一語和概念源自西方，古希臘時代柏拉圖（Plato，427B.C～347 B.C）曾云：

> 凡是高明的詩人，無論在史詩或抒情詩方面，都不是憑技藝來做成他們的優美的詩歌，而是因爲他們得到靈感，有神力憑附著。〔註 1〕

於此，柏拉圖（Plato）將完美的文藝創作成果歸諸於「神力」的幫助，固然使得文藝的創作蒙上了神秘色彩，但暫且不論「靈感」的來源如何，柏拉圖（Plato）卻也辯證出了一個眞理：光靠「技藝」是無法成就一首好詩的，必須在創作的當下，有「靈感」來指導「技藝」如何創作，如此才能寫出一首好詩。因此，「靈感」可說是詩人在形諸筆墨前，就已經存在的一種特殊經驗，並且這是使詩歌得以表現「美」的藝術關鍵。

晉朝陸機的〈文賦〉是中國文學批評史上側重創作心理探討的著作，也是首先提出「靈感」問題的一篇文論。陸機〈文賦〉云：

〔註 1〕見柏拉圖（Plato）著，朱光潛譯《文藝對話集》（北京：人民出版社，1997），頁 8。

> 若夫應感之會，通塞之紀，來不可遏，去不可止，藏若景滅，行猶響起。方天機之駿利，夫何紛而不理？思風發於胸臆，言泉流於脣齒：紛葳蕤以馺遝，唯毫素之所擬；文徽徽以溢目，音泠泠而盈耳。及其六情底滯，志往神留；兀若枯木，豁若涸流。攬營魂以探賾，頓精爽於自求；理翳翳而愈伏，思乙乙其若抽。是以或竭情而多悔，或率意而寡尤。雖茲物之在我，非余力之所戮。故時撫空懷而自惋，吾未識夫開塞之所由。〔註2〕

陸機所謂的「天機」即有類於「靈感」的概念。當靈感來時，便是天機駿利的時候，這時「夫何紛而不理？思風發於胸臆，言泉流於脣齒：紛葳蕤以馺遝，唯毫素之所擬；文徽徽以溢目，音泠泠而盈耳」；而當沒有靈感時，便會陷入「六情底滯，志往神留」的狀態，而「兀若枯木，豁若涸流。攬營魂以探賾，頓精爽於自求；理翳翳而愈伏，思乙乙其若抽。是以或竭情而多悔，或率意而寡尤」。雖然陸機對靈感也說「吾未識夫開塞之所由」，但「茲物之在我」則同柏拉圖（Plato）一樣，肯定了有創作靈感的存在。只是靈感「應感之會，通塞之紀，來不可遏，去不可止，藏若景滅，行猶響起」的特質，陸機並不說成是來自於神力，卻也指出這不是個人勉強努力就能擁有或掌控的。

如何掌握靈感？在南朝梁・劉勰有突破性主張。《文心雕龍・神思》云：

> 若夫駿發之士，心總要術，敏在慮前，應機立斷；覃思之人，情饒歧路，疑在慮後，研鑒方定。機敏故造次而成功，鑒疑故愈久而致績。難易雖殊，並資博練。若學淺而空遲，才疏而徒速，以斯成器，未之前聞。是以臨篇綴慮，必有二患：理鬱者苦貧，辭溺者傷亂；然則博見爲饋貧之糧，貫一爲拯亂之藥，博而能一，亦有助乎心力矣。〔註3〕

〔註2〕見楊牧著《陸機文賦校釋》（臺北：洪範書店有限公司，1985），頁101。

〔註3〕見（梁）劉勰著，王更生注譯《文心雕龍讀本》下篇（臺北：文史哲出版社，2004），頁4～5。

劉勰於此指出了兩種典型的寫作狀況：駿發之士因「心總要術，敏在慮前，應機立斷」，所以在很短的時間內，便得以完成創作；覃思之人「情饒歧路，鑒在疑後，研慮方定」，因此需歷時很久，才能取得成績。覃思之人，爲文患在「理鬱」而「苦貧」；駿發之士，雖機變敏捷，卻病在「辭溺」而「傷亂」。這兩種人所產生的問題癥結都在「靈感」上。爲了使覃思之人能有充分的靈感發揮，駿發之士對靈感有精確的把握，劉勰於是提出了「並資博練」的辦法。「博練」的內容，即是「博見」與「貫一」。

中唐詩學中，皎然也曾論及靈感的問題。《詩式・取境》云：

> 又云，不要苦思，苦思則喪自然之質。此亦不然。夫不入虎穴，焉得虎子。取境之時須至難至險，始見奇句。成篇之後，觀其氣貌，有似等閒，不思而得，此高手也。有時意靜神王，佳句縱橫，若不可遏，宛如神助。不然，蓋由先積精思，因神王而得乎？〔註4〕

所謂「意靜神王，佳句縱橫，若不可遏，宛如神助」有類於靈感的描述語，但綜觀此段大意，可以發現皎然其實已將「靈感」的發生，繫於「苦思」與「取境」的工夫下了。易言之，只要做到「先積精思」的「苦思」與「至難至險」的「取境」後，作品便可呈現「宛如神助」的靈感表現。如此，皎然對靈感的產生認識，與陸機、劉勰實有不同，並且對「取境」的技藝重視，明顯甚於靈感的培養。

在風格分類的名目上，與皎然頗多相似之處的《二十四詩品》，也同樣含有靈感論的內容，甚且比以往的詩學論述更顯豐富。因爲，「持之非強，來之無窮」〔註5〕、「欲返不盡，相期與來」〔註6〕描述

〔註4〕見傅璇琮主編，張伯偉編撰《全唐五代詩格校考》（西安：陝西人民教育出版社，1996），頁210。

〔註5〕見（唐）司空圖著，郭紹虞集解《詩品集解・續詩品注》（北京：人民文學出版社，2006），頁3。

〔註6〕見（唐）司空圖著，郭紹虞集解《詩品集解・續詩品注》（北京：人民文學出版社，2006），頁24。

了靈感飄忽不定、難以把持的特性。「絕佇靈素，少迴清眞」〔註 7〕、「素處以默，妙機其微」〔註 8〕說明了靈感得以產生的形式。「如有佳語，大河前橫」〔註 9〕、「脫有形似，握手已違」〔註 10〕則描繪了靈感顯現時的現象。

首先，就靈感飄忽不定、難以把持的特性而言，〈雄渾〉的「持之非強，來之無窮」，楊廷芝《二十四詩品淺解》云：

> 二「之」字上喻下正。一就物言，一就理言。言力爲持之，不費勉強，逢源而來，有何窮盡？〔註 11〕

易言之，第一個「之」字指的是「靈感」之物；第二個「之」字，則指靈感變化之理。「力爲持之，不費勉強，逢源而來，有何窮盡？」正說明了「靈感」的重要特質——無法勉強得來，又左右逢源時，也不知其所窮盡。

〈精神〉的「欲返不盡，相期與來」，孫聯奎《詩品臆說》云：「曰『相期』，實不相期而如相期者。」〔註 12〕又楊廷芝《二十四詩品淺解》云：

> 首二句若合看，一言精神之體，一言精神之用。言欲返於內，則精聚神藏，自有不盡之蘊；而相期於心，則精酣神足，莫亭「與來」之機。次句，「相期」指心之理言。「與」字，跟上「相期」。來，所謂意到筆隨也。〔註 13〕

〔註 7〕見（唐）司空圖著，郭紹虞集解《詩品集解‧續詩品注》（北京：人民文學出版社，2006），頁 36。

〔註 8〕見（唐）司空圖著，郭紹虞集解《詩品集解‧續詩品注》（北京：人民文學出版社，2006），頁 5。

〔註 9〕見（唐）司空圖著，郭紹虞集解《詩品集解‧續詩品注》（北京：人民文學出版社，2006），頁 9。

〔註 10〕見（唐）司空圖著，郭紹虞集解《詩品集解‧續詩品注》（北京：人民文學出版社，2006），頁 6。

〔註 11〕見（清）孫聯奎、楊廷芝著，孫昌膝、劉淦校點《司空圖詩品解說二種》（濟南：齊魯書社，1980），頁 88。

〔註 12〕見（清）孫聯奎、楊廷芝著，孫昌膝、劉淦校點《司空圖詩品解說二種》（濟南：齊魯書社，1980），頁 29～30。

〔註 13〕見（清）孫聯奎、楊廷芝著，孫昌膝、劉淦校點《司空圖詩品解說

是故，「相期與來」說明了靈感的到來，實際上是無法預期的，但當它來臨時，卻有類於事先就約好了一般，所以說是「意到筆隨」。此外，「欲返不盡」則指出當精酣神足時，心中便自蘊含有不盡的靈感之機。

其次，就靈感顯現時的現象言，〈沉著〉的「如有佳語，大河前横」，楊廷芝《二十四詩品淺解》云：

> 人之佳語，如有此妙境，而大河前橫，舉目可得，隨在皆然矣。〔註14〕

郭紹虞以爲這樣的解釋有些牽強，他說：

> 竊以爲大河前橫，當即言語道斷之意。鈍根語本談不到沉著，但佳語說盡，一味痛快，也復不成爲沉著。所以要在言語道斷之際，而成爲佳語，纔是眞沉著。〔註15〕

倘僅以「沉著」一品來理解，那麼「如有佳語，大河前橫」指的便是言語道斷之際，所成的佳語。然而，依楊廷芝的解釋，則是將此語視爲一般創作靈感的詩理。因爲不單楊廷芝，孫聯奎《詩品臆說》亦云：

> 有佳意，必有佳語；所謂詞由意生也。佳語而有大河横阻，斯語無泛設。〔註16〕

有靈感，即是有佳意，有佳意，始能成佳語。如此「大河横前」可說是《二十四詩品》對靈感顯現時的比喻，說明了佳語的不苟虛置，以及舉目可得，隨在自得的樂趣。此外，將「如有佳語，大河前横」視爲創作靈感的詩理解時，其實也涵蓋了言語道斷之際，所成的佳語解釋，因此與「沉著」一品的風格詮釋，並不會有所衝突。

二種》（濟南：齊魯書社，1980），頁106。

〔註14〕見（清）孫聯奎、楊廷芝著，孫昌膝、劉淦校點《司空圖詩品解說二種》（濟南：齊魯書社，1980），頁92。

〔註15〕見（唐）司空圖著，郭紹虞集解《詩品集解·續詩品注》（北京：人民文學出版社，2006），頁10。

〔註16〕見（清）孫聯奎、楊廷芝著，孫昌膝、劉淦校點《司空圖詩品解說二種》（濟南：齊魯書社，1980），頁17。

〈沖淡〉的「脫有形似，握手已違」，孫聯奎《詩品臆說》云：「不著跡，不費力，乃許沖淡。」〔註 17〕又楊廷芝《二十四詩品淺解》亦云：

> 脫，猶若也。言若有形似，欲指其狀，即一握手間，已涉跡象，非沖淡矣。〔註 18〕

孫聯奎、楊廷芝皆從「沖淡」的角度來解釋「脫有形似，握手已違」，但「不著跡，不費力」、「若有形似」、「一握手間」等性質，與靈感特質又極為相似。郭紹虞的注解云：

> 愚者求此沖淡之境，即使偶有形跡相似，然而一握手間已違本願。〔註 19〕

因此，即便是以表現「沖淡」的風格，來要求詩歌的創作，但「偶有形跡相似」的靈感，也是在「一握手間」，就稍縱即逝了。所以，〈沖淡〉的「脫有形似，握手已違」，不僅是對沖淡風格的說明，同時也是對靈感表現的描述。

最後，如何培養靈感？〈沖淡〉的「素處以默，妙機其微」，孫聯奎《詩品臆說》云：

> 默，靜默也。沖淡人，斷無不平素處以靜默者。明道先生逐日端坐如泥塑神。靜則心清。心清聞妙香。機者，觸也，契也。微，微妙。機其微，謂一觸即契其微妙也。心通造化，自然妙契希微。素處以默，妙已裕矣。以心之妙，觸理之妙；以心之妙，觸景之妙；此時之妙，乃妙不可言。〔註 20〕

又郭紹虞亦云：

〔註 17〕見（清）孫聯奎、楊廷芝著，孫昌膝、劉淦校點《司空圖詩品解說二種》（濟南：齊魯書社，1980），頁 14。

〔註 18〕見（清）孫聯奎、楊廷芝著，孫昌膝、劉淦校點《司空圖詩品解說二種》（濟南：齊魯書社，1980），頁 89。

〔註 19〕見（唐）司空圖著，郭紹虞集解《詩品集解・續詩品注》（北京：人民文學出版社，2006），頁 7。

〔註 20〕見（清）孫聯奎、楊廷芝著，孫昌膝、劉淦校點《司空圖詩品解說二種》（濟南：齊魯書社，1980），頁 13。

> 平居淡素，以默爲守，涵養既深，天機自合，故云妙機其微。
> 微也者，幽微也，亦微妙也，言莫之求而自致也。〔註21〕

以素處靜默的方式來觀照萬物造化的景象或規律，至涵養深時，自能有心契天機的微妙發生。依此可知，靈感所表現的內容，也無非是在於對造化天機的妙契，並且這妙契是「莫之求而自致」，即說明了靈感的發生是訴諸於直覺的形式。

倘進一步追問，「素處以默」何以能妙契天機呢？〈形容〉的「絕佇靈素，少迴清眞」，則是對這一問題的進一步回答。孫聯奎《詩品臆說》云：

> 絕佇靈素，謂極力留心清眞。物之清眞，即物之神理也。極力留心物之神理，方得少迴清眞。少迴者，不敢侈言盡迴，謂少得彷彿也。〔註22〕

「絕佇靈素」即是心靈極力的留心於萬物造化的神理，當神理既得時，便得觀照出萬物本來面目的彷彿。職是，《二十四詩品》對靈感的掌握，已不同於《文心雕龍》對「並資博練」的講究，而是在知識增廣與融貫的工夫外，更注重對客觀的自然做出深刻的觀察與體悟。姚一葦曾說：

> 當然此瞬間的感覺經驗不能代表藝術，但無疑的卻是藝術家靈感的來源，創作的起步。〔註23〕

又德國重要文藝理論家萊辛（Lessing，1729～1781）更直接說：

> 天才可以不瞭解連小學生都懂得的千百種事物，他的財富不是經過勤勉獲得的貯藏在他的記憶裡的東西構成的，而是由出自本身、從他自己的感情中產生出來的東西構成的。〔註24〕

〔註21〕見（唐）司空圖著，郭紹虞集解《詩品集解・續詩品注》（北京：人民文學出版社，2006），頁6。

〔註22〕見（清）孫聯奎、楊廷芝著，孫昌膝、劉淦校點《司空圖詩品解說二種》（濟南：齊魯書社，1980），頁40。

〔註23〕見姚一葦著《審美三論》（臺北：臺灣開明書店，1993），頁42。

〔註24〕見楊冬著《文學理論：從柏拉圖到德里達》（北京：北京大學出版社，

因此，與知識學習相比起來，靈感的來源實與個人生命的情感經驗有更直接且密切的關係。

《二十四詩品》注重個人生命對自然事物的觀察與體悟，並不是沒有歷史、文化的脈絡可尋。因爲在唐代，除了詩歌獲得璀璨的發展外，書法的成就也取得了輝煌的成績。唐・虞世南《筆髓論・妙契》曾說：

> 然則字雖有質，跡本無爲，稟陰陽而動靜，體萬物以成形，達性通變，其常不主。故知書道玄妙，必資神遇，不可以力求也；機巧必須心悟，不可以目取也。〔註 25〕

書法藝術沒有一定的常法可尋，玄妙的造詣在於能「體萬物以成形」，但要如何對萬物有所「神遇」或「心悟」呢？唐・陸羽〈懷素別傳〉中有一段話：

> 懷素與鄔彤爲兄弟，常從彤受筆法。彤曰：「張長史私謂彤曰：『孤蓬自振，驚沙坐飛，余自是得奇怪。』草聖盡於此。」顏眞卿曰：「師亦有自得乎？」素曰：「吾觀夏雲多奇峰，輒常師之，其痛快處如飛鳥出林，驚蛇入草。又遇坼壁之路，一一自然。」眞卿曰：「何如屋漏痕？」素起，握公手曰：「得之矣。」〔註 26〕

對夏雲幻變出奇峰之形有深刻的觀察，進而有如「飛鳥出林」、「驚蛇入草」的痛快領悟，於是提筆模仿，以臻書藝妙境。職是，舉凡坼壁之路、屋漏痕等皆是觀察自然的對象範圍。就畫論方面而言，唐・張璪也說：「外師造化，中得心源。」〔註 27〕直至北宋・李成、范寬、郭熙等的山水畫，都還體現著這樣與現實觀察不可分割的關

2009)，頁 67。

〔註 25〕見上海書畫出版社編《歷代書法論文選》(上海：上海書畫出版社，2007)，頁 113。

〔註 26〕見上海書畫出版社編《歷代書法論文選》(上海：上海書畫出版社，2007)，頁 283。

〔註 27〕見俞劍華編著《中國古代畫論類編》上冊（北京：人民美術出版社，2007)，頁 19。

係。〔註 28〕因此，努力觀察自然，並從中獲得啓示、加以模仿，已取代書本知識的學習，而成爲唐宋書畫藝術的一種新風尙。所以，晚唐・司空圖的詩論觀點有「知道非詩」〔註 29〕之語，而宋・嚴羽更直言道：「詩有別材，非關書也」〔註 30〕。

第二節　意象欲出，造化已奇——表現論

表現主義美學的創始人是二十世紀義大利的美學家克羅齊（Croce，1866～1952），他說：「藝術是諸印象的表現品，不是表現品的表現品。」〔註 31〕因此，克羅齊（Croce）所謂「表現」指的並不是藝術傳達的實踐活動，而是一種心靈的創造活動。然而，爲什麼藝術是諸印象的表現品呢？他解釋道：

> 每一個眞直覺或現形同時也是表現。沒有把自身在表現中化爲對象底東西就不是直覺或現形，就還只是感受和自然底事實。〔註 32〕

職是，感官印象必須透過心靈的直覺形式，才能表現成藝術品；否則，感官印象就仍然只是一種感覺經驗的自然事實罷了。有關「直覺」、「形相（象）」、「意象」三者的關係，朱光潛曾作了這樣的說明：

> 我們直覺 A 時，就把全副心神注在 A 本身上面，不旁遷他涉，不管它爲某某。A 在心中只是一個無沾無礙的獨立自

〔註 28〕參見蔣勳著《美的沉思——中國藝術思想芻論》（臺北：雄獅圖書股份有限公司，2006），頁 87。

〔註 29〕司空圖〈詩賦贊〉云：「知道非詩，詩未爲奇。」見祖保泉、陶禮天箋校《司空表聖詩文及箋校》（合肥：安徽大學出版社，2002），頁 295。

〔註 30〕嚴羽《滄浪詩話》云：「夫詩有別材，非關書也；詩有別趣，非關理也。」見（清）何文煥輯《歷代詩話》（北京：中華書局，2006），頁 688。

〔註 31〕見克羅齊（Croce）著，正中書局編審委員會重譯《美學原理》（臺北：正中書局，1975），頁 14。

〔註 32〕見克羅齊（Croce）著，正中書局編審委員會重譯《美學原理》（臺北：正中書局，1975），頁 8。

> 足的意象（Image），A 如果代表玫瑰，它在心中就只是一朵玫瑰的圖形。如果聯想到「玫瑰是木本花」，就失其爲直覺了。這種獨立自足的意象或圖形就是我們所說的「形相」。〔註 33〕

是故，「形象」是指自然印象的表象化，而「直覺」是心靈本身所具有的一種觀照形式，「意象」則是心靈對形象的直覺。「直覺」的活動既是「表現」的活動，所以「意象」的表現便是「藝術」了。本節研究即以克羅齊（Croce）的表現原理來探討《二十四詩品》「意象」的表現論。

中國很早的時候就懂得運用「意」與「象」之間所具有的象徵或隱喻關係。《周易・繫辭上》云：「聖人立象以盡意」〔註 34〕。然而其中「象」指的是「卦象」，所盡的「意」指的是占卜人事的吉凶。漢代王充是最早使用「意象」一語者，《論衡・亂龍》云：「禮貴意象，示義取名也」〔註 35〕，可見這時的「意象」仍只用於禮儀上的示義作用。魏晉時期是個人主觀情感覺醒的時代，故遂啓西晉・陸機「詩緣情而綺靡」〔註 36〕的緣情詩觀，然而關於意象的表現論述，書論卻是早於文論。東晉・王羲之〈書論〉云：

> 凡書貴乎沈靜，令意在筆前，字居心後，未作之始，結思成矣。〔註 37〕

所謂「未作之始，結思成矣」即說明了在運筆書寫前，所要寫的字早已在大腦中成形了。於此，王羲之雖然沒有使用到「意象」一語，但

〔註 33〕見朱光潛著《文藝心理學》（臺北：臺灣開明書店，1993），頁 6。

〔註 34〕見（清）刊刻《十三經注疏・周易》（臺北：藝文印書館，2003），頁 158。

〔註 35〕見（漢）王充撰，劉盼遂集解，楊家駱主編《論衡集解》（臺北：世界書局，1967），頁 332。

〔註 36〕見楊牧著《陸機文賦校釋》（臺北：洪範書店有限公司，1985），頁 41。

〔註 37〕見上海書畫出版社編《歷代書法論文選》（上海：上海書畫出版社，2007），頁 29。

他所謂「意在筆前」中的「意」，實已具有意象表現的涵意。

南朝梁・劉勰的《文心雕龍》是首次將「意象」一語應用到文學理論的著作。《文心雕龍・神思》云：

> 是以陶鈞文思，貴在虛靜。疏瀹五藏，澡雪精神，積學以儲寶，酌理以富才，研閱以窮照，馴致以繹辭，然後使玄解之宰，尋聲律而定墨；獨照之匠，窺意象而運斤；此蓋馭文之首術，謀篇之大端。〔註 38〕

很明顯的，「窺意象而運斤」指的就是運用語言的工夫，來從事「意象」刻畫的創作，並且這「意象」即是心靈所直覺到的美感形象。然而，《文心雕龍》雖然使用了「意象」一語，但對意象的表現論並未多作闡述。這是因爲劉勰所重視的文論觀點並不在於「意象」，而是在於獲得意象前的準備工夫，亦即「貴在虛靜。疏瀹五藏，澡雪精神，積學以儲寶，酌理以富才，研閱以窮照，馴致以繹辭」。

相較於文學理論對意象表現論的忽視，書畫藝術在王羲之「意在筆前」後，卻有承續的流傳與發展。如書法方面，唐・孫過庭曾提「意先筆後」〔註 39〕，唐・張懷瓘更直云：「探彼意象，入此規模」〔註 40〕。另外畫論方面，唐代也有「意在筆先」〔註 41〕的主張。如是，唐代書畫對意象表現論所形成的崇尚風氣，對往後《二十四詩品》意象論的成熟，不能說無啓迪的影響。

〔註 38〕見（南朝梁）劉勰著，王利器校注《文心雕龍校注》（臺北：明文書局，1985），頁 187。

〔註 39〕唐・孫過庭《書譜》云：「夫運用之方，雖由己出，規模所設，信屬目前，差之一毫，失之千里，苟知其術，適可兼通。心不厭精，手不忘熟。若運用盡於精熟，規矩暗於胸襟，自然容與徘徊，意先筆後，瀟灑流落，翰逸神飛。亦猶弘羊之心，預乎無際；庖丁之目，不見全牛。」見上海書畫出版社編《歷代書法論文選》（上海：上海書畫出版社，2007），頁 129。

〔註 40〕唐・張懷瓘〈文字論〉云：「探彼意象，入此規模」見上海書畫出版社編《歷代書法論文選》（上海：上海書畫出版社，2007），頁 211。

〔註 41〕傳唐代王維撰〈山水論〉云：「凡畫山水，意在筆先。」見俞劍華編著《中國古代畫論類編》（北京：人民美術出版社，2007），頁 596。

繼《文心雕龍》之後，盛唐・王昌齡雖然也曾言及「意象」，但其所謂「意象」非直指意象的表現論。《詩格》云：

> 詩有三思：一曰生思。二曰感思。三曰取思。生思一。久用精思，未契意象，力疲智竭，放安神思。心偶照鏡，率然而生。感思二。尋味前言，吟諷古制，感而生思。取思三。搜求於象，心入於境，神會於物，因心而得。〔註42〕

「生思」、「感思」等階段，皆未能相契於「意象」；唯「取思」中，所搜求的象是「心入於境」、「神會於物」而得的，因此「取思」中，所搜求得到的「象」，即是意象的表現。但這樣的意象表現論述，王昌齡並不直接以「意象」來表述，而是逕稱爲「象」。職是，王昌齡所謂「意象」並非直指意象的表現論。

此外，唐人編纂的唐詩集中，殷璠《河嶽英靈集》曾選錄了王昌齡詩十六首，爲諸家之冠。然而，殷璠標舉的是「興象」與「風骨」，卻不是王昌齡的「取思」。又初唐・陳子昂〈修竹篇并序〉曾云：

> 文章道弊五百年矣。漢、魏風骨。晉、宋莫傳。然而文獻有可徵者。僕嘗暇時觀齊、梁間詩。彩麗競繁。而興寄都絕，每以永歎。〔註43〕

而殷璠《河嶽英靈集・序》云：

> 然挈瓶庸受之流，責古人不辨宮商徵羽、詞句質素，恥相師範於是；攻異端、妄穿鑿，理則不足，言常有餘，都無興象，但貴輕豔，雖滿篋笥，將何用之？自蕭氏以還，尤增矯飾，武德初，微波尚在；貞觀末，標格漸高；景雲中，頗通遠調；開元十五年後，聲律風骨始備矣。〔註44〕

職是，殷璠「興象」中的「象」義，也非王昌齡「取思」中所要搜求的「象」。殷璠所標舉的「興象」、「風骨」，實直承陳子昂所主張的

〔註42〕見傅璇琮主編，張伯偉編撰《全唐五代詩格校考》（西安：陝西人民教育出版社，1996），頁149～150。

〔註43〕見楊家駱主編《新校陳子昂集》（臺北：世界書局，1964）頁15。

〔註44〕見（明）毛晉編《唐人選唐詩》下冊（臺北：大通書局，1973），頁1113～1114。

「興寄」與「風骨」，都是在於反對六朝以來，積靡成習的縟麗之風。由此可知，不僅王昌齡，甚至當時的唐代文壇也都未能正視到意象的表現論。

南朝齊・謝赫雖曾云：「取之象外」〔註45〕，但「象外」的主張與佛教思想實有密切的關係，因爲早在後秦時，僧肇即有「象非眞象」〔註46〕之說。中唐禪宗大盛，對「境」、「離相（象）」的強調與影響，更促使了文學理論與「境」、「象外」等觀念有了繫聯。〔註47〕孫昌武即云：

> 應當指出，像這樣從「本體之用」的立場來比喻心如明鏡，在唐代禪宗出現前是沒有過的。〔註48〕

職是，盛唐・王昌齡的「心偶照鏡」、「心入於境」，可說是開此論之先聲。繼之，中唐僧人兼詩人身分的皎然，更充分的發揮了這樣的詩論觀點。《詩式・取境》云：

> 又云，不要苦思，苦思則喪自然之質。此亦不然。夫不入虎穴，焉得虎子。取境之時須至難至險，始見奇句。〔註49〕

又《詩議》云：

> 或曰：詩不要苦思，苦思則喪於天眞。此甚不然。固當繹慮於險中，採奇於象外，狀飛動之句，寫眞奧之思。〔註50〕

〔註45〕見俞劍華編著《中國古代畫論類編・古畫品錄》（北京：人民美術出版社，2007），頁357。

〔註46〕僧肇〈不眞空論〉曾云：「如此，則萬象雖殊而不能自異；不能自異，故知象非眞象；象非眞象故，則雖象而非象。」見（後秦）釋僧肇著《肇論・肇論新疏》（臺北：新文豐出版公司，1993），頁167。

〔註47〕唐・六祖慧能云：「善知識，外離一切相，名爲無相。能離於相，則法體清靜。此是以無相爲體。善知識，於諸境上，心不染，曰無念。於自念上，常離諸境，不於境上生心。」見（唐）釋法海錄，丁福保箋註《六組壇經箋註》（臺北：佛陀教育基金會，1991），頁47。由此可見禪宗對「境」與「離相」的強調論述。

〔註48〕見孫昌武著《禪思與詩情》（北京：中華書局，1997），頁223。

〔註49〕見傅璇琮主編，張伯偉編撰《全唐五代詩格校考》（西安：陝西人民教育出版社，1996），頁210。

〔註50〕見傅璇琮主編，張伯偉編撰《全唐五代詩格校考》（西安：陝西人民

職是，皎然論詩要「見奇句」、要能「採奇」，則其所謂「取境」中的「境」指的便是「象外」。《詩式・用事》云：「取象曰比，取義曰興，義即象下之意。」〔註 51〕如此，「象」在皎然的定義中，也只是作爲一個比喻用的「形象」，而所含藏的意旨則在於所比喻的「象」下，亦即在於「象外」之「境」。因此，到了劉禹錫便直云：「境生於象外」〔註 52〕。

以「象外」觀點論詩，一直到晚唐・司空圖都可見此風氣的痕跡。〈與極浦書〉云：

> 戴容州云：「詩家之景，如藍田日暖，良玉生煙，可望而不可置于眉睫之前也。」象外之象，景外之景，豈容易可譚哉？〔註 53〕

於此，「景外之景」便是所謂的「象外之象」。前一個「象」，指的是所見事物的「形象」；而後一個「象」，則是直覺到前一個「形象」時，所產生的「意象」。以司空圖所舉的詩家之景而言，前一個「象」指的便是「藍田」、「良玉」，是詩人所見到的形象；後一個「象」指的是「藍田日暖」、「良玉生煙」，是詩人在對「藍田」、「良玉」等形象直覺下，才會所產生的意象。因此，「形象」可於目前見之，但「意象」卻無法置之目前，而這正是司空圖認爲詩家之景，豈容易譚哉的道理。〔註 54〕

教育出版社，1996），頁 185。

〔註 51〕見傅璇琮主編，張伯偉編撰《全唐五代詩格校考》（西安：陝西人民教育出版社，1996），頁 207。

〔註 52〕劉禹錫〈董氏武陵集紀〉云：「義得而言喪，故微而難分；境生於象外，故精而寡和。」見（唐）劉禹錫著，瞿蛻園箋證《劉禹錫集箋證》（上海：上海古籍出版社，1989），頁 517。

〔註 53〕見（唐）司空圖著，祖保泉、陶禮天箋校《司空表聖詩文集箋校》（合肥：安徽大學出版社，2002），頁 215。

〔註 54〕阮沅曾指出：「前一個『象』指的是由詩的語言構成的作品的藝術形象，後一個『象』指的是由欣賞者根據作品的語言形象在頭腦中重新創造的藝術意象。」見阮沅著《中國古典美學初編》（武漢：長江文藝出版社，1986），頁 301。又張少康亦云：「這裡，前一個『象』

不同於中唐，晚唐・司空圖已不再將意象的表現論繫於「境」或「象外」的概念中，而是更清楚的點明是「象外」之「象」。詩論中，在「象外」用詞及意象表現論上，與司空圖頗有相似之處者，便屬《二十四詩品》。《二十四詩品》的文本，不僅有「象外」之語，並且也再次論及了「意象」。其中，「眞力彌滿，萬象在旁」〔註55〕指出了意象得以表現之源。「是有眞宰，與之沉浮」〔註56〕、「意象欲出，造化已奇」〔註57〕說明意象將出時，形象與心靈間微妙的互動與變化。「淺深聚散，萬取一收」〔註58〕則點出意象表現的方式。

首先，就意象表現之源而言，〈豪放〉的「眞力彌滿，萬象在旁」，孫聯奎《詩品臆說》云：

> 有眞力以充之，上下四旁，任我所之；傍日月而摘星辰，何所不可。若無眞力，比之飄蓬。凡所應有，無不俱有，鬼斧神工，奔赴腕下，是之謂萬象在旁。〔註59〕

何謂「眞力」？杜黎均注解「眞力彌滿」時，云：「眞實活力飽滿。」〔註60〕職是，「眞力彌滿，萬象在旁」意味著詩人精神、活力飽滿時，

和『景』是實的，是作品中所具體描寫出來的景象，而後一個『象』和『景』則是要在前一個實的景象的啓發、暗示下，經過讀者的想像而獲得的虛的景象，而且往往對不同的讀者來說可能有不完全相同的感受。」見張少康著《司空圖及其詩論研究》（北京：學苑出版社，2005），頁62。所謂「在腦中重新創造」或受實景的啓發、暗示等，實際上就是形象直覺的表現活動。

〔註55〕見（唐）司空圖著，郭紹虞集解《詩品集解・續詩品注》（北京：人民文學出版社，2006），頁23。

〔註56〕見（唐）司空圖著，郭紹虞集解《詩品集解・續詩品注》（北京：人民文學出版社，2006），頁21。

〔註57〕見（唐）司空圖著，郭紹虞集解《詩品集解・續詩品注》（北京：人民文學出版社，2006），頁26。

〔註58〕見（唐）司空圖著，郭紹虞集解《詩品集解・續詩品注》（北京：人民文學出版社，2006），頁21。

〔註59〕見（清）孫聯奎、楊廷芝著，孫昌滕、劉淦校點《司空圖詩品解說二種》（濟南：齊魯書社，1980），頁28。

〔註60〕見杜黎均著《二十四詩品譯注評析》（北京：北京出版社，1988），頁121。

天地間各種事物的形象，將爲詩人有情的觀照，而作爲文藝創作的題材。事物的各種形象是人之於事物最初的感覺印象，所以「形象」雖然還不是「意象」，但卻是形成「意象」的重要一環。此外，「萬象在旁」中的「象」指的是「形象」，而非「意象」的另一個重要的理由是《二十四詩品》的文本思想明顯有超越「象」的主張。〈雄渾〉即云：「超以象外，得其環中。」〔註61〕由是，《二十四詩品》中「象」與「意象」已是兩種清楚而不同的觀念了。

其次，從意象的表現而論，〈含蓄〉的「是有眞宰，與之沉浮」，楊廷芝《二十四詩品淺解》云：

> 是有眞宰，主乎其內，與之沉浮，出淺入深，波瀾層疊，包孕何限。是不但於眞宰見其含，於沉浮見其蓄，曰是有，亦即言其含非無實；曰與之，亦即言其蓄由於內也。「之」字指理說。〔註62〕

所謂「內」者，指詩人的內在心靈，而「沉浮」者，指意象將出時「出淺入深，波瀾層疊」的沉隱浮現狀態。在詩人心靈的觀照中，含藏了意象將出的各種變化，所以說「於眞宰見其含」，而各種意象的可能出現，是包孕無窮的，所以說「於沉浮見其蓄」。質言之，詩人的心靈確實能爲直覺的形象所感動，而意象的表現，也有賴於詩人形象直覺的心靈形式。此外，〈縝密〉的「意象欲出，造化已奇」，孫聯奎《詩品臆說》云：

> 有意斯有象，意不可知，象則可知。當意象欲出未出之際，筆端已有造化；如下文水之流、花之開、露之未晞，皆造化之所爲也。造化何奇，然已不奇而奇矣。〔註63〕

「意象」可說是「意」與「象」的結合，是「形象」當中含藏著人的

〔註61〕見（唐）司空圖著，郭紹虞集解《詩品集解・續詩品注》（北京：人民文學出版社，2006），頁3。

〔註62〕見（清）孫聯奎、楊廷芝著，孫昌滕、劉淦校點《司空圖詩品解說二種》（濟南：齊魯書社，1980），頁103。

〔註63〕見（清）孫聯奎、楊廷芝著，孫昌滕、劉淦校點《司空圖詩品解說二種》（濟南：齊魯書社，1980），頁31。

思想情意。「形象」易見、易知，但「意象」則有賴人形象直覺的參與，才能見知出「形象」中所深藏的思想情意。所以，意象表現時，也就是詩人對自然萬物進行神奇創作的時候。

最後，就意象表現的方式言，〈含蓄〉的「淺深聚散，萬取一收」，孫聯奎《詩品臆說》云：

> 淺深、聚散，皆題外事也。四字總括眾象，即下文「萬」字。萬取，取一於萬；即「不著一字」。一收，收萬於一；即「盡得風流」。於此可悟表聖一貫之旨。〔註 64〕

又郭紹虞注解云：

> 含蓄則寫難狀之景，仍含不盡之情，也正因以一馭萬，約觀博取，不必羅陳，自覺敦厚。〔註 65〕

是故，與其羅陳各種事物的形象，而把情意給說盡或囿住了，倒不如於眾形象中，選擇具有代表性的直覺意象來抒情表意，如此方可臻至「不著一字」，卻「含不盡之情」、「盡得風流」的創作效果。

宋代詩論中，雖罕言「意象」，但司空圖的「味外之旨」，卻被宋人普遍接受，並且提升爲詩歌的最終價值。〔註 66〕「意象」一語再被提起，並受高度重視，已是入明以後的事了。王廷相〈與郭价夫學士論詩書〉即云：

> 嗟乎！言徵實則寡餘味也，情直致而難動物也，故示以意象，使人思而咀之，感而契之，邈哉深矣，此詩之大致也。〔註 67〕

又胡應麟《詩藪》更直指：「古詩之妙，專求意象」。〔註 68〕由此可見

〔註 64〕見（清）孫聯奎、楊廷芝著，孫昌膝、劉淦校點《司空圖詩品解說二種》（濟南：齊魯書社，1980），頁 27。

〔註 65〕見（唐）司空圖著，郭紹虞集解《詩品集解‧續詩品注》（北京：人民文學出版社，2006），頁 22。

〔註 66〕參見林湘華著《禪宗與宋代詩學理論》（臺北：文津出版社，2002），頁 59～61。

〔註 67〕見（明）王廷相著，王孝魚點校《王廷相集》（北京：中華書局，1989），頁 503。

〔註 68〕見周維德集校《全明詩話》（濟南：齊魯詩社，2005），頁 2484。

明代對「意象」觀念的明晰與注重。《二十四詩品》目前雖然只能發現元代的傳本，但就意象理路的成熟而言，自晚唐以後、明代之前，應有一段漫長的歷史發展痕跡，而《二十四詩品》便是扮演著其中重要的過渡階段。

第三節　離形得似，庶幾斯人——形神論

魏晉時代對人物的品評，除了重視外在的容貌、舉止外，同時也關注到了其中所散發出來的神采風韻。《世說新語・容止》即載：

> 庾長仁與諸弟入吳，欲住亭中宿。諸弟先上，見群小滿屋，都無相避意。長仁曰：「我試觀之。」乃策杖將一小兒，始入門，諸客望其神姿，一時退匿。〔註69〕

庾長仁策著木杖並憑扶一小兒入門的形象，很特別的會令人有一種「神姿」朗現的感受。諸門客一時退匿的舉動，便證實了庾長仁「神姿」的確實存在。由是，外在的形貌與內蘊的神采，皆是魏晉時代對人物鑑賞的內容。然而，「形」與「神」孰輕孰重呢？魏末・嵇康〈養生論〉云：

> 是以君子知形恃神以立，神須形以存。悟生理之易失，知一過之害生。故修性以保神，安心以全身。愛憎不棲於情，憂喜不留於意。泊然無感，而體氣和平。又呼吸吐納，服食養生；使形神相親，表裡俱濟也。〔註70〕

「形恃神以立，神須形以存」，所以「形」與「神」的關係是相互依存，並無孰輕孰重之分。「形」「神」愈是相近，不但人就愈得益處，甚且人獨特的形象特質，也愈能完整的顯現出來。東晉畫家顧愷之十分看重嵇康的四言詩，並爲之作畫，而說：「手揮五弦易，目送歸鴻難。」〔註71〕職是，想繪出嵇康「手揮五弦，目送歸鴻」的情景，則

〔註69〕見（南朝宋）劉義慶撰，（梁）劉孝標注，楊勇校箋《世說新語校箋》第3冊（北京：中華書局，2007），頁569。

〔註70〕見戴明揚著《嵇康集校著》（臺北：河洛圖書出版社，1978），頁146。

〔註71〕《晉書・顧愷之傳》載：「愷之每重嵇康四言詩，因爲之圖，恆云：

顧愷之便首先必須面對如何表現「形」、「神」的問題。

顧愷之如何同時兼顧到「形」與「神」，而表現出人的完整形象呢？《世說新語．巧藝》載：

> 顧長康畫人，或數年不點目精。人問其故，顧曰：「四體妍蚩，本無關於妙處；傳神寫照，正在阿堵中。」〔註72〕

顧愷之的人物畫中，有些是數年也不會畫上眼珠的，然而不點畫眼珠，並不意謂著這幅畫作尚未完成。因爲，顧愷之已明白的告訴人，整幅畫傳神巧妙的所在，正在於此「不點目精」之處。質言之，創作上「不點目精」，但又告訴鑑賞者說「傳神寫照，正在阿堵中」，很明顯的，即是創作者欲將「傳神」的內容，留給鑑賞者來想像，而鑑賞者想像的內容，正填補了「不點目精」所留下來的空白。所以，鑑賞者的想像參與，可說是這幅畫傳達內容的最後完成。要將「神」的內容留給鑑賞者來想像，那麼創作上便不能輕視足以引發傳神的「形似」技巧。顧愷之〈魏晉勝流畫讚〉曾云：

> 人有長短，今既定遠近以矚其對，則不可改易闊促，錯置高下也。凡生人無有手揖眼視而前無所對者，以形寫神而空其實對，荃生之用乖，傳神之趣失矣。空其實對則大失，對而不正則小失，不可不察也。一像之明昧，不若悟對之通神也。〔註73〕

「神」之趣味，既需仰賴「形」來傳達，則所畫之「形」的失對與否，便會關係到一幅畫作的優劣。然而，要如何避免「形」的「空其實對」或「對而不正」呢？不同於西方講究模仿現實的技法，顧愷之提出「悟對之通神」的主張。因爲「悟對」，故所繪之「形」得以避免「空其實對」或「對而不正」之失。又這樣的「悟對」，是出自「通神」後

『手揮五弦易，目送歸鴻難。』」見（唐）房喬等撰《晉書》（臺北：臺灣商務印書館，1988），頁655。

〔註72〕見（南朝宋）劉義慶撰，（梁）劉孝標注，楊勇校箋《世說新語校箋》第3冊（北京：中華書局，2007），頁646。

〔註73〕見（唐）張彥遠著，（日）岡村繁譯注，俞慰剛譯《歷代名畫記譯注》（上海：上海古籍出版社，2002），289。

的「悟對」，因此所繪畫出來的圖像，自然能有「以形寫神」的效果。但如何能有「通神」後的「悟對」呢？顧愷之〈論畫〉云：

> 凡畫，人最難，次山水，次狗馬，臺榭一定器耳，難成而易好，不待遷想妙得也。〔註 74〕

顧愷之認爲「人」比「山」、「水」、「狗」、「馬」、「臺」、「榭」等還要不容易畫好，因爲「山」、「水」、「狗」、「馬」、「臺」、「榭」等雖有一定的器形，卻沒有精神的內涵可言，因此不像畫「人」一般，需要有「遷想妙得」的工夫。職是，「遷想妙得」便是「悟對之通神」的工夫。所謂「遷想」指的是聯想的能力，而「妙得」則屬想像力的發揮。顧愷之因「遷想妙得」而「以形寫神」的畫作，如《世說新語．巧藝》載：

> 顧長康畫裴叔則，頰上益三毛。人問其故，顧曰：「裴楷俊朗有識具，正此是其識具。」看畫者尋之，定覺益三毛如有神明，殊勝未安時。〔註 75〕

又

> 顧長康畫謝幼輿在岩石裡。人問其所以。顧曰：「謝云『一丘一壑，自謂過之。』此子宜置丘壑中。」〔註 76〕

裴楷臉頰原無體毛，顧愷之卻益之三毛，並認爲這樣才符合裴楷的俊朗有識具，後來看畫者尋思，也認同了增益三毛確實比實際的原貌更加殊勝。如此，「三毛」的效果即是顧愷之「遷想妙得」的藝術表現。另外，爲什麼「畫謝幼輿在岩石裡」也是呢？因爲謝鯤曾說：「縱意丘壑，自謂過之」〔註 77〕又《晉紀》載：

〔註 74〕見（唐）張彥遠著，（日）岡村繁譯注，俞慰剛譯《歷代名畫記譯注》（上海：上海古籍出版社，2002），275。

〔註 75〕見（南朝宋）劉義慶撰，（梁）劉孝標注，楊勇校箋《世說新語校箋》第 3 冊（北京：中華書局，2007），頁 644。

〔註 76〕見（南朝宋）劉義慶撰，（梁）劉孝標注，楊勇校箋《世說新語校箋》第 3 冊（北京：中華書局，2007），頁 646。

〔註 77〕見（南朝宋）劉義慶撰，（梁）劉孝標注，楊勇校箋《世說新語校箋》第 2 冊（北京：中華書局，2007），頁 457。

> 鯤與王澄之徒，慕竹林諸人，散首披髮，裸袒箕踞，謂之「八達」。故鄰家之女，折其兩齒，世爲謠曰：「任達不已，幼輿折齒。」〔註 78〕

謝鯤既有「縱意丘壑」的山林野趣，又有「任達不已」的硬強性格，因此以岩石的渾然天成與頑強堅硬的特質作爲謝鯤人物畫的背景，正可烘托出謝鯤放曠自然與任情豁達的形象。

顧愷之在處理形神問題上的理論與實踐，對日後的畫論與書論都造成了深遠的影響。南朝宋・宗炳〈畫山水序〉即云：

> 聖人含道暎物，賢者澄懷味像。至於山水質有而趣靈，是以軒轅、堯、孔、廣成、大隗、許由、孤燭之流，必有崆峒、具茨、藐姑、箕首、大蒙之遊焉。又稱仁智之樂焉。夫聖人以神法道，而賢者通，山水以形媚道而仁者樂，不亦幾乎？……峰岫嶢嶷，雲林森眇，聖賢暎於絕代，萬趣融其神思，余復何爲哉？暢神而已，神之所暢，熟有先焉！〔註 79〕

在宗炳眼裡，不僅「人」具有精神內蘊，甚至自然山水也是「質有而趣靈」。因爲自然山水是「道」的媚形顯現，因此在「澄懷味像（象）」的覽勝中，仁者便能獲得一種「暢神」的樂趣。如此，宗炳擴大了顧愷之「傳神」的內容，不僅畫「人」，甚至自然山水等皆有待「遷想妙得」的創作。至南朝齊時，謝赫《古畫品錄》云：「若拘以體物，則未見精粹；若取之象外，方厭膏腴，可謂微妙。」〔註 80〕又王僧虔〈筆意贊〉亦云：「書之妙道，神采爲上，形質次之，兼之者方可紹於古人。」〔註 81〕由是，南朝的書論、畫論已漸有重「神」而輕「形」

〔註 78〕見（南朝宋）劉義慶撰，（梁）劉孝標注，楊勇校箋《世說新語校箋》第 2 冊（北京：中華書局，2007），頁 457。

〔註 79〕見俞劍華編著《中國古代畫論類編》（北京：人民美術出版社，2007），頁 583～584。

〔註 80〕見俞劍華編著《中國古代畫論類編》（北京：人民美術出版社，2007），頁 357。

〔註 81〕見上海書畫出版社編《歷代書法論文選》（上海：上海書畫出版社，2007），頁 62。

的傾向。

當書、畫界已向「神」的藝術領域發展時，文學理論則仍停留在「形似」的工夫上。西晉・陸機〈文賦〉即云：

> 體有萬殊，物無一量。紛紜揮霍，形難爲狀：辭程才以效伎，意司契而爲匠。在有無而僶俛，當淺深而不讓；雖離方而遯員，期窮形而盡相。故夫夸目者尚奢，愜心者貴當；言窮者無隘，論達者唯曠。〔註82〕

所謂「離方而遯員，窮形而盡相」即是不爲法式所拘束，而務在窮盡題材的形象。然而，與書畫理論不同，陸機窮盡形象的方法卻是講求極盡文辭鋪陳之能事，以臻至文章的流暢抒發與立論的通達合理。進入南朝後，梁・劉勰《文心雕龍・明詩》云：

> 宋初文詠，體有因革。莊、老告退，而山水方茲。儷采百字之偶，爭價一句之奇。情必極貌以寫物，辭必窮力而追新，此近世之所競也。〔註83〕

又梁・鍾嶸《詩品・序》亦云：

> 夫四言，文約意廣，取效風騷，便可多得；每苦文繁而意少，故世罕習焉。五言居文詞之要，是眾作之有滋味者也；故云會于流俗。豈不以指事造形，窮情寫物，最爲詳切者耶！故詩的三義焉：一曰興，二曰比，三曰賦。文已盡而意有餘，興也；因物喻志，比也；直書其事，寓言寫物，賦也。宏斯三義，酌而用之，幹之以風力，潤之以丹采，使味之者無極，聞之者動心：是詩之至也。〔註84〕

極盡物態的描寫外，又講究文字的新奇、華麗、駢偶、鋪陳等，幾乎可說是整個南朝文壇所競相追求和崇尚的。鍾嶸雖以「味之者無極，

〔註82〕見楊牧著《陸機文賦校釋》（臺北：洪範書店有限公司，1985），頁40～41。

〔註83〕見（南朝梁）劉勰著，王利器校注《文心雕龍校注》（臺北：明文書局，1985），頁35。

〔註84〕見（南朝梁）鍾嶸撰，陳延傑注釋《詩品注》（臺北：臺灣開明書店，1995），頁4。

聞之者動心」爲詩的最高表現，然而其所謂「宏斯三義，酌而用之，幹之以風力，潤之以丹彩」，終究也是以「指事造形，窮情寫物」爲最後目的。

書畫理論與文學理論的分歧，至盛唐・王維時獲得了融合，並且促使文學理論成功的吸收了書畫理論中「傳神」的藝術表現。劉大杰《中國文學發展史》即指出：

> 我們先瞭解王維在繪畫上的成就，再來讀他的詩，是較爲方便的。因爲他在繪畫與作詩的造境與用筆上，是取著同一的態度。他所追求的，是人人懂得而又是人人寫不出的一種自然的意境，他鄙視那種刻意追求外貌，缺乏畫家自己的構思、自己的內在因素的形象，後人稱道他的作品有神韻有情味，便是指的這一點。〔註85〕

不同南朝極盡物態的描寫與文字駢儷對偶的講究，王維詩歌創作的態度是傾向書畫理論中對「傳神」重視，而這「傳神」趣味的展現，即來自創作者的別出心裁。北宋・蘇軾〈書摩詰藍田煙雨圖〉曾云：「味摩詰之詩，詩中有畫；觀摩詰之畫，畫中有詩。」〔註86〕由是，王維詩、畫的造詣如何臻至「詩中有畫」、「畫中有詩」的傳神表現呢？宋《宣和畫譜》云：

> 觀其思致高遠，初未見於丹青，時時詩篇中已自有畫意。由是知維之畫，出於天性，不必以畫拘，蓋生而知之者。故「落花寂寂啼山鳥，楊柳青青渡水人」，又與「行到水窮處，坐看雲起時」，及「白雲回坐合，青靄入看無」之類，以其句法，皆所畫也。〔註87〕

是故「落花寂寂啼山鳥，楊柳青青渡水人」、「行到水窮處，坐看雲起

〔註85〕見劉大杰著《中國文學發展史》（校訂本）（臺北：華正書局，1998），頁450。

〔註86〕見（宋）蘇試著，傅成穆儔標點《蘇軾全集》（上海：上海古籍出版社，2000），頁2189。

〔註87〕見《叢書集成新編》第53冊（臺北：新文豐出版公司，1984），頁272。

時」、「白雲回坐合，青靄入看無」等既是王維寫作的詩句，也是王維入畫的題材。如此，王維的詩已不僅僅是詩，因爲詩所描寫的內容，還傳達出一份畫境的形象；而王維的畫，也不單單只是畫，因爲畫所描繪的形象，還另外帶有一份詩意的韻味。不以巧構形似之言爲高，不以雕琢、鋪陳的技法爲尚，唐代文壇逐漸擺脫南朝形似的文論束縛，而逐漸的重視到作者慧心的靈巧創作。中唐・李德裕〈文章論〉即云：

> 文之爲物，自然靈氣，恍惚而來，不思而至。杼柚得之，淡而無味；琢刻藻繪，珍不足貴。如彼璞玉，磨礲成器，奢者爲之，錯以金翠，美質既雕，良寶所棄，此爲文之大旨也。〔註88〕

文章過份藻飾，便會破壞作者原有的美感形象，因此「琢刻藻繪，珍不足貴」。甚且，表現意象神采蘊意的最好辦法，就是對描寫的形象採取「淡而無味」的創作形式。晚唐・司空圖〈與李生論詩書〉亦云：

> 王右丞、韋蘇州，澄澹精致，格在其中，豈妨于遒舉哉？賈浪仙誠有警句，視其全篇，意思殊餒，大抵附於蹇澀，方可致才，亦爲體之不備也，矧其下者哉！噫，近而不浮，遠而不盡，然後可以言韻外之致耳。〔註89〕

「澄澹精致，格在其中」是司空圖對王維和韋蘇州詩作的讚賞。如是，王維不務窮情盡象的描寫，而重在個人天機獨到的構思表現，即是司空圖所主張的詩要有「近而不浮，遠而不盡」的「韻外之致」。因爲不務於窮情盡象的描寫，所以詩意得不流於浮顯淺露；又由於詩能表現出個人天機獨到的構思，所以能令人低徊不已、一唱三嘆。反觀賈島的詩，雖有警句，但缺乏個人別具隻眼的傳神表現，因此全篇意思殊餒。

〔註88〕見（唐）李德裕著《李衛公會昌一品集》（北京：中華書局，1985），頁270。

〔註89〕見（唐）司空圖著，祖保泉、陶禮天箋校《司空表聖詩文集箋校》（合肥：安徽大學出版社，2002），頁193～194。

詩忌浮顯淺露而講求「淡而無味」的創作主張，在《二十四詩品》中一樣可以找到痕跡，並且對描寫形象如何「淡而無味」的創作，以臻至有「韻外之致」的神采，《二十四詩品》也有進一步的說明。「識者期之，欲得愈分」〔註 90〕指出若愈想極盡形象的補捉，就愈不能直覺到形象的美感。「離形得似，庶幾斯人」〔註 91〕謂詩人的創作應跳脫窮形寫貌的框架，才能表現出靈動、神似的審美意象。「語不涉己，若不堪憂」〔註 92〕、「語不欲犯，思不欲癡」〔註 93〕皆主張創作者應與創作對象保持適當的審美距離，避免個人強烈主觀意識或言語表達的介入，如此才能原味的呈現自己當初直覺美感形象時的感動。

〈飄逸〉的「識者期之，欲得愈分」，楊廷芝《二十四詩品淺解》云：

> 飄逸近於化，識者期之，亦惟是優遊漸漬，以俟其自化而已。如有心求之，欲得其法於飄逸之中，欲分其心於飄逸之外，愈近而愈遠，化不可爲也。〔註 94〕

又郭紹虞的注解云：

> 一作「識者已領，期之愈分」。言識其境者已爲之心領，若有意求之，則又愈覺其相離而不可即，總言飄逸之狀難以形跡求也。〔註 95〕

雖然楊廷芝與郭紹虞皆從「飄逸」一品的角度來解釋，但就詩論的觀

〔註 90〕見（唐）司空圖著，郭紹虞集解《詩品集解·續詩品注》（北京：人民文學出版社，2006），頁 39。
〔註 91〕見（唐）司空圖著，郭紹虞集解《詩品集解·續詩品注》（北京：人民文學出版社，2006），頁 36。
〔註 92〕見（唐）司空圖著，郭紹虞集解《詩品集解·續詩品注》（北京：人民文學出版社，2006），頁 21。
〔註 93〕見（唐）司空圖著，郭紹虞集解《詩品集解·續詩品注》（北京：人民文學出版社，2006），頁 26。
〔註 94〕見（清）孫聯奎、楊廷芝著，孫昌膝、劉淦校點《司空圖詩品解說二種》（濟南：齊魯書社，1980），頁 119～120。
〔註 95〕見（唐）司空圖著，郭紹虞集解《詩品集解·續詩品注》（北京：人民文學出版社，2006），頁 40。

點而言，也意謂著當作者直覺「飄逸」的形象時，也只是識境心領的優遊漸漬於美感的形象中。倘若這時心生捕捉形象的念頭，便立刻會將自己抽離出「美」的境域，於是當初還來不及沉浸欣賞的美感形象，便會成爲模糊的印象而愈來愈不得其形跡。

〈形容〉的「離形得似，庶幾斯人」，楊廷芝《二十四詩品淺解》云：

> 言人與物無忤，猶塵與塵合，渾然無跡也。〔註96〕

脫離窮形寫貌的框架束縛，作者別出機杼的神靈構思才得以有表現的空間。並且，心靈對直覺的形象愈有審美的體驗，就愈能體現出該事物的本質與世界的眞相。如此，作者與現實對象的關係並不是相乖離的，因爲在作品中，所描寫的形象與現實的事物就像「塵」與「塵」般的相契合在一起。

〈含蓄〉的「語不涉己，若不堪憂」，楊廷芝《二十四詩品淺解》云：

> 語不涉己，言其語意不露跡象，有與己不相涉者。若不堪憂，是本無可憂，而心中之蘊結，則常若不勝其憂然。〔註97〕

又楊振綱《詩品解》云：

> 作「語不涉難，已不堪憂」：不必極言患難，而讀者已不勝憂愁，蓋由神氣之到，眞宰存焉，不在鋪排說盡也。〔註98〕

作者固然會對審美的形象有所感動，但落到實踐的工作時，所描寫的形象便不宜顯露出作者個人主觀的好惡。因爲作者主觀的好惡介入了所描繪的形象當中，那麼便會破壞了事物原本呈現的美感。相反的，若以「語不涉己」的方式來寫作，則不僅事物的形象美感可以完整的

〔註96〕見（清）孫聯奎、楊廷芝著，孫昌膝、劉淦校點《司空圖詩品解說二種》（濟南：齊魯書社，1980），頁117。
〔註97〕見（清）孫聯奎、楊廷芝著，孫昌膝、劉淦校點《司空圖詩品解說二種》（濟南：齊魯書社，1980），頁103。
〔註98〕見（唐）司空圖著，郭紹虞集解《詩品集解・續詩品注》（北京：人民文學出版社，2006），頁21。

保存在意象當中，並且作者也用不著鋪排盡說，讀者一樣感受得到事物形象所呈現的美感韻致。

如何以「語不涉己」的方式來寫作？《二十四詩品・縝密》遂有「語不欲犯，思不欲癡」的主張。孫聯奎《詩品臆說》云：

> 雖欲引伸細行，然語不欲犯，思不欲癡。犯，犯復也。痴，呆滯也。詞復意滯，豈爲縝密。〔註 99〕

創作時，作者的形象思維已不宜再像之前一般，沉浸在「美」的欣賞狀態，而必須保有清醒的理性，如此才能將客觀事物的美感形象成功的傳達出來。另外，在文字表達上，也不宜對相同的意旨有重複字詞的鋪陳，因爲這樣不僅是作者「詞復意滯」的表露，也可能是作者個人主觀好惡的強調，於是當初感動的審美形象，便無法完整而順利的被傳達出來。

進入宋代以後，宋人詩論的主張已同書畫理論一般，明顯的有輕「形」而重「神」的傾向。北宋・歐陽脩〈盤車圖〉即云：

> 古畫畫意不畫形，梅詩詠物無隱情。忘形得意知者寡，不若見詩如見畫。〔註 100〕

歐陽脩讚賞梅堯臣的詩就像古畫一樣，重在寫「意」，而不在寫「形」。而且，詩要能有這樣「忘形得意」的創作，那麼詩的內容便必須能描寫出如畫境一般的具體形象。另外，蘇軾〈書鄢陵王主簿所畫折技二首・一〉更直指：

> 論畫以形似，見與兒童鄰。賦詩必此詩，定非知詩人。〔註 101〕

論畫若只是講究形似的表現，那麼與兒童的見識就沒什麼兩樣，稱不上對藝術有眞正的認識。同樣的，寫詩也追求形似的話，那人在蘇軾看來，肯定也不是眞正懂詩的人。如此，在宋人成熟詩學觀念與明顯

〔註 99〕見（清）孫聯奎、楊廷芝著，孫昌膝、劉淦校點《司空圖詩品解說二種》（濟南：齊魯書社，1980），頁 31。

〔註 100〕見（宋）歐陽脩著《歐陽脩全集》（北京：中國書店，1991），頁 43。

〔註 101〕見（宋）蘇試著，傅成穆儔標點《蘇軾全集》（上海：上海古籍出版社，2000），頁 351。

重「神」輕「形」的發展過程中，《二十四詩品》作爲一本詩學專著，對形神理論的開拓應佔有重要的歷史地位。

第四節　俱道適往，著手成春——主客合一論

中國文化深受儒、道兩家影響，而有以「人」合「天」的思想。然而，儒家與道家所談的「天人合一」，卻有所不同。李澤厚即指出：

> ……儒家講「天人同構」、「天人合一」，常常是用自然來比擬人事、遷就人事、服從人事，莊子的「天人合一」，則是要求徹底捨棄人事來與自然合一；儒家從人際關係中來確定個體的價值，莊子則從擺脫人際關係中來尋求個體的價值。〔註 102〕

易言之，儒家「天人合一」的價值是建立在社會人倫的關係之中，而以莊子爲代表的道家思想，則擺脫了社會人倫關係的牽絆，注重個人與天地自然的合一價值。《二十四詩品》文本中，頗多語出《莊子》的字眼，如：「得其環中」、「畸人」、「素」、「眞宰」等。〔註 103〕由此可見，《二十四詩品》所指的「道」，是近於道家的「自然」之道，而非儒家的「忠恕」之道，其反映的「主客合一」觀點，即同於莊子所主張的「人」與「自然」的合一。

魏晉「玄學」，不僅使莊子「人」與「自然」合一的思想有了適當的發展土壤，同時也促進了對「人」、對「情」、對「藝術」的覺醒。宗白華〈論世說新語和晉人的美〉一文指出：

> 漢末魏晉六朝是中國政治上最混亂、社會上最苦痛的時代，然而卻是精神史上極自由、極解放，最富於智慧、最濃於熱情的一個時代。因此也就是最富有藝術精神的一個時代。王羲之父子的字，顧愷之和陸探微的畫，戴逵和戴顒的雕塑，嵇康的廣陵散（琴曲），曹植、阮籍、陶潛、

〔註 102〕見李澤厚著《華夏美學》（臺北：三民書局，1999），頁 87。

〔註 103〕「得其環中」、「眞宰」，語出《莊子・齊物》；「畸人」，語出《莊子・大宗師》；「素」，語出《莊子・刻意》。

> 謝靈運、鮑照、謝朓的詩，酈道元、楊衒之的寫景文，雲岡、龍門壯偉的造像，洛陽和南朝的閎麗的寺院，無不是光芒萬丈，前無古人，奠定了後代文學藝術的根基與趨向。〔註 104〕

因此，論《二十四詩品》以「人」合「自然」的「主客合一」主張，還是得從魏晉六朝的文學藝術發展談起，才能明白其產生的歷史脈絡與開拓的歷史地位。

南朝齊畫家謝赫《古畫品錄・序》云：

> 雖畫有六法，罕能盡賅，而自古及今，各善一節。六法者何？一氣韻生動是也，二骨法用筆是也，三應物象形是也，四隨類賦彩是也，五經營位置是也，六傳移模寫是也。唯陸探微、衛協備賅之矣。〔註 105〕

所謂「畫有六法，罕能盡賅，而自古及今，各善一節」，即說明了「六法」之說在謝赫之前早已存在。然而，歷來言及「六法」者，必引謝赫之言，則可見謝赫標舉「六法」所產生的深遠影響。所謂「六法」，除「氣韻生動」外，餘者以現代繪畫知識視之，則「骨法用筆」指線條的練習，「應物象形」指寫生，「隨類賦彩」指色彩的運用，「經營位置」指結構佈局，「傳移模寫」指對前人技法的臨摹學習。〔註 106〕「氣韻生動」在西方現代的繪畫知識上，仍無從找到與其相應的解說，因此「氣韻生動」可說是中國獨到的藝術表現方式。

「氣韻生動」所指爲何？謝赫並沒有明說，歷來各家也眾說紛紜。〔註 107〕但倘從謝赫對畫家的評價上來瞭解，或可見出一些端倪。

〔註 104〕見宗白華著《美學散步》（上海：上海人民出版社，2001），頁 208。

〔註 105〕見俞劍華編著《中國古代畫論類編》（北京：人民美術出版社，2007），頁 355。

〔註 106〕參見蔣勳著《美的沉思——中國藝術思想芻論》（臺北：雄獅圖書股份有限公司，2006），頁 63。

〔註 107〕如錢鍾書認爲謝赫《古畫品錄・序》一文中有關「六法」的斷句當作：「六法者何？一、氣韻，生動是也；二、骨法，用筆是也；三、應物，象形是也；四、隨類，賦彩是也；五、經營，位置是也；六、傳移，模寫是也。」又所謂「氣韻」者，即是「生動」之義；「骨

關於「六法」，謝赫認爲「唯陸探微、衛協備賅之」，所以在對陸探微與衛協的評論中，必含有「氣韻生動」的內容指涉。謝赫評陸探微云：

> 窮理盡性，事絕言象。包前孕後，古今獨立。非復激揚所能稱讚，但價重之極乎上上品之外，無他寄言，故屈標第一等。〔註 108〕

眾畫家中，謝赫將陸探微列爲第一品的第一人，並認爲他的畫是「上上品之外」，而「屈標第一等」。陸探微的畫既然備賅「六法」，如此謝赫所謂「窮理盡性，事絕言象。包前孕後，古今獨立」，即是「六法」極致表現的境地。但何謂「窮理盡性，事絕言象。包前孕後，古今獨立」？又如何達到呢？同樣是備賅「六法」的畫家衛協，謝赫將其列爲第一品中的第三人，並評說：

> 古畫之略，至協始精。六法之中，迨爲兼善。雖不說備形妙，頗得壯氣。凌跨群雄，曠代絕筆。〔註 109〕

與陸探微的完美相比較，衛協的畫便有「不說（賅）備形妙」的缺點，然而這樣的缺點，並不妨礙謝赫仍將他的畫列爲第一品，其中重要的原因，乃在於衛協的畫「頗得壯氣」。如此，衛協有「不說（賅）備形妙」的缺點，卻仍受謝赫備賅「六法」的肯定，則明顯的，兼善「六法」的藝術表現，並不以「形妙」爲表現境地。然而，不以「形妙」爲備賅「六法」的表現境地透露出什麼訊息呢？同樣被列爲第一品的畫家張墨與荀勗，謝赫評之云：

法」者，即是「用筆」；「應物」者，即是「象形」；「隨類」者，即是「賦彩」；「經營」者，即「位置」；「傳移」者，即是「模寫」。參見錢鍾書著《管錐編》第 4 冊（北京：生活讀書新知三聯書店，2008），頁 2109～2110。另外，徐復觀則認爲「氣韻」的「氣」指「骨氣」，而「韻」則是就形象言，「生動」一詞只作爲「氣韻」的自然效果，而加以敘述，本身並沒有獨立的意味。參見徐復觀著《中國藝術精神》（臺北：臺灣學生書局，1998），頁 164～193。

〔註 108〕見俞劍華編著《中國古代畫論類編》（北京：人民美術出版社，2007），頁 356。

〔註 109〕見俞劍華編著《中國古代畫論類編》（北京：人民美術出版社，2007），頁 357。

> 風範氣候，極妙參神，但取精靈，遺其骨法。若拘以物體，則未見精粹；若取之象外，方厭膏腴，可謂微妙也。〔註 110〕

張墨、荀勗所以列爲第一品的原因，乃在於其畫「風範氣候，極妙參神」。然而，張墨、荀勗致之的方法卻是「但取精靈，遺其骨法」。「骨法」明顯是「六法」之一，謝赫卻將「遺其骨法」的畫技表現置於第一品，如此謝赫品畫的標準不在追求形似的技法已不言可喻了。既然「骨法」可遺，那爲什麼謝赫又要標舉「六法」呢？唯一合理的解釋便是：「氣韻生動」爲「骨法用筆」、「應物象形」、「隨類賦彩」、「經營位置」、「傳移模寫」等五項技法最高展現的標準。〔註 111〕

晚唐・張彥遠〈論畫六法〉云：

> 古之畫，或能移其形似，而尚其骨氣，以形似之外求其畫，此難可與俗人道也；今之畫，縱得形似而氣韻不生，以氣韻求其畫，則形似在其間矣。〔註 112〕

是故，「氣韻生動」作爲最高的評畫準繩，則其本身便與屬於傳達的其它五項技法不同，「氣韻生動」乃是傳達前直覺形象的表現技法。換言之，繪畫前，畫家必須對所畫的形象有「氣韻生動」的掌握後，才付諸其它五項技法的傳達展現，故張彥遠云：「以氣韻求其畫，則形似在其間矣」。另外，陸探微「窮理盡性，事絕言象。包前孕後，古今獨立」的藝術表現，不僅備賅「六法」，更可直接說是「氣韻生動」的表現，而「窮理盡性，事絕言象」即說明了心靈直覺形象時的表現情況。

宗白華在論及中國繪畫裡所表現的心靈究竟時表示：

〔註 110〕見俞劍華編著《中國古代畫論類編》（北京：人民美術出版社，2007），頁 357。

〔註 111〕宗白華也認爲：「藝術家要進一步表達出形象內部的生命。這就是『氣韻生動』的要求。氣韻生動，這是繪畫創作追求的最高目標，最高的境界，也是繪畫批評的主要標準。」見宗白華著《美學散步》（上海：上海人民出版社，2002），頁 51。

〔註 112〕見（唐）張彥遠著，（日）岡村繁譯注，俞慰剛譯《歷代名畫記譯注》（上海：上海古籍出版社，2002），頁 57。

> 它所表現的精神是一種「深沈靜默地與這無限的自然，無限的太空渾然融化，體合爲一」它所啓示的境界是靜的，因爲順著自然法則運行的宇宙是雖動而靜的，與自然精神合一的人生也是雖動而靜的。它所描寫的對象，山川、人物、花鳥、蟲魚，都充滿著生命的動——氣韻生動。但因爲自然是順法則的（老、莊所謂道），畫家是默契自然的，所以畫幅中潛存著一層深深的靜寂。〔註113〕

職是，「氣韻生動」的藝術表現，便意味著當下直覺的心靈是與自然達到合一的狀態，並且這樣的合一，即是莊子所主張「人」與「自然」的合一。此外，這樣的藝術心靈所要表現的空間意識，是大自然全面的節奏與和諧。與西方繪畫的透視法不同，「氣韻生動」的直覺觀點並不是站在一個固定點去透視焦點，而是以流動的觀點，飄瞥上下四方、一目千里的來把握自然。換言之，透過畫家流動觀點所建構成的整體自然環境，觀畫者也將身歷其境般，感受到迴環遊視、與自然合一的快樂。〔註114〕

承續「氣韻生動」的「主客合一」觀點，有唐一代的文藝發展遂漸有崇尚合於自然的風氣。書法方面，盛唐．張懷瓘〈評書藥石論〉即云：

> 聖人不凝滯於物，萬法無定，殊途同歸，神智無方而妙有用，得其法而不著，至於無法，可謂得矣，何必鍾、王、張、索，而是規模。道本自然，誰其限約。〔註115〕

書法的學習並不一定要以名家爲法，並且最上等的學習法則，便是合於「自然」的學習。畫論方面，中唐．朱景玄《唐朝名畫錄．序》亦云：

> 景玄竊好斯意，尋其蹤跡，不見者不錄，見者必書。推之至心，不愧拙目。以張懷瓘〈畫品斷〉，神、妙、能三品，

〔註113〕見宗白華著《美學散步》（上海：上海人民出版社，2002），頁147。
〔註114〕參見宗白華著《美學散步》（上海：上海人民出版社，2002），頁97。
〔註115〕見上海書畫出版社編《歷代書法論文選》（上海：上海書畫出版社，2007），頁229。

> 定其等格，上中下又分爲三；其格外有不拘常法，又有逸品，以表其優劣也。〔註 116〕

盛唐・張懷瓘〈畫斷〉曾將書法分爲「神」、「妙」、「能」三品，中唐・朱景玄的畫品便在這樣的基礎上，又冠上「逸」品，並以「不拘常法」視之。如是，唐人已明顯在「傳神」的品鑑外，又開啓了另一嶄新的審美視野。「逸」品的內容爲何？北宋・黃休復《益州名畫錄》曾云：

> 畫之逸格，最難其儔。拙規矩於方圓，鄙精研於彩繪，筆簡形具，得之自然，莫可楷模，出於意表，故目之曰逸格爾。大凡畫藝，應物象形，其天機迥高，思與神合。創意立體，妙合化權，非謂開廚已走，拔壁而飛，故目之曰神格爾。畫之於人，各有本性，筆精墨妙，不知所然。若投刃於解牛，類運斤於斫鼻。自心付手，曲盡玄微，故目之曰妙格爾。畫有性周動植，學侔天功，乃至結嶽融川，潛鱗翔羽，形象生功者，故目之曰能格爾。〔註 117〕

是故，「逸」品的藝術表現，即是合於「自然」的主客合一表現，與「神」、「妙」、「能」等三品，已有嚴格的區分。所謂「得之自然，莫可楷模」正是盛唐・張懷瓘「道本自然，誰其限約」的主張，也是中唐・朱景玄所謂「格外有不拘常法」的「逸」品。因此，晚唐・張彥遠便提有「自然」、「神」、「妙」、「精」、「謹細」等五品，又〈論畫體〉云：

> 夫失於自然而後神，失於神而後妙，失於妙而後精。精之爲病也，而成謹細，自然者爲上品之上，神者爲上品之中，妙者爲上品之下，精者爲中品之上，謹而細者爲中品之品。余今立此五等，以包六法，以貫眾妙，其間詮量，可有數百等，孰能周盡？〔註 118〕

〔註 116〕見俞劍華編著《中國古代畫論類編》（北京：人民美術出版社，2007），頁 22。

〔註 117〕見俞劍華編著《中國古代畫論類編》（北京：人民美術出版社，2007），頁 405～406。

〔註 118〕見（唐）張彥遠著，（日）岡村繁譯注，俞慰剛譯《歷代名畫記譯注》（上海：上海古籍出版社，2002），頁 102。

晚唐・張彥遠時，已正式將「逸」品易名爲「自然」，並且將它置於「神」、「妙」、「精」、「謹細」等其它四品之上。「自然」品鑑視野的確立，也說明了形神理論的發展已與東晉・顧愷之以來「以形寫神」的理論有所不同了。因爲，顧愷之的「以形寫神」是站在主客二分的立場上，追求畫物的「傳神」表現；而「自然」的藝術表現，則是要求主客的冥合，以達到畫物整體自然節奏與和諧的把握。

書畫理論崇尚主客合一的自然風潮，也影響到了唐代文學理論的發展。盛唐・王昌齡《詩格・十七勢》云：

> 景入理勢者，詩一向言意，則不清及無味；一向言景，亦無味。事須景與意相兼始好。凡景語入理語，皆須相愜，當收意緊，不可正言。景語勢收之，便論理語，無相管攝。方今人皆不作意，愼之。〔註 119〕

詩一味的言「意」或言「景」，皆未得當，必須「意」與「景」相兼相愜始好。由此可見，王昌齡的詩論已考慮到主客合一的表現問題，亦即如何讓主觀的「意」與客觀的「景」相冥合。此外，王昌齡也首倡「意境」說，《詩格・詩有三境》云：

> 物境一。欲爲山水詩，則張泉石雲峰之境，極麗絕秀者，神之於心。處身於境，視境於心，瑩然掌中，然後用思，了然境象，故得形似。情境二。娛樂愁怨，皆張於意而處於身，然後馳思，深得其情。意境三。亦張之於意，而思之於心，則得其眞矣。〔註 120〕

王昌齡認爲詩有三種境界：其一、「物境」，是身處境中，了然境象後，而得物之形似的藝術表現。其二、「情境」，是詩人深得其娛樂或愁怨之情的表現。其三、「意境」，則在於能得其「眞」的感受。「眞」所指爲何呢？《詩格・論文意》云：

〔註 119〕見傅璇琮主編，張伯偉編撰《全唐五代詩格校考》（西安：陝西人民教育出版社，1996），頁 135。

〔註 120〕見傅璇琮主編，張伯偉編撰《全唐五代詩格校考》（西安：陝西人民教育出版社，1996），頁 149。

> 凡作詩之體，意是格，聲是律，意高則格高，聲辨則律清，格律全，然後始有調。用意於古人之上，則天地之境，洞焉可觀。……意須出萬人之境，望古人於格下，攢天海於方寸。詩人用心，當於此也。〔註 121〕

王昌齡的「意境」指詩人用「意」於古人之上、「意」出於萬人之境的用心。如此，可洞觀天地之境、攢天海於方寸，便是「意境」得其「眞」的內容。質言之，「意境」是主客合一、氣韻生動的自然表現，既不限於物象的形似表現，也不囿於只是主觀情感的抒發。中唐時，皎然「詩有七至」中，有「至麗而自然」〔註 122〕的主張，而晚唐・司空圖〈與王駕評詩書〉亦云：「長於思與境偕，乃詩家之所尚者」〔註 123〕。由此可見，主客合一、氣韻生動的自然表現，已漸成爲詩論家們所關注和崇尚的焦點。

《二十四詩品》文本中，「俱道適往，著手成春」〔註 124〕、「俱似大道，妙契同塵」〔註 125〕、「道不自器，與之圓方」〔註 126〕、「妙造自然，伊誰與裁」〔註 127〕、「天地與立，神化攸同」〔註 128〕等皆是《二十四詩品》「主客合一」的詩論主張，並且其所謂的「道」，即近於道

〔註 121〕見傅璇琮主編，張伯偉編撰《全唐五代詩格校考》（西安：陝西人民教育出版社，1996），頁 138～140。

〔註 122〕見傅璇琮主編，張伯偉編撰《全唐五代詩格校考・詩式》（西安：陝西人民教育出版社，1996），頁 203。

〔註 123〕見（唐）司空圖著，祖保泉、陶禮天箋校《司空表聖詩文集箋校》（合肥：安徽大學出版社，2002），頁 190。

〔註 124〕見（唐）司空圖著，郭紹虞集解《詩品集解・續詩品注》（北京：人民文學出版社，2006），頁 19。

〔註 125〕見（唐）司空圖著，郭紹虞集解《詩品集解・續詩品注》（北京：人民文學出版社，2006），頁 36。

〔註 126〕見（唐）司空圖著，郭紹虞集解《詩品集解・續詩品注》（北京：人民文學出版社，2006），頁 31。

〔註 127〕見（唐）司空圖著，郭紹虞集解《詩品集解・續詩品注》（北京：人民文學出版社，2006），頁 24。

〔註 128〕見（唐）司空圖著，郭紹虞集解《詩品集解・續詩品注》（北京：人民文學出版社，2006），頁 16。

家的「自然」之道。另外，「取語甚直，計思匪深」〔註 129〕、「超心鍊冶，絕愛緇磷」〔註 130〕分別指出主客合一的藝術表現中，兩種的典型創作方法：取語直實與精心鍾鍊。最後，「書之歲華，其曰可讀」〔註 131〕、「如將不盡，與古爲新」〔註 132〕點出主客合一的藝術表現所具有的社會功用與藝術價值。

首先，就主客合一的主張而言，〈自然〉的「俱道適往，著手成春」，孫聯奎《詩品臆說》云：

> 道，即理也。若不論理，那得自然，故曰與道俱往。惟其與道俱往，故能著手成春。春以著手而成，無少作爲，自然極矣。〔註 133〕

雖然，孫聯奎的臆說是就「自然」風格而言，但也無妨將「俱道適往，著手成春」視爲詩理來理解。郭紹虞的注解即云：

> 既與道俱而再適往，自然無所勉強，如畫工之筆極自然之妙，而著手成春矣。〔註 134〕

所謂「俱道適往，著手成春」便是能「極自然之妙」。職是，不論是「自然」的風格或創作上要有妙手成春之作，則先決條件便必須對「自然」之道有深入的體察。倘與自然的現實有合一的共感體察，那麼便無須大費周章、勉強從事，而自能觀照出現實中最自然、生動的意味，並賦予自己作品維妙維肖的活脫生命。

〔註 129〕見（唐）司空圖著，郭紹虞集解《詩品集解・續詩品注》（北京：人民文學出版社，2006），頁 33。

〔註 130〕見（唐）司空圖著，郭紹虞集解《詩品集解・續詩品注》（北京：人民文學出版社，2006），頁 14。

〔註 131〕見（唐）司空圖著，郭紹虞集解《詩品集解・續詩品注》（北京：人民文學出版社，2006），頁 12。

〔註 132〕見（唐）司空圖著，郭紹虞集解《詩品集解・續詩品注》（北京：人民文學出版社，2006），頁 7。

〔註 133〕見（清）孫聯奎、楊廷芝著，孫昌熙、劉淦校點《司空圖詩品解說二種》（濟南：齊魯書社，1980），頁 25。

〔註 134〕見（唐）司空圖著，郭紹虞集解《詩品集解・續詩品注》（北京：人民文學出版社，2006），頁 20。

〈形容〉的「俱似大道，妙契同塵」，楊廷芝《二十四詩品淺解》云：

言人與物無忤，猶塵與塵合，渾然無跡也。〔註 135〕

所謂「俱似大道」即是說「人」與「物」無忤。「人」與「物」不相乖離，便意味著「人」與「物」必須是主客合一的狀態，也才可以說是猶塵與塵合，而渾然無跡。此外，孫聯奎《詩品臆說》云：

大道盡於動靜。隨物取象，摹神繪影，細入毫芒。「妙」和「妙機其微」之「妙」。妙契同塵，則化工，非畫工矣。〔註 136〕

又郭紹虞的注解亦云：

言形容不可以形跡求，亦不可以強力致，必不即不離，妙合同塵之旨，才稱合拍，故云「俱似大道」。〔註 137〕

孫聯奎認為「化工」與「畫工」有別，關鍵在於「化工」是「妙契同塵」的藝術表現，而「畫工」不是。「妙契同塵」的藝術表現，即如郭紹虞所謂「不可以形跡求，亦不可以強力致，必不即不離，妙合同塵之旨」。另外，其中「不即不離」也說明了「妙契同塵」的「化工」創作，是講求主客合一、渾然天成的創作，而不是追求技術上的工巧創作。

〈委曲〉的「道不自器，與之圓方」，無名氏《詩品注釋》云：

器，拘也。如道之通融，酬應萬事，不以一器之形體自拘，惟因天下之或圓或方而與之圓方。〔註 138〕

又楊廷芝《二十四詩品淺解》云：

〔註 135〕見（清）孫聯奎、楊廷芝著，孫昌膝、劉淦校點《司空圖詩品解說二種》（濟南：齊魯書社，1980），頁 117。

〔註 136〕見（清）孫聯奎、楊廷芝著，孫昌膝、劉淦校點《司空圖詩品解說二種》（濟南：齊魯書社，1980），頁 40。

〔註 137〕見（唐）司空圖著，郭紹虞集解《詩品集解・續詩品注》（北京：人民文學出版社，2006），頁 37。

〔註 138〕見（唐）司空圖著，郭紹虞集解《詩品集解・續詩品注》（北京：人民文學出版社，2006），頁 32～33。

不自器，不自居於物也。道不自器，委心以任之，彼爲政；與之圓方，曲折以赴之，我爲政。〔註139〕

現實存在的自然眞理，並不會自居於一個固定物而存在，而是「惟因天下之或圓或方而與之圓方」。如此，藝術要有自然眞理的創作，那麼心靈對事物的觀照角度也不應該有所侷限，而應當「惟因天下之或圓或方而與之圓方」。是故，「與之圓方，曲折以赴之」，即明白的說明了作者當與自然有主客合一的藝術創作。

〈精神〉的「妙造自然，伊誰與裁」，楊振綱《詩品解》云：

按詩有做詩、描詩之別。描詩者，繩尺步趨，只隨人作生活，那裡得有精神。譬則三館楷法，非不細膩妥貼，然欲求一筆好處，底死莫有也。作者意到筆隨，操縱由我，……方當得一個作字。〔註140〕

又郭紹虞的注解云：

所以精神又不是矯揉造作得來的。妙造自然之境，又有誰可以裁度之乎？〔註141〕

楊振綱與郭紹虞雖從「精神」的風格來作解釋，但這樣的觀點也反映出「妙造自然」的創作，是無法以繩尺步趨或矯揉造作的方式得來，因此有誰可以妄加評論呢？此外，妙造自然之境既是作者意到筆隨、操縱由我的創作方式，那麼也反映出一個事實：作者如果沒有與自然有渾然無間的感思，又如何能有這「意到筆隨」、「操縱由我」的神來之筆呢？

〈勁健〉的「天地與立，神化攸同」，孫聯奎《詩品臆說》云：

氣本天地之氣，以天地之氣還天地，是神化攸同。〔註142〕

〔註139〕見（清）孫聯奎、楊廷芝著，孫昌熙、劉淦校點《司空圖詩品解說二種》（濟南：齊魯書社，1980），頁113。

〔註140〕見（唐）司空圖著，郭紹虞集解《詩品集解・續詩品注》（北京：人民文學出版社，2006），頁25～26。

〔註141〕見（唐）司空圖著，郭紹虞集解《詩品集解・續詩品注》（北京：人民文學出版社，2006），頁25。

〔註142〕見（清）孫聯奎、楊廷芝著，孫昌熙、劉淦校點《司空圖詩品解說

以「天地之氣」還諸「天地」便是「神化攸同」。易言之，作品要有出神入化的藝術表現，就必須先涵養「天地之氣」。如是，不與天地自然合爲一氣，又將如何涵養「天地之氣」呢？另外，楊廷芝《二十四詩品淺解》云：

> 天地終古，不敝其勁，可與之俱立。神化，流行不已，其健亦與之相同。〔註 143〕

楊廷芝雖就「勁健」一品來解說，但也點出了當作品有出神入化的表現時，則其藝術價值的不朽，便可與天地自然俱立終古，與神明造化流行不已了。

就創作的方法而論，〈實境〉的「取語甚直，計思匪深」，孫聯奎《詩品臆說》云：「此等直語，定非深思所得」〔註 144〕又楊廷芝《二十四詩品淺解》亦云：

> 情性所至，無非是實。妙不自尋，蓋言妙境獨造，非己所自尋者也。〔註 145〕

「妙境」的獨造，非深思所得，甚至非自己有意去尋得，而是情性所至而致之。如此，不加思索，而取語直實的「等直語」表述，即得之於人直覺的審美體驗，是人對自然形象最直接的美感感動。

〈洗煉〉的「超心鍊冶，絕愛緇磷」，楊廷芝《二十四詩品淺解》云：

> 超心煉冶，言其心之超而煉冶之無已時也。淄、磷，非美質也。洗磨功到，則不美者可使之美，不新者可使之新，雖淄、磷亦絕覺可愛。一作活字用：「淄」所以染之使新，「磷」所以磨之使新。洗伐之功，深入無際，則新而益求

二種》（濟南：齊魯書社，1980），頁 22。

〔註 143〕見（清）孫聯奎、楊廷芝著，孫昌膝、劉淦校點《司空圖詩品解說二種》（濟南：齊魯書社，1980），頁 98～99。

〔註 144〕見（清）孫聯奎、楊廷芝著，孫昌膝、劉淦校點《司空圖詩品解說二種》（濟南：齊魯書社，1980），頁 37。

〔註 145〕見（清）孫聯奎、楊廷芝著，孫昌膝、劉淦校點《司空圖詩品解說二種》（濟南：齊魯書社，1980），頁 114。

其新，有令人最足愛者。〔註 146〕

杜黎均注「超心：精心，專心。」又「絕愛淄磷：不要愛惜雜質，意即除盡雜質。」〔註 147〕職是，精心煉冶而無已時，正是傳達美感形象時，所必須具備的工夫。當心靈直覺到一個美感形象後，接下來的工作便是要將這美感形象付諸於傳達的實際創作。但畢竟不同於心靈的直覺，傳達工作並非是在第一時間接觸到美感的形象。因此，傳達的實際創作往往必須專心一致、精益求精的剔除美感形象再現時所附帶會有的不美雜質。當傳達的形象琢磨、錘鍊得純一無雜時，便是當初心靈所直覺到的美感形象的再表現，也才能臻至「有令人最足愛者」。

最後，就社會功用與藝術價值而言，〈典雅〉的「書之歲華，其曰可讀」，楊廷芝《二十四詩品淺解》云：

> 讀，玩索之意：言睹此歲華之景而出以典雅之筆，殆有玩之不盡者乎？〔註 148〕

又郭紹虞的注解云：

> 「之」猶此也，就典雅說。歲華猶言歲時。「陽春召我以煙景，大塊假我以文章」，則書之歲華云者，亦即「一年好景君須記」之意云耳。幽賞未已，高談轉清，雅韻古色，庶幾可讀。〔註 149〕

寫下歲月中具美感的景物，並且以「典雅之筆」將當初的美感形象記錄下來。由是，「書之歲華」的作品便具有社會文娛的功能。因爲，他人在閱讀該篇作品時，便不用作者的解說，而只要透過自己的精品

〔註 146〕見（清）孫聯奎、楊廷芝著，孫昌滕、劉淦校點《司空圖詩品解說二種》（濟南：齊魯書社，1980），頁 96。

〔註 147〕見杜黎均著《二十四詩品譯注評析》（北京：北京出版社，1988），頁 94。

〔註 148〕見（清）孫聯奎、楊廷芝著，孫昌滕、劉淦校點《司空圖詩品解說二種》（濟南：齊魯書社，1980），頁 95。

〔註 149〕見（唐）司空圖著，郭紹虞集解《詩品集解・續詩品注》（北京：人民文學出版社，2006），頁 13。

細讀，便能使文本中的美感意象一一浮現，使概括的形象彷彿歷歷在目，故楊廷芝云：「殆有玩之不盡者乎」。

〈纖穠〉的「如將不盡，與古爲新」，孫聯奎《詩品臆說》云：「實能與古作相頡頏也。」〔註150〕又郭紹虞注解亦云：

> 竊以爲不盡者猶言無盡。李德裕〈文章論〉云：「譬諸日月，雖終古常見而光景常新，此所以爲靈物也。」纖穠之境也是這樣。不盡云者，言其永久無盡，亦即終古常見之意。終古常見，卻又不是陳陳相因，所以必須補足一句「與古爲新」。能與古爲新則光景常新矣。〔註151〕

具美感形象的作品既值得一再的玩索、品味，那麼便意味著即使時過境遷，人們一樣能在文本的字裡行間，讀到美感的意象訊息。職是，主客合一的自然表現作品，不僅「終古常見」而能與古作相頡頏，甚且可以說其本身的藝術價值已超越了時空的限制，而成爲了一部歷久彌新的經典之作。

進入宋代後，主客合一的詩論主張就愈發凸顯。北宋・蘇軾〈書鄢陵王主簿所畫折技二首・一〉曾云：「詩畫本一律，天工與清新。」〔註152〕所謂「天工與清新」即強調文學、繪畫渾然天成的自然表現。由此可見，北宋詩論已完全能接受南朝齊・謝赫「氣韻生動」以來，主客合一的自然藝術表現。另外，南宋時，蔡夢弼《杜工部草堂詩話》引《捫蝨新話》云：

> 陶淵明詩：「采菊東籬下，悠然見南山。」采菊之際，無意于山，而景與意會，此淵明得意處也。而老杜亦曰：「夜闌接軟語，落月如金盆。」予愛其意度閒雅，不減淵明，而語句雄健過之。每詠此二詩，便覺當時清景盡在目前，而

〔註150〕見（清）孫聯奎、楊廷芝著，孫昌膝、劉淦校點《司空圖詩品解說二種》（濟南：齊魯書社，1980），頁15。

〔註151〕見（唐）司空圖著，郭紹虞集解《詩品集解・續詩品注》（北京：人民文學出版社，2006），頁8～9。

〔註152〕見（宋）蘇試著，傅成穆儔標點《蘇軾全集》（上海：上海古籍出版社，2000），頁351。

> 二公寫之筆端，殆若天成，茲為可貴。〔註 153〕

又葉夢得《石林詩話》亦云：

> 「池塘生春草，園柳變鳴禽。」世多不解此語為工，蓋欲以奇求之耳。此語之工，正在無所用意，猝然與景相遇，借以成章，不假繩削，故非常情所能到。詩家妙處，當須以此為根本，而思苦言難者，往往不悟。〔註 154〕

「采菊東籬下，悠然見南山」是無意於山，但一時的與「景」相會，卻能有「得意」的韻致產生。一樣無意於景象的描繪，但「池塘生春草，園柳變鳴禽」卻飽含著生動的自然意趣。如是，蔡夢弼「殆若天成」、葉夢得「無所用意」等觀點，正與《二十四詩品》「俱道適往，著手成春」是一脈的詩論主張。

〔註 153〕見丁福保輯《歷代詩話續編》（北京：中華書局，2006），頁 207。
〔註 154〕見（清）何文煥著《歷代詩話》（北京：中華書局，2006），頁 426。

第三章 《二十四詩品》之鑑賞論

第一節 是有眞跡，如不可知——知音論

李澤厚曾指出：

所謂「文的自覺」，是一個美學概念，非單指文學而已。其他藝術，特別是繪畫與書法，同樣從魏晉起，表現著這個自覺。〔註1〕

魏晉時代所以能有「文的自覺」新風，其中重要的因素是個人情感的覺醒。如：西晉・陸機〈文賦〉云：「詩緣情而綺靡」〔註2〕，即啓緣「情」的詩學觀點。進入南北朝後，「情感」的重要性更在文學理論中佔有重要的地位。南朝梁・劉勰《文心雕龍・明詩》云：

人稟七情，應物斯感，感物吟志，莫非自然。〔註3〕

所謂「吟志」的內容，無非是人與外在事物接觸後，所引發的情感。因此，劉勰認爲「人稟七情」是文學產生再自然不過的事了。又鍾嶸《詩品・序》亦云：

氣之動物，物之感人，故搖蕩性情，形諸舞詠。〔註4〕。

〔註1〕見李澤厚著《美的歷程》（臺北：三民書局，1996），頁111。

〔註2〕見楊牧著《陸機文賦校釋》（臺北：洪範書店，1985），頁41。

〔註3〕見（梁）劉勰著，王更生注譯《文心雕龍讀本》上篇（臺北：文史哲出版社，2004），頁83。

同樣的，鍾嶸也認爲人因外在自然事物的變化而動搖了性情，所以有舞蹈、吟詠等文藝活動的產生。如此，「情感」不僅是文學產生的根源，同時也是人得以能鑑賞文學的重要基礎。德國接受美學的重要學者耀斯（Jauss，1921～1997）曾云：

> 當我們通過一個由已知的意義和無意識的價值組成的網絡來不變地觀察這一熟悉的世界時，我們並沒有眞正地看到事物，而只是作出辨認，因爲有缺陷的日常知覺的「視力」阻礙了所有逼眞的映照。審美知覺將再次使「石頭變得有石頭感」它將在異化了的現實中重新構造起對於世界的感性知覺。〔註5〕

將石頭變得「有石頭感」可來自作者審美的創作，但也可以來自讀者審美的鑑賞。因此，作者創作與讀者詮釋的會通可能，便基於人審美經驗的美感感受。

隨著個人情感的覺醒，劉勰的《文心雕龍》是首揭「知音」問題的一部文學理論專著。《文心雕龍‧知音》開頭即云：

> 知音其難哉！音實難知，知實難逢，逢其知音，千載其一乎！〔註6〕

不僅音樂上的知音難尋，就連文學上的知音也很難遇到，作者要逢其知音，大概千年來，才會出現一位。然而，文學知音的難逢、難知，劉勰認爲原因往往在於鑑賞者有「貴古賤今」、「崇己抑人」、「信僞迷眞」、「會己則嗟諷，異我則沮棄」等毛病。〔註7〕因此，如何對文章做正確的鑑賞，劉勰認爲：

〔註4〕見陳延傑注釋《詩品注》（臺北：臺灣開明書店，1995），頁1。

〔註5〕見（德）耀斯（Jauss，1921～1997）著，顧建光、顧靜宇、張樂天譯《審美經驗與文學解釋學》（上海：上海譯文出版社，1997），頁132～133。

〔註6〕見（梁）劉勰著，王更生注譯《文心雕龍讀本》下篇（臺北：文史哲出版社，2004），頁351。

〔註7〕「貴古賤今」、「崇己抑人」、「信僞迷眞」、「會己則嗟諷，異我則沮棄」等語，參見（梁）劉勰著，王更生注譯《文心雕龍讀本‧知音》下篇（臺北：文史哲出版社，2004），頁351～352。

> 夫綴文者情動而辭發，觀文者披文以入情，沿波討源，雖幽必顯。世遠莫見其面，覘文輒知其心。豈成篇之足深，患識照之自淺耳。夫志在山水，琴表其情，況形之筆端，理將焉匿？故心之照理，譬目之照形，目瞭則形無不分，心敏則理無不達。〔註 8〕

音樂家心想著高山流水，則所彈奏出的琴聲旋律，便能帶有他「志在山水」的情感。文學是利用具體文字來創作的藝術，則作者所要表達的情感，又哪裡藏得住呢？由此，劉勰已點出「情感」是創作者與鑑賞者之間得以相互溝通的重要橋樑。所以，作者創作的原因是「情動而辭發」，而讀者要有知音的鑑賞，就必須「披文以入情」。

然而，讀者要如何「披文入情」、「沿波討源」？劉勰遂有先標「六觀」的主張。《文心雕龍‧知音》云：

> 凡操千曲而後曉聲，觀千劍而後識器：故圓照之象，務先博觀。閱喬岳以形培塿，酌滄波以喻畎澮，無私於輕重，不偏於憎愛，然後能平理若衡，照辭如鏡矣。是以將閱文情，先標六觀：一觀位體，二觀置辭，三觀通變，四觀奇正，五觀事義，六觀宮商，斯術既形，則優劣見矣。〔註 9〕

雖然，劉勰也提到「務先博觀」，但「博觀」的目的其實是在培養「六觀」的能力，就如同「操千曲而後曉聲，觀千劍而後識器」一般。職是，可以說劉勰已將「披文入情」、「沿波討源」的具體工夫，收束在觀「位體」、「置辭」、「通變」、「奇正」、「事義」、「宮商」等「六觀」之下。如此，原本作爲作者與讀者間重要溝通橋樑的「情感」，遂被「六觀」給取代。

與劉勰「六觀」的方法不同，北朝北齊的劉晝便將辨識情感的能力視爲知音的工夫。《劉子‧正賞》云：

〔註 8〕見（梁）劉勰著，王更生注譯《文心雕龍讀本》下篇（臺北：文史哲出版社，2004），頁 352。

〔註 9〕見（梁）劉勰著，王更生注譯《文心雕龍讀本》下篇（臺北：文史哲出版社，2004），頁 352。

> 賞者，所以辨情也；評者，所以繩理也。賞而不正，則情亂於實；評而不均，則理失其眞。理之失也，由於貴古而賤今；情之亂也，在乎信耳而棄目。古今雖殊，其跡實同；耳目誠異，其識則齊。識齊而賞異，不可以稱正；跡同而評殊，未得以言平。平正而俱翻，則情理並亂也。今述理者貽之知音，君子聰達亮於聞前，明鑒出於意表。不以名實眩惑，不爲古今易情，採其制意之本，略其文外之華，不沒纖芥之善，不掩螢蠋之光，可謂千載一遇也。〔註 10〕

於此，劉晝似將「欣賞」與「批評」二分，「欣賞」所訴求的是人的眞情實感，而「批評」所要求的則是一個公平的眞理標準。然而，如何成爲一位「知音君子」？劉晝則認爲必須「欣賞」與「批評」兩者並重。評理之失在於「貴古而賤今」，但公平的評理標準，依據的又是什麼呢？所謂「古今雖殊，其跡實同；耳目誠異，其識則齊。識齊而賞異，不可以稱正；跡同而評殊，未得以言評。」如此，劉晝評理的公平性所訴諸的依據，正是眾人之所以能辨識情感的共通普遍性。易言之，劉晝似將「欣賞」與「批評」二分，實則「欣賞」的「情」爲「批評」的「理」的重要基礎。

入唐後，「情感」在文學觀念中，更是得到重視。初唐・孔穎達云：「在己爲情，情動爲志，情、志一也。」〔註 11〕所謂「情、志一也」，即是將「情」與「志」等同起來看。對此，葉朗曾指出：

> 這說明，由於「緣情」的五言詩的發達，先秦和漢代那個局限於政治、教化意義上的「志」已經不夠用了。時代要求對「詩言志」的命題重新解釋。陸機、劉勰顯示了這一發展趨勢，但他們都沒有能完成這個重新解釋的任務，他們並沒有對「情」和「志」的關係從理論上作出明確的規

〔註 10〕見（北齊）劉晝著，傅亞庶校釋《劉子校釋》（北京：中華書局，1998），頁 485～487。

〔註 11〕見（清）阮元刊刻《十三經注疏・左傳》（臺北：藝文印書館，1997），頁 891。

定。到孔穎達，就有了重大的發展。〔註12〕

不僅「志」因「情」而擴大了意義範疇，相對的，「情」也因融合了「志」而擴大了解釋內容。甚且，在「詩言志」的傳統觀念下，孔穎達竟將「情」與「志」等同起來，則更可看出唐人在文學觀念中對「情」地位的重視。此外，中唐・元稹、白居易的「新樂府運動」雖以梁、陳間的詩「麗則麗矣，吾不知其所諷焉」〔註13〕，然而其文學「諷喻」作用的原理基礎，仍是繫之於「情」。白居易〈與元九書〉云：

就《六經》言，《詩》又首之。何者？聖人感人心而天下和平。感人心者莫先乎情，莫始乎言，莫切乎聲，莫深乎義。詩者：根情，苗言，華聲，實義。上自賢聖，下至愚騃，微及豚魚，幽及鬼神，群分而氣同，形異而情一。未有聲入而不應，情交而不感者。〔註14〕

所謂「詩者根情」，即以「情」作爲「詩」的本質，而所謂「形異而情一」，便點明文學諷喻作用的可能。因此，總結白居易推崇《詩經》，並以爲六經之首，究其原因便在於「詩」能以「情」感人，而達到諷喻、勸善的目的。

與元稹、白居易強調文學社會功用的理論不同，中唐・皎然在〈辯體有一十九字〉云：「緣景不盡曰情」〔註15〕，將「情」與「景」繫聯在一起，並作爲一獨立的風格，由此也可見皎然對「情」的重視。然而，如何表達詩的情感，皎然卻有獨到的看法。《詩式》云：

取境之時，須至難至險，始見奇句；成篇之後，觀其風貌，

〔註12〕見葉朗著《中國美學史大綱》（上海：上海人民出版社，2001），頁257。

〔註13〕白居易〈與元九書〉曾云：「然則『餘霞散成綺，澄江淨如練』、「離花先委露，別葉乍辭風」之什，麗則麗矣，吾不知其所諷焉。」見（唐）白居易著，朱金城箋校《白居易集箋校》（上海：上海古籍出版社，1988），頁2791。

〔註14〕見（唐）白居易著，朱金城箋校《白居易集箋校》（上海：上海古籍出版社，1988），頁2790。

〔註15〕見傅璇琮主編，張伯偉編撰《全唐五代詩格校考・詩式》（西安：陝西人民教育出版社，1996），頁220。

有似等閒，不思而得，此高手也。〔註16〕

「取境」於至難至險處，是皎然所主張的寫詩方法，然而詩作成篇後，卻必須令人「有似等閒，不思而得」的風貌，才算是寫詩的高手。詩作怎樣才算是具有「有似等閒，不思而得」的風貌呢？《詩式》云：

詩有七至：至險而不僻；至奇而不差；至麗而自然；至苦而無跡；至近而意遠；至放而不迂；至難而狀易。〔註17〕

是故，詩作最好的表現方式，莫過於功力得恰到好處，並且在其中飽含著意象的情感。所謂「至險而不僻；至奇而不差；至麗而自然；至苦而無跡；至近而意遠；至放而不迂；至難而狀易」，即說明詩的情感表露應該是含蓄而出，而非直截淺露。

皎然這樣的詩論主張，也出現在晚唐．司空圖的詩論中，並且有更明白的說明。〈與李生論詩書〉云：

詩貫六義，則諷諭、抑揚、渟蓄、溫雅，皆在其間矣。然直致所得，以格自奇。前輩編集，亦不專工於此，矧其下者耶！王右丞、韋蘇州，澄澹精致，格在其中，豈妨於遒舉哉？賈浪仙誠有警句，視其全篇，意思殊餒，大抵附於蹇澀，方可致才，亦爲體之不備也。矧其下者哉！噫，近而不浮，遠而不盡，然後可以言韻外之致耳。〔註18〕

司空圖認爲「詩」的意象表現，應該飽含著「諷諭、抑揚、渟蓄、溫雅」等諸多的人類情感。因此，他推崇王維、韋應物的詩是「格」在其中。相對的，賈島的詩則「意思殊餒」，很難令人有情感意思上的滿足，所以「矧其下者」。至於賈島附於蹇澀以致才的創作方式，司空圖也不甚贊同，而以爲「體之不備」。然而，詩要如何「以格自奇」？司空圖最後的結論是「近而不浮，遠而不盡，然後可以言韻外之致」，

〔註16〕見傅璇琮主編，張伯偉編撰《全唐五代詩格校考》(西安：陝西人民教育出版社，1996)，頁210。

〔註17〕見傅璇琮主編，張伯偉編撰《全唐五代詩格校考》(西安：陝西人民教育出版社，1996)，頁203。

〔註18〕見(唐)司空圖著，祖保泉、陶禮天箋校《司空表聖詩文集箋校》(合肥：安徽大學出版社，2002)，頁193～194。

其中「近而不浮，遠而不盡」，即同皎然一般，主張詩的情感表露必須含蓄流露，而不宜淺顯直抒，必須使讀者在文字的意象中，能有悠悠不盡的情意感受。王維與韋應物的詩因爲能做到這一點，所以司空圖讚賞他們「澄澹精致」又「格在其中」。另外，也因爲這樣的詩，本身飽含著深遠而無盡的情感，因此司空圖認爲「豈妨於遒舉哉」？

承續唐人對情感的重視與含蓄表達手法的講究，在《二十四詩品》中也存在著相同的詩學論述。「是有眞跡，如不可知」〔註 19〕點出文本中的意象情感是讀者、作品、作者，相會通的關鍵。「情性所致，妙不自尋」〔註 20〕、「薄言情悟，悠悠天鈞」〔註 21〕說明眞性情在詩學理論中的重要性。「不著一字，盡得風流」〔註 22〕、「誦之思之，其聲愈稀」〔註 23〕指出詩所傳達的情感必須使讀者有無窮無盡、綿密深刻的感受。因此，詩的情感表露方式，不能是淺顯直露，而必須是含蓄而蘊藉、自然而飽滿。

首先，就文本的意象情感而言，〈縝密〉的「是有眞跡，如不可知」，無名氏《詩品注釋》云：

> 是，指縝密，言是縝密者明明有眞跡之可尋，而其意象卻如不可知，又未易以粗心測也。〔註 24〕

「是」指「縝密」，雖是就「縝密」的風格來解釋，但就詩學的觀點來看，其實也代表著作品中所涵容的意象思維。這意象思維的情感感

〔註 19〕見（唐）司空圖著，郭紹虞集解《詩品集解・續詩品注》（北京：人民文學出版社，2006），頁 26。

〔註 20〕見（唐）司空圖著，郭紹虞集解《詩品集解・續詩品注》（北京：人民文學出版社，2006），頁 34。

〔註 21〕見（唐）司空圖著，郭紹虞集解《詩品集解・續詩品注》（北京：人民文學出版社，2006），頁 20。

〔註 22〕見（唐）司空圖著，郭紹虞集解《詩品集解・續詩品注》（北京：人民文學出版社，2006），頁 21。

〔註 23〕見（唐）司空圖著，郭紹虞集解《詩品集解・續詩品注》（北京：人民文學出版社，2006），頁 38。

〔註 24〕見（唐）司空圖著，郭紹虞集解《詩品集解・續詩品注》（北京：人民文學出版社，2006），頁 26。

受，在讀者審美的鑑賞中，是確確實實可以感受得到，故云：「明明有眞跡之可尋」。然而，在讀者從事審美鑑賞的同時，詩的意象美感將使讀者的意識完全投入於「美」的情境中，因此又會覺得散發美感的文字意象，似神奇又神秘的不可窮究。職是，意象思維所感發的情感，不但使讀者得以進入詩的藝術世界，同時也可以使讀者昇華的靈魂與作者的創作心靈引發共鳴。

其次，就情感的重要性而論，〈實境〉的「情性所致，妙不自尋」，孫聯奎《詩品臆說》云：「詩道性情，不性情，尋煞未必能妙」〔註25〕又楊廷芝《二十四詩品淺解》亦云：

> 情性所至，無非是實。妙不自尋，蓋言妙境獨造，非己所自尋者也。〔註26〕

所謂「詩道性情」、「情性所至，無非是實」，說明「詩」所承載的內容，無非是實實在在的情感。作者審美意象的創作是「情性」所致，讀者因鑑賞而對文本審美意境的再創造也源於「情性」。是故，缺乏情性的鑰匙，卻想探尋作品的詩意美感，那麼即使到處尋遍了，也終究不得其妙境。另外，〈自然〉的「薄言情悟，悠悠天鈞」，楊廷芝《二十四詩品淺解》云：

> 薄言，隨意指點，亦借其自然者以形容之也。天鈞，本《淮南子》。天鈞者，言天體之轉運，亦如陶人轉鈞然。結言：情眞開悟，悠悠然若天鈞之轉者，果孰使之然哉？〔註27〕

又郭紹虞注解亦云：

> 薄言，語助詞，猶「薄言酌之」之類，有隨意指點之意。天鈞，《莊子·齊物論》「是以聖人和之以示非而休乎天鈞」，言任天而動，若泥在鈞，惟甄者所爲也。情悟，指一時之

〔註25〕見（清）孫聯奎、楊廷芝著，孫昌膝、劉淦校點《司空圖詩品解說二種》（濟南：齊魯書社，1980），頁37。

〔註26〕見（清）孫聯奎、楊廷芝著，孫昌膝、劉淦校點《司空圖詩品解說二種》（濟南：齊魯書社，1980），頁114。

〔註27〕見（清）孫聯奎、楊廷芝著，孫昌膝、劉淦校點《司空圖詩品解說二種》（濟南：齊魯書社，1980），頁102。

情適有所悟。所悟者何？即此悠悠天鈞，不假一毫人力也。〔註28〕

讀者能對詩做出精到的詮釋，乃因一時情適的開悟所致。所謂「情」指的便是經由審美經驗而來的眞性情。職是，悟解的關鍵，在於人必須對詩有美感的鑑賞，而這樣的審美經驗，自然是悠悠然如陶人轉鈞，不假一毫人力。

最後，就詩的情感感受來說，〈含蓄〉的「不著一字，盡得風流」，孫聯奎《詩品臆說》云：

不著一字，即「超以象外」。盡得風流，即「得其環中」。〔註29〕

又無名氏《詩品注釋》云：

著，粘著也。言不著一字於紙上，已盡得風流之致也。〔註30〕

「詩」是使用文字符號來創作的藝術，因此不可能不著一字於紙上。所以，「不著一字」的可能，只能來自於「超以象外」的鑑賞。也就是說，讀者必須要在文字的表象外，看進文字形象所表現的意象。當讀者的審美鑑賞達到文字形象所表現的意象境地時，便是所謂「得其環中」，也才會對詩發出「盡得風流」的讚嘆。由此，回過頭來審視「不著一字，盡得風流」對作者的意義，那便是主張詩所要傳達的情感必須是眞情飽滿、意蘊深遠的，且傳達的方式必須以「不著一字」的含蓄手法來呈現。另外，〈超詣〉的「誦之思之，其聲愈稀」，孫聯奎《詩品臆說》云：

太羹、元酒，其味淡，雖淡而含至濃。朱弦、疏越，其音稀，雖稀而包眾有。是在誦之思之者耳。〔註31〕

〔註28〕見（唐）司空圖著，郭紹虞集解《詩品集解．續詩品注》（北京：人民文學出版社，2006），頁20。

〔註29〕見（清）孫聯奎、楊廷芝著，孫昌膝、劉淦校點《司空圖詩品解說二種》（濟南：齊魯書社，1980），頁26。

〔註30〕見（唐）司空圖著，郭紹虞集解《詩品集解．續詩品注》（北京：人民文學出版社，2006），頁21。

〔註31〕見（清）孫聯奎、楊廷芝著，孫昌膝、劉淦校點《司空圖詩品解說

又無名氏《詩品注釋》云：

> 是境也，口爲誦之，心爲思之，宜乎其妙可即矣，而其聲實爲天籟之發，大音之作，愈覺其希微入化而不可求，此所謂超詣乎？「愈」字有泯然莫窺，愈求而愈不得意。〔註 32〕

詩自然的飽含著眞性情感，就會像酒一般，雖色淡卻含味至濃，也像音樂一樣，雖音聲縹緲，卻足以撥動眾人的心弦。因此，當讀者「誦之」、「思之」的探求詩意時，詩所要傳達給人的情感就愈要能有不可窮盡的滿足。如此說來，詩的情感愈不可窮盡，則詩所含藏的情感就愈豐富，又詩所以能含藏豐富的情感，則其表露的方式就不能是一眼就被人看清，而必須是含蓄、自然得不露痕跡。

職是，可以發現《二十四詩品》已能將重視的「情感」與「含蓄」的手法，做出成功的融合論述。在宋代，這樣的論述，已是士大夫和文人們所肯定與接受的詩學觀點。北宋．歐陽脩的《六一詩話》即引梅堯臣的話云：

> 詩家雖率意，而造語亦難。若意新語工，得前人所未道者，斯爲善也。必能狀難寫之景，如在目前，含不盡之意，見於言外，然後爲至矣。〔註 33〕

詩家造語之難在於「狀難寫之景，如在目前」，但卻又要「含不盡之意，見於言外」。所謂「含不盡之意，見於言外」即指詩要令讀者有情意飽滿又窮究不盡的深刻感受。職是，「狀難寫之景，如在目前」即是要求作者對詩的創作要做到含蓄而自然。此外，南宋．嚴羽《滄浪詩話．詩辯》亦云：

> 詩者，吟詠性情也，盛唐諸人，惟在興趣；羚羊挂角，無迹可求。故奇妙處，透徹玲瓏，不可湊泊。如空中之音，

二種》（濟南：齊魯書社，1980），頁 42。

〔註 32〕見（唐）司空圖著，郭紹虞集解《詩品集解．續詩品注》（北京：人民文學出版社，2006），頁 39。

〔註 33〕見（清）何文煥輯《歷代詩話》（北京：中華書局，2006），頁 267。

> 相中之色，水中之月，鏡中之象，言有盡而意無窮。近代諸公乃作奇特解會，遂以文字爲詩，以才學爲詩，以議論爲詩；夫豈不工，終非古人之詩也，蓋於一唱三歎之音，有所歉焉。〔註34〕

嚴羽推崇唐詩「惟在興趣；羚羊挂角，無迹可求」，指的便是皎然、司空圖、《二十四詩品》一路所指導的詩歌創作路線。在含蓄而自然的文字意象中，使讀者有悠悠無盡的情感觸發，因此「奇妙處，透徹玲瓏，不可湊泊。如空中之音，相中之色，水中之月，鏡中之象」。最後，嚴羽指出「近代諸公乃作奇特解會，遂以文字爲詩，以才學爲詩，以議論爲詩；夫豈不工，終非古人之詩也」，由此可見，南宋時代已是「言有盡而意無窮」的末流創作方式了。

第二節　超以象外，得其環中——審美論

德國美學兼文論家歌德（Goethe，1749～1832）曾云：

> 一個人如果想學歌唱，他的自然音域以內的一切音對他是容易的，至於他的音域以外的那些音，起初對他卻是非常困難的。但是他既想成爲一個歌手，他就必須克服那些困難的音，因爲他必須能夠駕馭它們。就詩人來說，也是如此。要是他只能表達他自己的那一點主觀情緒，他還算不上什麼；但是一旦能掌握住世界而且能把它表達出來，他就是一個詩人了。〔註35〕

職是，詩人之所以偉大，乃在於他能掌握世界的眞相，而詩之所以能成爲不朽之作，也在於它能反映出世界的眞相，並使人們藉以認識自己所處的世界。除此之外，詩既以掌握世界的眞相作爲最高的創作目標，那麼可以說反映了世界的眞相，就是表現了「美」。因此，歌德（Goethe）又云：

〔註34〕見（清）何文煥輯《歷代詩話》（北京：中華書局，2006），頁688。

〔註35〕見愛克曼（Eckermann）輯錄，朱光潛譯《歌德談話錄》（北京：人民文學出版社，2000），頁96。

> 我對美學家們不免要笑，笑他們自討苦吃，想通過一些抽象名詞，把我們叫做美的那種不可言說的東西化成一種概念。美其實是一種本原現象，它本身固然從來不出現，但它反映在創造精神的無數不同的表現中，都是可以目睹的，它和自然一樣豐富多彩。〔註36〕

「美」本身不是一種抽象的概念，而美學家以抽象概念來談「美」，則屬「美學」方面的事。「美」不等同於「美學」，但這非意謂著「美學」就毫無用處，因爲「美學」的發展，將有助於人們對「美」的瞭解。歌德（Goethe）於此要強調的是，人們必須對「美」本身有正確的認識。「美」是存在世界的一種本原現象，因此它便同大自然一般的豐富、多彩。「美」固然從來不出現，但卻可以被親眼目睹，並且只有在藝術的創作中，它才可以被看到。「詩」不是以抽象概念來談論「美」的美學，但卻是可以反映「美」的一種藝術創作。「詩」雖然不能爲人詳細的說明存在世界的本原現象，卻實實在在的觸及到了「美」的本身。

中國文化早在先秦時，也曾觸及到如何表現「美」的問題。《莊子・秋水》即云：

> 夫自細視大者不盡，自大視細者不明。夫精，小之微也；垺，大之殷也；故異便。此勢之有也。夫精粗者，期於有形者也；無形者，數之所不能分也；不可圍者，數之所不能窮也。可以言論者，物之粗也；可以意致者，物之精也；言之所不能論，意之所不能察致者，不期精粗焉。〔註37〕

除言之所不能論，意之所不能察致者外，莊子認爲言之所能論者，往往只觸及到世界的表面，是屬於容易看到和掌握的部分。然而，世界中還有不易看見的精微部分，是語言無法言及，而必須以情意來察覺

〔註36〕見愛克曼（Eckermann）輯錄，朱光潛譯《歌德談話錄》（北京：人民文學出版社，2000），頁132。

〔註37〕見（清）郭慶藩集釋《莊子集釋》（臺北：貫雅文化事業有限公司，1991），頁572。

感受的。職是，如何道出世界中隱微、深奧的眞相，莊子遂首先揭開了「言意之辨」的問題。《莊子・外物》云：

> 筌者所以在魚，得魚而忘筌；蹄者所以在兔，得兔而忘蹄；言者所以在意，得意而忘言。吾安得夫忘言之人而與之言哉！〔註38〕

「言」與「意」的關係，就如同「筌」與「魚」、「蹄」與「兔」的關係。捕到了魚，抓到了兔，則筌與蹄等工具就不是那麼的重要了。同樣的，語言的目的在表達情意，情意瞭解後，則用什麼樣的語言形式做表達，也是次要的問題。因此，要發覺世界隱微、深奧的眞相，莊子認爲「情意」的掌握，更甚於「語言」的表達。

另外，同樣論及「言意之辨」的重要著作是《周易》。《周易・繫辭上》云：

> 子曰：「書不盡言，言不盡意。」然則聖人之意，其不可見乎？子曰：「聖人立象以盡意，設卦以盡情僞，繫辭焉以盡其言，變而通之以盡利，鼓之舞之以盡神。〔註39〕

所謂「言不盡意」，基本上也是認爲語言無法完全表達心中的情感意念。因此，古代聖人才會想到以卦之「象」，來象徵心中難以言說的情感意念。職是，「立象以盡意」便意謂著「形象」的象徵表達比起「語言」的直說表達，來得更能達成「盡意」的目標。

《老子》、《莊子》、《周易》合稱「三玄」，爲魏晉玄學重要的研讀專著。因此，《莊子》與《周易》中「言意之辨」的內容，也啓發了魏晉，遂有「得意忘象」之論。西晉・王弼《周易略例・明象》云：

> 夫象者，出意者也。言者，明象者也。盡意莫若象，盡象莫若言。言生於象，故可尋言以觀象；象生於意，故可尋象以觀意。意以象盡，象以言著。故言者所以明象，得象

〔註38〕見（清）郭慶藩集釋《莊子集釋》（臺北：貫雅文化事業有限公司，1991），頁944。

〔註39〕見（清）阮元刊刻《十三經注疏・周易》（臺北：藝文印書館，2003），頁157～158。

而忘言；象者，所以存意，得意而忘象。猶蹄者所以在兔，得兔而忘蹄；筌者所以在魚，得魚而忘筌也。然則，言者，象之蹄也；象者，意之筌也。是故，存言者，非得象者也；存象者，非得意者也。象生於意而存象焉，則所存乃非眞象也；言生於象而存言焉，則所存乃非其言也。然則，忘象者，乃得意者也；忘言者，乃得象者也。得意在忘象，得象在忘言。故立象以盡意，而象可忘也；重畫以盡情，而畫可忘也。〔註 40〕

於此，王弼已將「言」、「意」、「象」三者關係做了詳細的說明。語言來自對形象的描述，因此探究語言，即可瞭解所描寫的形象，而形象來自觀物者心中的情意，所以探究形象，才能明白形象所表現出來的情意。由此，王弼點明了語言其實是形象的隱喻，故云：「所存乃非其言也」，而形象是情意的隱喻，故云：「所存乃非眞象也」。因此，得「象」後，而「言」可忘；「意」得後，而「象」可忘。王弼「得意忘象，得象忘言」的主張，可說是集《莊子》與《周易》之大成，認爲世界眞相的發覺在於對情意的把握，是必須超越形象與語言的限制，才可以致之。此外，在情意把握的問題上，王弼也透露出形象思維比語言概念，更能達到情意的把握。

有關王弼「得意忘象，得象忘言」的主張，葉朗即指出它啓發了後人兩方面的審美觀照：一是認識到審美觀照往往表現爲對有限物象的超越，另一則是認識到審美觀照往往表現爲對概念的超越。〔註 41〕因此，在文學理論方面，西晉・陸機即云：

每自屬文，尤見其情。恒患意不稱物，文不逮意。蓋非知之難，能之難也。故作〈文賦〉，以述先士之盛藻，因論作文之利害所由。〔註 42〕

〔註 40〕見（晉）王弼著，（唐）刑璹注《周易略例》，《叢書集成新編》第 14 冊（臺北：新文豐出版公司，1984），頁 701。

〔註 41〕參見葉朗著《中國美學史大綱》（上海：上海人民出版社，2001），頁 192。

〔註 42〕見楊牧著《陸機文賦校釋》（臺北：洪範書店有限公司，1985），頁 1。

陸機深刻的意識到文學創作，往往會令人有「意不稱物，文不逮意」的困擾。因此，他寫作〈文賦〉的動機，便是爲了解決「意不稱物，文不逮意」的問題。然而，陸機提出的解決方法卻是「其會意也尙巧，其遣言也貴妍。曁音聲之迭代，若五色之相宣」。〔註 43〕由此可見，陸機〈文賦〉最後並沒有針對形象思維如何反映世界眞相的問題，提出解決的辦法，而是走上了講究語言的修辭路線。

對反映世界眞相問題，提出進一步見解者，是南朝梁·劉勰。《文心雕龍·隱秀》云：

> 隱也者，文外之重旨者也；秀也者，篇中之獨拔者也。隱以複意爲工，秀以卓絕爲巧，斯乃舊章之懿績，才情之嘉會也。夫隱之爲體，義生文外，秘響傍通，伏采潛發，譬爻象之變互體，川瀆之韞珠玉也。故互體變爻，而化成四象；珠玉潛水，而瀾表方圓。〔註 44〕

宋·張戒《歲寒堂詩話》曾引劉勰的話云：「情在詞外曰隱，狀溢目前曰秀。」〔註 45〕職是，劉勰已將文學反映世界眞相的形式分爲「隱」與「秀」兩種。郁沅指出：

> 文章的意思，說出的是一層，沒有說出的又是一層，沒有說出的要從已經說出的中間去體味，所以稱爲「重旨」或「復意」。〔註 46〕

依此，文章說出的意思令人感到「狀溢目前」者，即是「秀」；文章說出的意思外，還可體味出沒有說出的另一層意思者，即是「隱」。「秀」之所以能「狀溢目前」，是因爲做到文字「卓絕爲巧」的描寫工夫。「隱」所以能從已說出的意思中體味出「文外重旨」、「情在詞外」，則是因

〔註 43〕見楊牧著《陸機文賦校釋》（臺北：洪範書店有限公司，1985），頁 51。

〔註 44〕見（梁）劉勰著，王更生注譯《文心雕龍讀本》下篇（臺北：文史哲出版社，2004），頁 202～203。

〔註 45〕見丁福保輯《歷代詩話續編》（北京：中華書局，2006），頁 456。

〔註 46〕見阮沅著《中國古典美學初編》（武漢：長江文藝出版社，1986），頁 300。

文字意象的關係，而又得以衍生另一層次的情感概括。

在唐人鑑賞唐詩而遴選編輯的著作中，天寶末年的殷璠評王季友詩即云：「愛奇務險，遠出常情之外」〔註 47〕，又中唐．高仲武論皇甫冉詩則云：「發調新奇，遠出情外」〔註 48〕。由此可見，近中唐時期，詩壇才正式開啓「情在詞外」的鑑賞。也因此，中唐．皎然承劉勰的「文外重旨」，而有「兩重意」之說。《詩式》云：

> 兩重意已上，皆文外之旨，若遇高手如康樂公，覽而察之，但見情性，不睹文字，蓋詩道之極也。〔註 49〕

所謂「兩重意」指的便是具有「文外之旨」的詩作，又這樣的詩作，「但見情性，不睹文字」。由此可知，文字對形象所做的直接描寫，即是可睹文字者，乃屬一層次之意。文字意象所引發的意思，則屬另一層次之意，它是文字未明白的寫出，而必須由讀者情性才解讀得出者，故云：「但見情性」。詩愈能擴大傳達的意思，就愈能反映出世界的眞相，又詩所傳達的意思擴大了，所以讀者的想像空間也就跟著更大了。因此，皎然以「但見情性，不睹文字」的創作爲「詩道之極」。詩如何達到「兩重意」的創作，皎然於是有「採奇象外」的主張。《詩議》云：

> 或曰：詩不要苦思，苦思則喪於天眞。此甚不然。固當繹慮於險中，採奇于象外，狀飛動之句，寫眞奧之思。〔註 50〕

皎然以「苦思」爲寫詩的工夫，但苦思的工夫必須用在「象外」上。易言之，皎然對詩的創作主張，已擺脫南朝以來工於語言修辭的講究，而主張直探書寫對象所蘊含的「眞奧」。

〔註 47〕見（明）毛晉編《唐人選唐詩》下冊（臺北：大通書局，1973），頁 1183。

〔註 48〕見（明）毛晉編《唐人選唐詩》下冊（臺北：大通書局，1973），頁 1028

〔註 49〕見傅璇琮主編，張伯偉編撰《全唐五代詩格校考》（西安：陝西人民教育出版社，1996），頁 210。

〔註 50〕見傅璇琮主編，張伯偉編撰《全唐五代詩格校考》（西安：陝西人民教育出版社，1996），頁 185。

晚唐・司空圖標舉「象外之象，景外之景」〔註 51〕，明顯的即是繼承了皎然「採奇象外」的詩論觀點。所謂「象外之象，景外之景」所指的究竟爲何？在同樣是論詩的著作中，司空圖〈與李生論詩書〉曾云：

> 文之難，而詩之尤難，古今之喻多矣。而愚以爲辨於味而後可以言詩也。江嶺之南，凡足資於適口者，若醯非不酸也，止於酸而已。若鹺非不鹹也，止於鹹而已。華之人以充飢而遽輟者，知其鹹酸之外，醇美者有所乏耳，彼江嶺之人習之而不辨也，宜哉。〔註 52〕

從鑑賞的角度出發，司空圖認爲言詩者必須先懂得「辨味」。然而，所要辨的「味」是什麼呢？司空圖舉華之人充飢而遽輟的例子說明，食物鹹、酸之外，另有醇美之味者，正是言詩者所必須辨別出的味道。易言之，詩必須在文字之外，使讀者讀得出文字所構築的意象空間，意象空間愈大，則讀者的美感想像就愈大。由是，司空圖強烈的反對如元稹、白居易一般直截淺露的詩作，因爲這樣的詩就如同醯或鹺，醯雖酸，但終究止於酸而已，鹺非不鹹，但也止於鹹而已。〔註 53〕

同樣強調「象外」的詩論觀點者，還有《二十四詩品》。「超以

〔註 51〕司空圖〈與極浦書〉曾云：「戴容州云：『詩家之景，如藍田日暖，良玉生煙，可望而不可置于眉睫之前也。』象外之象，景外之景，豈容易可譚哉？」見（唐）司空圖著，祖保泉、陶禮天箋校《司空表聖詩文集箋校》（合肥：安徽大學出版社，2002），頁 215。

〔註 52〕見（唐）司空圖著，祖保泉、陶禮天箋校《司空表聖詩文集箋校》（合肥：安徽大學出版社，2002），頁 193。

〔註 53〕司空圖〈與王駕評詩書〉曾云：「元、白力勍而氣孱，乃都市豪估耳。」見（唐）司空圖著，祖保泉、陶禮天箋校《司空表聖詩文集箋校》（合肥：安徽大學出版社，2002），頁 189～190。此外，吳調公也曾指出：「究竟什麼是力勍氣孱，他雖未明說，但我們卻可以推想得出，他所說的『力勍』大約是指抨擊弊政和奸宄的有力，雖然有力，但元氣不足，亦即缺少司空圖所強調的渟蓄、抑揚、溫雅的『韻外之致』。」見吳調公著《古代文論今探》（西安：陝西人民出版社，1982），頁 129。

象外，得其環中」〔註 54〕說明對事物欣賞，必須超越事物的表象，如此才能直覺的表現出事物形象的意象世界。「乘之愈往，識之愈眞」〔註 55〕指出愈能直覺到形象所表現出的意象，就愈能發覺世界眞實的面相。「虛佇神素，脫然畦封」〔註 56〕則點出心靈沉浸眞相美感時的精神狀態。

首先，就超越形象的外表言，〈雄渾〉的「超以象外，得其環中」，孫聯奎《詩品臆說》云：

> 人畫山水亭屋，未畫山水主人，然知亭屋中之必有主人也。是謂超以象外、得其環中。〔註 57〕

「山」、「水」、「亭」、「屋」是畫所具體描繪出的形象，但「人」則是畫所未繪出者。然而，未繪畫出的「人」，卻可以藉由「山」、「水」、「亭」、「屋」等形象的直覺，而想見其中必有主人居住其間，以盡眼前自然山水的神往樂遊。職是，「知亭屋中之必有主人」，必須是超越「山」、「水」、「亭」、「屋」等繪畫表象，才得以知見，而體悟出畫中自然山水的神遊樂趣，則是世界眞相中「美」的發現。此外，楊廷芝《二十四詩品淺解》云：

> 超以象外，至大不可限制；得其環中，理之圓足，混成無缺，如太極然。〔註 58〕

又郭紹虞的注解云：

> 象外，跡象之外。……環中，喻空虛之處。……一方面超出乎跡象之外，純以空運，一方面適得環中之妙，仍不失

〔註 54〕見（唐）司空圖著，郭紹虞集解《詩品集解・續詩品注》（北京：人民文學出版社，2006），頁 3。

〔註 55〕見（唐）司空圖著，郭紹虞集解《詩品集解・續詩品注》（北京：人民文學出版社，2006），頁 7。

〔註 56〕見（唐）司空圖著，郭紹虞集解《詩品集解・續詩品注》（北京：人民文學出版社，2006），頁 11。

〔註 57〕見（清）孫聯奎、楊廷芝著，孫昌膝、劉淦校點《司空圖詩品解說二種》（濟南：齊魯書社，1980），頁 12。

〔註 58〕見（清）孫聯奎、楊廷芝著，孫昌膝、劉淦校點《司空圖詩品解說二種》（濟南：齊魯書社，1980），頁 88。

> 乎其中，這即是所謂「返虛入渾」。〔註59〕

是故，「超以象外」是「得其環中」的方法。對於「太極」般圓足、混成的眞相發覺，也唯有「超以象外」，才能「得其環中」之妙。

其次，就發覺世界的眞相而論，〈纖穠〉的「乘之愈往，識之愈眞」，孫聯奎《詩品臆說》云：

> 乘興而思也。構思如水銀瀉地，無孔不入。識，音志。思力既到，援筆識之，詞有不愈眞者乎。〔註60〕

又楊廷芝《二十四詩品淺解》云：

> 愈往者，乘其機，則可往而愈往。愈眞者，識其形，則已眞而愈眞。〔註61〕

所謂「乘興而思」或「乘其機」者，即指能對形象的美感有所把握。由於，形象直覺是發現世界眞相的直接方法，因此作者援筆記錄美感形象的創作，便沒有不接近眞實的。讀者透過文字意象，而再現形象的美感，所以其視文字意象，已眞而愈眞。

最後，就美感的精神狀態來說，〈高古〉的「虛佇神素，脫然畦封」，郭紹虞的注解云：

> 虛，空也。佇，立也：猶存也。心之靈謂之神，象之眞謂之素。……虛佇神素，言神素超然塵世之外，不染俗氛也。畦，町也。封，畦之界限也。……脫，離也，超也。脫然畦封，言超離於疆界之外，謂不能以世俗禮教繩也。虛佇神素，自能渾然無跡矣。〔註62〕

「神」就「心靈」言，「素」是「象之眞」。職是，當心靈沉浸在世界的美感眞相時，即使空然佇立，但其精神狀態，卻達到了超塵絕俗的

〔註59〕見（唐）司空圖著，郭紹虞集解《詩品集解・續詩品注》（北京：人民文學出版社，2006），頁4。

〔註60〕見（清）孫聯奎、楊廷芝著，孫昌滕、劉淦校點《司空圖詩品解說二種》（濟南：齊魯書社，1980），頁15。

〔註61〕見（清）孫聯奎、楊廷芝著，孫昌滕、劉淦校點《司空圖詩品解說二種》（濟南：齊魯書社，1980），頁90。

〔註62〕見（唐）司空圖著，郭紹虞集解《詩品集解・續詩品注》（北京：人民文學出版社，2006），頁11。

昇華。此外，「脫然畦封」既指世俗疆界的超越，便意味著唯有擺脫世俗偏見的束縛，人才能夠進入到眞情至性的美感之中。

職是，可以發現《二十四詩品》的「象外」詩論觀點，已明確指出「超以象外」是觀照世界眞相的方法，並且愈能直覺於形象的美感，就愈能觀照出世界眞實的面相。此外，人也唯有擺脫世俗偏見的束縛，才能眞情至性的與世界的眞相相照面。

進入宋代後，追求「象外」的審美觀點，已頗能爲文士們所接受。如繪畫方面，歐陽脩〈鑒畫〉即云：

> 蕭條淡泊，此難畫之意。畫者得之，覽者未必識也。故飛走遲速，意淺之物易見，而閑和嚴靜，趣遠之心難形。〔註63〕

是故，宋人已跳脫對意淺畫作的欣賞，而有「畫外之意」的追求。這是因爲宋人也明確感受到，意淺的繪畫容易一眼就被看盡，而缺乏深遠的韻致。能傳達畫外之意的畫作就與之不同，即使觀畫者難識、難形，但其所獲得情致卻是綿遠無盡的。詩論方面，蘇軾〈書司空圖詩〉曾云：

> 司空表聖自論其詩，以爲得味於味外。「綠柳連村暗，黃花入麥稀」，此句最善。又云：「棊生花院靜，幡影石壇高。」吾嘗游五老峰，入白鶴院，松陰滿庭，不見一人，惟聞棋聲，然後知此句之工也，但恨其寒儉有僧態。若杜子美云：「暗飛螢自照，水宿鳥相呼。四更山吐月，殘夜水明樓。」則才力富健，去表聖之流遠矣。〔註64〕

又〈書黃子思詩集後〉云：

> 唐末司空圖，崎嶇兵亂之間，而詩文高雅，猶有承平之遺風。其論詩曰：「梅止于酸，鹽止于鹹。」飲食不可以無鹽梅，而其美常在鹹酸之外。蓋自列其詩之有得于文字之表者二十四韻，恨當時不識其妙。予三復其言而悲之。閩人

〔註63〕見（宋）歐陽脩著《歐陽脩全集》（北京：中國書店，1991），頁1047。
〔註64〕見（宋）蘇軾著，傅成穆儔標點《蘇軾全集》（上海：上海古籍出版社，2000），頁2130。

> 黃子思，慶曆、皇祐間號能文者。予嘗聞前輩誦其詩，每得佳句妙語，反復數四，乃識其所謂。信乎表聖之言，美在鹹酸之外，可以一唱而三歎也。予既與其子幾道、其孫師是游，得窺其家集。而子思篤行高志，爲吏有異材，見於墓誌詳矣，予不復論，獨評其詩如此。〔註 65〕

蘇軾因游五老峰的經驗而對司空圖「味外之旨」的詩論，有進一步深刻的體認。雖然蘇軾曾評司空圖的詩「寒儉有僧態」，不及杜甫詩「才力富健」爲佳，但蘇軾對司空圖「詩」與「詩論」的評價，畢竟是不同的兩件事。蘇軾也曾對司空圖「自列其詩之有得于文字之表者二十四韻」深感「恨當時不識其妙」，又以司空圖「味外之旨」的觀點評價黃子思的詩，由此皆可看出蘇軾對象外詩學觀點的愈加肯定。

第三節 神出古異，淡不可收——神韻論

「神韻」固然是清代王士禎所標舉的重要詩學觀念，然而約與其同時的詩論家翁方綱卻在〈神韻論・上〉一文中云：

> 盛唐之杜甫，詩教之繩矩也，而未嘗言及神韻，至司空圖、嚴羽之徒，乃標舉其概，而今新城王氏暢之，非後人之所詣，能言前古所未言也。〔註 66〕

於此，翁方綱指出了「神韻」論中兩個重要的課題：其一，「神韻」的詩學觀念，非源於王士禎，王士禎只是「神韻」論的倡導者。其二，盛唐時，未嘗言及「神韻」，「神韻」的詩學觀念，乃自晚唐・司空圖始標其概。就前者而言，將「神韻」一詞用在詩論中，實際上是明朝時候的事。因此，一般論及「神韻」的詩學觀念時，總會將它上溯到明代。明代學者中如：陸時雍、孔天允、胡應麟等論詩皆曾言及「神韻」，其中大學者胡應麟的《詩藪》更多次使用到「神韻」一詞。如

〔註 65〕見（宋）蘇軾著，傅成穆儔標點《蘇軾全集》（上海：上海古籍出版社，2000），頁 2133。

〔註 66〕見（清）翁方綱著《復初齋文集》（臺北：文海出版社，1996），頁 340。

此，明代以神韻論詩的風氣，已可見一斑。此外，明．胡應麟《詩藪》的內容與清．王士禛的神韻詩論觀點，相同者甚多。是故，朱東潤〈王士禛詩論述略〉云：

> 漁洋論詩主旨，要如上述，其他辨別體裁，論列作家者，語多繁雜，可不盡陳。其説大體本之明人，神韻三昧之論，幾可執詩藪內外編求之……。〔註 67〕

職是，王士禛雖未言其神韻論與《詩藪》的關係，但可以確定的是，王士禛所標舉的「神韻」論，實非「能言前古所未言」，而是其來有自的。

其次，王士禛既非神韻論的原創者，則神韻論是自晚唐．司空圖才標舉其概的嗎？以「神韻」一詞論詩，固然是明代以後的事，然而「神韻」一詞的出現卻可上溯至南朝。《宋書．王敬弘傳》稱讚王敬弘「神韻沖簡」〔註 68〕，又《南史．隱逸傳》形容一漁父「神韻瀟灑」〔註 69〕。職是，「神韻」論與魏晉南北朝的人物品評有很大的關係，而明代以前，諸家詩論雖未用到「神韻」一詞，但不可否認的是，在這漫長的歷史中，神韻論是確實存在的。明代以前的詩學理論雖未用到「神韻」一詞，但繪畫理論卻早在西漢就明顯觸及到神韻論的問題。西漢．劉安《淮南子．說山訓》云：

> 畫西施之面，美而不可説；規孟賁之目，大而不可畏：君形者亡焉。〔註 70〕

從鑑賞的角度來說，《淮南子》認為如果只畫出西施美麗的臉孔，或孟賁巨大的眼睛，而缺少「君形者」的話，便無從令人感受到西施美

〔註 67〕見朱東潤等著《中國文學批評家與文學批評》下冊（臺北：臺灣學生書局，1984），頁 396。

〔註 68〕見楊家駱主編《新校本宋書附索引》第 3 冊（臺北：鼎文書局，1975），頁 1371。

〔註 69〕見楊家駱主編《新校本南史附索引》第 3 冊（臺北：鼎文書局，1985），頁 1872。

〔註 70〕見（清）翁方綱著《復初齋文集》（臺北：文海出版社，1996），頁 340。

女的賞心悅目，孟賁猛將的凶猛剽悍。職是，「君形者」指的是什麼呢？《淮南子・詮言訓》云：

神貴於形也。故神制則形從，形勝則神窮。〔註 71〕

又《淮南子・原道訓》亦云：

故以神爲主者，形從而利；以形爲制者，神從而害。〔註 72〕

由此可看出《淮南子》貴「神」、主「神」的立場。繪畫乃以畫「神」爲主，「形」則次之。若以「形」爲貴，則相對的便會有害於「神」的表現。是故，《淮南子》所謂「君形者」指的便是「神」。能繪畫出題材的「神」，便是一幅具有「君形者」的繪畫。所以，《淮南子》認爲畫西施之面不在於容貌的姣好，而在於能表現出令人喜悅的神采；繪孟賁之目也不在於眼睛的巨大，而在於眼神能傳達出令人心生敬畏的恐懼。

《淮南子》對於繪畫的傳「神」鑑賞，影響了後來東晉畫家顧愷之，而有「傳神寫照」、「以形寫神」的繪畫理論與創作實踐。〔註 73〕南朝宋・宗炳「以形媚道」、「澄懷味象」的「暢神」論，則又擴大了顧愷之以人物畫爲主的傳神內容。〔註 74〕至南朝齊・謝赫的《古畫品

〔註 71〕見何寧撰《淮南子集釋》中冊（北京：中華書局，1998），頁 1042。

〔註 72〕見何寧撰《淮南子集釋》上冊（北京：中華書局，1998），頁 87。

〔註 73〕顧愷之〈魏晉勝流畫記〉曾云：「人有長短，今既定遠近以矚其對，則不可改易闊促，錯置高下也。凡生人亡有手揖眼視而前亡所對者，以形寫神而空其實對，荃生之用乖，傳神之趣失矣。空其實對則大失，對而不正則小失，不可不察也。一象之明昧，不若悟對之通神也。」見（唐）張彥遠著，（日）岡村繁譯注，俞慰剛譯《歷代名畫記譯注》（上海：上海古籍出版社，2002），289。又《世說新語・巧藝》載：「顧長康畫人，或數年不點目精。人問其故，顧曰：『四體妍蚩，本無關於妙處；傳神寫照，正在阿堵中。』」見（南朝宋）劉義慶撰，（梁）劉孝標注，楊勇校箋《世說新語校箋》第 3 冊（北京：中華書局，2007），頁 646。

〔註 74〕南朝劉・宋宗炳〈畫山水序〉云：「聖人含道暎物，賢者澄懷味像。至於山水質有而趣靈，是以軒轅、堯、孔、廣成、大隗、許由、孤竹之流，必有崆峒、具茨、藐姑、箕首、大蒙之遊焉。又稱仁智之樂焉。夫聖人以神法道，而賢者通，山水以形媚道而仁者樂，不亦幾乎？……峰岫嶢嶷，雲林森眇，聖賢暎於絕代，萬趣融其神思，

錄》則首見「神韻」一詞，職是《古畫品錄》可說是最早論及「神韻」理論的專著。謝赫《古畫品錄》評顧駿之的畫，云：

> 神韻氣力，不逮前賢。精微謹細，有過往哲。始變古則今，賦彩製形，皆創新意。〔註 75〕

「神韻氣力，不逮前賢」是顧駿之畫的缺點，而「精微謹細，有過往哲」則爲其優點，因此謝赫將顧駿之列爲第二品。所謂「精微謹細，有過往哲」，指的無非是顧駿之的畫能「變古則今，賦彩製形，皆創新意」。如此，繪畫上講究「精微謹細」、「賦彩製形」，即使「皆創新意」又「有過往哲」，仍不能說是具有「神韻氣力」的藝術表現。謝赫論畫標舉「六法」，其中「氣韻生動」實爲「骨法用筆」、「應物象形」、「隨類賦彩」、「經營位置」、「傳移模寫」等五項技法的最高展現標準。因此，顧駿之「神韻氣力，不逮前賢」的缺點，指的便是猶未能達到陸探微等第一品畫家們所臻至的「氣韻生動」。易言之，「神韻氣力」的內容指的就是「氣韻生動」。謝赫的「氣韻生動」，就傳神的藝術表現而言，更重視的是心靈與自然的合一，從而令鑑賞者也能從畫中體悟出大自然全面的節奏與和諧。

當南朝的畫已進步到神韻理論的發展時，南朝文壇則仍處在崇尚「形似」的階段。南朝梁・劉勰《文心雕龍・物色》云：「自近代以來，文貴形似」〔註 76〕，因此鍾嶸《詩品》評顏延之的詩云：「尚巧似」〔註 77〕，又評謝靈運云：「尚巧似，而逸蕩過之，頗以繁富爲累。」〔註 78〕即便鍾嶸《詩品・序》亦云：

余復何爲哉？暢神而已，神之所暢，熟有先焉！」見俞劍華編著《中國古代畫論類編》（北京：人民美術出版社，2007），頁 583～584。

〔註 75〕見俞劍華編著《中國古代畫論類編》（北京：人民美術出版社，2007），頁 358。

〔註 76〕見（梁）劉勰著，王更生注譯《文心雕龍讀本》下篇（臺北：文史哲出版社，2004），頁 302。

〔註 77〕見（南朝梁）鍾嶸撰，陳延傑注釋《詩品注》（臺北：臺灣開明書店，1995），頁 25。

〔註 78〕見（南朝梁）鍾嶸撰，陳延傑注釋《詩品注》（臺北：臺灣開明書店，

> 五言居文詞之要，是眾作之有滋味者也：故云會于流俗。豈不以指事造形，窮情寫物，最爲詳切者耶！故詩的三義焉：一曰興，二曰比，三曰賦。文已盡而意有餘，興也；因物喻志，比也；直書其事，寓言寫物，賦也。宏斯三義，酌而用之，幹之以風力，潤之以丹采，使味之者無極，聞之者動心：是詩之至也。〔註79〕

其中「文已盡而意有餘」的觀念，柯慶明曾就此認爲鍾嶸是頭一個提出詩歌「神韻」的表現者，但也因爲「文已盡而意有餘，興也」，說明了鍾嶸只是將「文已盡而意有餘」視爲詩歌的表現方法之一而已。所以，柯慶明同時也認爲鍾嶸並不能算是以「神韻」爲理想的詩論家。〔註80〕鍾嶸所謂「詩之至也」的確不是以「神韻」爲理想，因爲其所謂「宏斯三義，酌而用之，干之以風力，潤之以丹彩」仍不脫南朝文壇對巧構形似之言的崇尚。以繪畫經驗爲借鏡，西漢·劉安的《淮南子》、南朝齊·謝赫的《古畫品錄》都清楚的揭示了「巧構形似」非傳「神」的創作方法。

鍾嶸固然不以「神韻」作爲詩歌的理想，但卻也觸及到神韻論的問題。因爲，以「味」論詩，不僅始自南朝梁·鍾嶸的《詩品》，其「使味之者無極」的詩學觀念，更促進了後來的詩歌創作朝向神韻論發展，並且直接的啓發了晚唐·司空圖「味外之旨」的詩學理論。此外，柯慶明也指出陶淵明、謝靈運、謝朓等人的山水田園詩歌，繼承且取代了「玄言詩」的出現，也是導引詩歌進一步朝向「神韻」發展的重要原因。柯慶明云：

> 一方面由於模山範水逐漸成爲詩歌表現的主體，無形中作爲美感觀照之獨立的客體的具「畫意」的山水景物成爲詩歌主要的內容，因此超越了「言志」詩的社會現實、政治

1995），頁17。

〔註79〕見（南朝梁）鍾嶸撰，陳延傑注釋《詩品注》（臺北：臺灣開明書店，1995），頁4。

〔註80〕參見柯慶明著《中國文學的美感》（臺北：麥田出版股份有限公司，2000），頁101～102。

> 倫理的考慮；另一方面則因所描寫的山水景物同時被視爲是「玄言詩」中所要表現的玄理的具體顯現，因此這些具「畫意」的山水景物並不被視爲就是經驗寫實中至竟的客觀實體，反而是被視爲僅是傳達某種宇宙「眞意」或「理」的「象」，因而正充分實現了王弼「立象以盡意，而象可忘也」的主張……。〔註 81〕

陶淵明、謝靈運、謝朓等人的山水田園詩歌，將具有「畫意」的山水景物視爲傳達某種宇宙「眞意」或「理」的「象」，而非經驗寫實中至竟的客觀實體。如此，即是藉經驗寫實中至竟的客觀實體來象徵某種宇宙「眞意」或「理」。詩的目的在傳達某種宇宙的「眞意」或「理」，而非眼前所見到的山水景物，所以陶淵明、謝靈運、謝朓等人的山水田園詩歌，不但充分實現了王弼「立象以盡意，而象可忘也」的主張，同時也與宗炳「以形媚道」、「澄懷味象」的「暢神」主張相呼應。

入唐以後，盛唐・王昌齡《詩格》云：

> 詩有三思：曰生思。二曰感思。三曰取思。生思一。久用精思，未契意象，力疲智竭，放安神思。心偶照鏡，率然而生。感思二。尋味前言，吟諷古制，感而生思。取思三。搜求於象，心入於境，神會於物，因心而得。〔註 82〕

「感思」是因爲「尋味前言，吟諷古制，感而生思」者，所以柯慶明認爲除「感思」外，「取思」、「生思」所強調的都是「神用象通」的原理，基本上仍是「立象以盡意」的主張，而這種「契意象」的創作手法，正是唐詩「神韻」精神的所寄。〔註 83〕「契意象」的創作手法，固然是「神韻」精神之所寄，但所契「意象」要如何傳達出「神韻」的精神？令讀者獲致什麼樣的傳神效應？王昌齡卻未有詳細的說明。

〔註 81〕見柯慶明著《中國文學的美感》（臺北：麥田出版股份有限公司，2000），頁 104。

〔註 82〕見傅璇琮主編，張伯偉編撰《全唐五代詩格校考》（西安：陝西人民教育出版社，1996），頁 140～150。

〔註 83〕參見柯慶明著《中國文學的美感》（臺北：麥田出版股份有限公司，2000），頁 108～109。

就詩如何傳達出「神韻」？中唐・皎然《詩式》云：

夫詩人造極之旨，必在神詣。得之者妙無二門，失之者邈若千里，豈名言之所知乎？故工之愈精，鑒之愈寡，此古人所以長太息也。〔註 84〕

於此，皎然明確的指出詩人造極之旨，在於達到「神」的境地。何謂「神」？「工之愈精，鑒之愈寡，此古人所以長太息也」，則點出所謂「神」指的就是「神韻」。是故，與繪畫的道理相同，詩愈是講究精工細琢，相對的就愈不能傳達出神韻的精神。但除了避免過於講究精工細琢外，就積極面而言，詩要如何傳達出神韻的精神呢？另外，詩所傳達出的神韻精神，又能使讀者獲致什麼樣的傳「神」效應呢？《詩式》云：

夫詩者，眾妙之華實，六經之菁英。雖非聖功，妙均於聖。彼天地日月元化之淵奧，鬼神之微冥，精思一搜，萬象不能藏其巧。其作用也，放意須險，定句須難，雖取由我衷，而得若神表。至如天眞挺拔之句，與造化爭衡，可以意冥，難以言狀，非作者不能知也。〔註 85〕

皎然以「放意須險，定句須難」爲詩傳達神韻的積極工夫。而工夫所到，「如天眞挺拔之句，與造化爭衡，可以意冥，難以言狀」則是詩所能予人的傳神效應。如此，透過苦心經營的模式，而試圖突破語言的限制，以求精到、豐富的傳達出萬象巧妙的創作方式，確實是詩朝神韻論發展的一個重要里程碑。此外，中唐・劉禹錫〈董氏武陵集紀〉亦云：

片言可以明百意，坐馳可以役萬里，工於詩者能之。〔註 86〕

「可以明百意」、「可以役萬景」也是詩所能予人的傳神效應。由此可

〔註 84〕見傅璇琮主編，張伯偉編撰《全唐五代詩格校考》（西安：陝西人民教育出版社，1996），頁 307。

〔註 85〕見傅璇琮主編，張伯偉編撰《全唐五代詩格校考》（西安：陝西人民教育出版社，1996），頁 199。

〔註 86〕見（唐）劉禹錫著，瞿蛻園箋證《劉禹錫集箋證》（上海：上海古籍出版社，1989），頁 516。

見，中唐在詩的藝術表現上，已擺脫六朝以來巧構形似之言的追求，而企圖達到「以少總多」的藝術表現效果。

晚唐・司空圖的詩與詩論，可以說是承續神韻詩論的創作與論述。〈與李生論詩書〉云：

> 噫，近而不浮、遠而不盡，然後可以言韻外之致耳。愚幼常自負，既久而逾覺缺然。然得於早春，則有「草嫩侵沙短，冰輕著雨銷。」又：「人家寒食月，花影午時天。」又：「雨微吟足思，花落夢無聊。」得於山中，則有「坡暖冬生筍，松涼夏健人。」……得於江南，則有「戍鼓和潮暗，船燈照島幽。」……得於塞上，則有「馬色經寒慘，雕聲帶晚飢。」得於喪亂，則有「驊騮思故第，鸚鵡失佳人。」……得於道宮，則有「棋聲花院閉，幡影石幢幽。」得於夏景，則有「地涼清鶴夢，林靜肅僧儀。」得於佛寺，則有「松日明金象，苔龕響木魚。」……得於郊園，則有「遠陂春早滲，猶有水禽飛。」得於樂府，則有「晚妝留拜月，春睡更生香。」得於寂寥，則有「孤螢出荒池，落葉穿破屋。」得於愜適，則有「客來當意愜，花發遇歌成。」……皆不拘於一概也。絕句之作，本於詣極，此外千變爲狀，不知所以神而自神也，豈容易哉？今足下之詩，時輩固有難色，倘復以全美爲工，即知味外之旨矣。〔註 87〕

所謂「韻外之致」、「味外之旨」即是詩所要臻至的「神韻」效果。這樣的神韻效果，即是以全美爲工，而具體的創作方式便是要做到「近而不浮、遠而不盡」。何謂「近而不浮、遠而不盡」？司空圖即舉自己所作的二十四例詩，從鑑賞角度來說明。如其中「得於早春」者，則有「草嫩侵沙短，冰輕著雨銷」、「人家寒食月，花影午時天」、「雨微吟足思，花落夢無聊」等。此三例詩的文字皆未明言「早春」，這就是「不浮」。但「草嫩侵沙短，冰輕著雨銷」、「人家寒食月，花影

〔註 87〕見（唐）司空圖著，祖保泉、陶禮天箋校《司空表聖詩文集箋校》（合肥：安徽大學出版社，2002），頁 193～194。

午時天」、「雨微吟足思，花落夢無聊」等內容所描寫的形象又極貼近人的生活體驗，這就是「近」。此外，其所表現的意象，又予人有濃郁不盡、玩味不已的「早春」氣息，而這就是「遠而不盡」。

與皎然的神韻詩論不同，司空圖「近而不浮、遠而不盡」的創作方式，則主張要擺脫苦思經營的方式。〈與李生論詩書〉云：

> 王右丞、韋蘇州，澄澹精致，格在其中，豈妨於遒舉哉？賈浪仙誠有警句，視其全篇，意思殊餒，大抵附於蹇澀，方可致才，亦爲體之不備也。矧其下者哉！〔註 88〕

司空圖摒棄賈島「苦吟詩人」的創作方式，而認爲應該向王維、韋應物等人學習，學習他們的「澄澹精致，格在其中」。如此，就傳達「神韻」的方式而言，司空圖已有走向平淡、自然的趨勢。質言之，在「近而不浮」的平淡、自然創作下，司空圖乃企圖將詩的傳「神」內容，擴大到自然境界的反映上。如此傳神的藝術表現，不僅必然的將要求作者更重視心靈與自然合一的創作，相對的也將要求讀者必須心靈與自然合一，進而才能進入詩的意象，從事審美的鑑賞。是故，蘇軾在〈書司空圖詩〉一文中，對司空圖「棋聲花院靜，幡影石壇高」一詩的鑑賞時，便云：「吾嘗游五老峰，入白鶴院，松陰滿庭，不見一人，惟聞棋聲，然後知此句之工也」。〔註 89〕

在《二十四詩品》的詩學觀點中，一樣的存在有神韻詩論的成分。其中，「神出古異，淡不可收」〔註 90〕爲神韻詩論的主張。「濃盡必枯，淡者屢深」〔註 91〕、「眞與不奪，強得易貧」〔註 92〕則說明了對神韻

〔註 88〕見（唐）司空圖著，祖保泉、陶禮天箋校《司空表聖詩文集箋校》（合肥：安徽大學出版社，2002），頁 193。

〔註 89〕見（宋）蘇軾著，傅成穆儔標點《蘇軾全集》（上海：上海古籍出版社，2000），頁 2130。

〔註 90〕見（唐）司空圖著，郭紹虞集解《詩品集解・續詩品注》（北京：人民文學出版社，2006），頁 30。

〔註 91〕見（唐）司空圖著，郭紹虞集解《詩品集解・續詩品注》（北京：人民文學出版社，2006），頁 18。

〔註 92〕見（唐）司空圖著，郭紹虞集解《詩品集解・續詩品注》（北京：人

詩的審美鑑賞。最後，「取之自足，良殫美襟」〔註 93〕點出神韻詩所能予人的美好感受。

首先就神韻詩的主張而言，〈清奇〉的「神出古異，淡不可收」，孫聯奎《詩品臆說》云：

> 因載瞻而神出矣。神情飛越，出語不俗；不俗斯古異也。古異故淡，淡故不可以收，凡可收者，皆非古異者也。詩文至淡不可收，得非清奇也乎！〔註 94〕

所謂「因載瞻而神出矣」又「詩文至淡不可收，得非清奇也乎」，即說明了詩因「載瞻」的清奇，故令讀者有「神出」的神韻效果。另外，楊廷芝《二十四詩品淺解》作「神出古心，淡不可收」，並云：

> 神，謂神奇。古心者，自然之天眞也。淡，謂平淡；不可收，猶言不得遽欲收效也。神奇出於自然之天眞，則奇非可以有意求矣。凡物之有跡者可收，境之有盡者可收。淡則不著色相，不落邊際，神奇之極歸於平淡，平淡之至便是神奇，愈出愈奇，則不得而知其何以奇，又烏得而知其何以神耶？奇亦惟見其清光之長存耳，其可收乎？一說「神」謂精神。不可收，猶收拾不來，不可模擬而襲取之。同此精神。而精神出於本然之古心，則無奇之奇乃爲至奇。其予人以易識者，即其予人以難窺者也。吾恐雖欲挹之不可得而挹矣，奇何清耶。淡，以氣象言，與前〈沖淡〉章以旨趣言者不同。〔註 95〕

於此，楊廷芝將「神」分別作「神奇」與「精神」解。就「神奇」解而言，所謂「神出古異」即是「神奇出於自然之天眞」，「不可收」爲「猶言不得遽欲收效也」。質言之，神奇的神韻效果乃蘊藏在平淡、

民文學出版社，2006），頁 19～20。

〔註 93〕見（唐）司空圖著，郭紹虞集解《詩品集解・續詩品注》（北京：人民文學出版社，2006），頁 18。

〔註 94〕見（清）孫聯奎、楊廷芝著，孫昌膝、劉淦校點《司空圖詩品解說二種》（濟南：齊魯書社，1980），頁 34。

〔註 95〕見（清）孫聯奎、楊廷芝著，孫昌膝、劉淦校點《司空圖詩品解說二種》（濟南：齊魯書社，1980），頁 111。

自然的創作形式中，因此這樣詩的神韻效果，不是讀者一眼就可以看明白、有意就可以求得者，而只能心領神會，卻不得知其何以奇。其次，將「神」作「精神」解，則意謂詩的神韻效果如「精神」一般，「予人以易識者」，卻又「予人以難窺者」。易言之，讀者將明顯可以感受到詩的神韻效果，卻又難以用言語來形容、概括它。

其次，就神韻詩的鑑賞而論，〈綺麗〉的「濃盡必枯，淡者屢深」，無名氏《詩品注釋》亦云：

> 天地間物濃者易盡，盡則成枯，惟以淡自持者，其淡無窮，無窮則屢深。〔註96〕

職是，詩所描寫的內容，如果過於強調細節的刻畫，就容易使描寫的形象流於呆板，毫無生氣，致使情意浮淺直露，讀者一眼便能看盡，而毫無餘韻可言。相反的，倘詩能以平淡、自然的方式，將傳「神」內容，擴大到自然境界的反映上，則不僅詩所傳達的內容將擴大，同時讀者的想像空間也將更開闊。此外，北宋・蘇軾〈評韓柳詩〉曾云：

> 所貴乎枯澹者，謂其外枯而中膏，似澹而實美，淵明、子厚之流是也。〔註97〕

蘇軾對柳宗元詩的讚賞，正與晚唐司空圖對柳宗元詩的讚賞，遙相呼應，由此可見詩歌在神韻論的發展上，一脈相承的痕跡。〔註98〕另外，〈自然〉的「眞與不奪，強得易貧」，楊廷芝《二十四詩品淺解》云：

> 眞與不奪，自然與之，亦自然得之，非其所奪。強得而不自然者，亦終於失，亦安可不自然乎？〔註99〕

〔註96〕見（唐）司空圖著，郭紹虞集解《詩品集解・續詩品注》（北京：人民文學出版社，2006），頁18。

〔註97〕見（宋）蘇軾著，傅成穆儔標點《蘇軾全集》（上海：上海古籍出版社，2000），頁2124。

〔註98〕司空圖〈題柳柳州集後〉曾云：「今於華下方得柳詩，味其深搜之致，亦深遠矣。俾其窮而克壽，玩精極思，則固非瑣瑣者輕可擬議其優劣。」見（唐）司空圖著，祖保泉、陶禮天箋校《司空表聖詩文集箋校》（合肥：安徽大學出版社，2002），頁196～197。

〔註99〕見（清）孫聯奎、楊廷芝著，孫昌膝、劉淦校點《司空圖詩品解說二種》（濟南：齊魯書社，1980），頁102。

又郭紹虞的注解云：

與，同予。眞予我者不會被奪，強取得者仍歸喪失，一自然一不自然也。〔註100〕

詩所傳達的神韻，在讀者閱讀文本的過程中，將使文字所構築的審美意象再次獲得重現，並且這審美意象的再創造，乃出自於讀者自己本身的美感體驗，故云：「自然與之，亦自然得之」。相反的，如果讀者不經由自己的美感體驗來閱讀詩，而只是憑藉著文字的表面意義強做解人的話，那麼不僅會有見樹不見林的情況發生，甚且會將詩原有的美感意象破壞殆盡。

最後，就神韻的閱讀感受而言，〈綺麗〉的「取之自足，良殫美襟」，孫聯奎《詩品臆說》云：

取之自足，謂富貴吾所自有。良殫美襟，是吾藝既成，華美可觀，自然快心樂意。〔註101〕

又無名氏《詩品注釋》云：

足，滿足也；自足，不假外求也。取，取用也。殫，盡也。襟，襟懷也。美，好也。言撫斯境也，取之於內，無不自足而有餘，良足以殫一己之美襟而舒暢於懷抱也。〔註102〕

能傳達神韻效果的詩，在每次閱讀的經驗中，讀者便總有不同的美感創造與體驗，故云：「言撫斯境也，取之於內，無不自足而有餘」。質言之，詩所傳達的「神韻」效果，就是一種美感的體驗，而每一次的閱讀經驗，其實就是讀者自我美感經驗的再體驗。

宋代時，對詩、書、畫等創作，更是強調要有神韻效果的藝術表現。北宋・黃庭堅〈題摹燕郭尚父圖〉即云：

凡書畫當觀韻。往時李伯時爲余作李廣奪胡兒馬，挾兒南

〔註100〕見（唐）司空圖著，郭紹虞集解《詩品集解・續詩品注》（北京：人民文學出版社，2006），頁20。

〔註101〕見（清）孫聯奎、楊廷芝著，孫昌膝、劉淦校點《司空圖詩品解說二種》（濟南：齊魯書社，1980），頁23。

〔註102〕見（唐）司空圖著，郭紹虞集解《詩品集解・續詩品注》（北京：人民文學出版社，2006），頁19。

> 馳，取大黃弓引滿以擬追騎。觀箭鋒所直發之，人馬皆應弦也。伯時笑曰：「使俗子爲之，當作中箭追騎矣。」余因此深悟畫格，此與文章同一關紐，但難得人入神會耳。〔註103〕

關於這段文字，黃景進曾有精到的解說，他云：

> 山谷所說的韻也就是漁洋所說的神韻。雖然李伯時畫李廣射胡兒並未實際畫出箭來，但由拉滿的弓及倒地的人，看畫的人已經感受到那箭的力量，雖然畫家並未畫出箭形，但他卻表達出箭的精神。那無形的箭才是眞正的箭，因爲箭之爲箭，不在其外形，而在其能將人射落。〔註104〕

黃景進對於畫所做的解說內容，其實就是李伯時畫所要傳達出的「神韻」效果。黃庭堅既認爲「凡書畫當觀韻」又「此與文章同一關紐」，因此不僅是書法、繪畫，就連文藝創作也當講求「韻」。黃庭堅所指的「韻」爲何？黃景進即明白指出「山谷所說的韻也就是漁洋所說的神韻」。質言之，黃庭堅即主張詩文、書法、畫繪等創作，都必須講求「神韻」的效果。除此之外，也可以發現「神韻」論的發展，至北宋時，已凝聚成一個「韻」的概念。

北宋・范溫有〈論韻〉一文，是宋代詩話中，對「韻」論述得最詳盡的著作。對此，錢鍾書即指出：

> ……洋洋千數百言，匪特爲「神韻說」之弘綱要領，抑且爲由畫「韻」而及詩「韻」之轉捩進階。嚴羽必曾見之，後人迄無道者。〔註105〕

於此，錢鍾書不僅點出「神韻」論乃源於「畫」，進而過渡到「詩」的藝術理論，同時也認爲「神韻」論與宋代所形成「韻」的概念，有

〔註103〕見劉琳、李勇先、王蓉貴校點《黃庭堅全集》（成都：四川大學出版社，2001），頁729。

〔註104〕見黃景進著《王漁洋詩論之研究》（臺北：文史哲出版社，1980），頁111。

〔註105〕見錢鍾書著《管錐編》第4冊（北京：生活讀書新知三聯書店，2008），頁2121～2122。

密切的關係。范溫〈論韻〉云：

> 王偁定觀好論書畫，常誦山谷之言曰：「書畫以韻爲主。」予謂之曰：「夫書畫文章，蓋一理也。然而巧、吾知其爲巧，奇、吾知其爲奇，布置開闔，皆有法度；高妙古澹，亦可指陳。獨韻者，果何形貌耶？定觀曰：「不俗之謂韻。」余曰：「夫俗者、惡之先，韻者、美之極。書畫之不俗，譬如人之不爲惡。自不爲惡至於聖賢，其間等級固多，則不俗之去韻也遠矣。」定觀曰：「瀟灑之謂韻。」予曰：「夫瀟灑者、清也，清乃一長，安得爲盡美之韻乎？」定觀曰：「古人謂氣韻生動，若吳生筆勢飛動，可以爲韻乎？」予曰：「夫生動者，是得其神；曰神則盡之，不必謂之韻也。」定觀曰：「如陸探微數筆作狻猊，可以爲韻乎？」余曰：「夫數筆作狻猊，是簡而窮其理；曰理則盡之，亦不必謂之韻也。」定觀請余發其端，乃告之曰：「有餘意之謂韻。」〔註106〕

王偁從創作的立場論吳生、陸探微的畫，因此范溫分別認爲「生動者，是得其神；曰神則盡之，不必謂之韻也」又「數筆作狻猊，是簡而窮其理；曰理則盡之，亦不必謂之韻也」。至於范溫以「有餘意之謂韻」，則是以鑑賞的立場來定義「韻」。〈論韻〉下文更明白云：

> 且以文章言之，有巧麗，有雄偉，有奇，有巧，有典，有富，有深，有穩，有清，有古。有此一者，則可以立於世而成名矣；然而一不備焉，不足以爲韻，眾善皆備而露才用長，亦不足以爲韻。必也備眾善而自韜晦，行於簡易閑澹之中，而有深遠無窮之味，觀於世俗，若出尋常。至於識者遇之，則暗然心服，油然神會。測之而益深，究之而益來，其是之謂矣。〔註107〕

所謂「至於識者遇之」即是從讀者的鑑賞立場來闡發「有餘意」的

〔註106〕見吳文治主編《宋詩話全編・潛溪詩眼》（南京：江蘇古籍出版社，1998），頁1259。

〔註107〕見吳文治主編《宋詩話全編・潛溪詩眼》（南京：江蘇古籍出版社，1998），頁1259～1260。

「韻」。其次，「行於簡易閒澹之中，而有深遠無窮之味，觀於世俗，若出尋常」，則與神韻論主張將神韻效果蘊藏於平淡、自然的創作形式中相同。最後，范溫也指出「韻」不屬於某一種風格，至於「巧麗」、「雄偉」、「奇」、「巧」、「典」、「富」、「深」、「穩」、「清」、「古」等風格，只要有「韻」的「餘意」的效果，則能「自韜晦」，而使識者「黯然心服，油然神會。測之而益深，究之而益來」。

職是，可以清楚的證明黃庭堅、范溫所謂「韻」，指的就是「神韻」，乃屬於鑑賞者的審美體驗，而講究神韻論的藝術表現，在北宋時代也早已是一既成的文藝思潮。〔註108〕南宋・嚴羽的「興趣」說、清代王士禎的「神韻」說、袁枚的「性靈」說、以及近代王國維的「境界」說等，皆深受此「神韻」思潮的影響。

〔註108〕北宋范溫〈論韻〉即云：「自三代秦漢，非聲不言韻；捨聲言韻，自晉人始；唐人言韻者，亦不多見，惟論書畫者頗及之。至近代先達，始推尊之以爲極致；凡事既盡其美，必有其韻，韻苟不勝，亦亡其美。」見吳文治主編《宋詩話全編・潛溪詩眼》（南京：江蘇古籍出版社，1998），頁1259。

第四章　《二十四詩品》之文體論（一）

第一節　氣勢磅礴，內蘊渾厚——雄渾的審美韻致

《二十四詩品・雄渾》云：

> 大用外腓，眞體內充。返虛入渾，積健爲雄。具備萬物，
> 橫絕太空。荒荒油雲，寥寥長風。超以象外，得其環中。
> 持之非強，來之無窮。〔註1〕

就章法而言，祖保泉認爲首四句表面上看起來好像在解釋「雄」、「渾」，其實是在表明詩人內在修養與作品風格之間的關係。中四句在描繪雄渾的意境。末四句指出要獲得雄渾之境必須超脫，並且不可強求。〔註2〕另外，杜黎均以爲「大用外腓，眞體內充」在要求雄渾作品的形式宜作到濃重描寫，而內容應具有眞切的思想感情。「返虛入渾，積健爲雄」則總述雄渾要立足虛靜，對生活有確切認識，又要對思想加強磨練，積蓄正直矯健之氣。中四句以實物形象描敘雄渾的

〔註1〕見（唐）司空圖著，郭紹虞集解《詩品集解・續詩品注》（北京：人民文學出版社，2006），頁3。

〔註2〕參見祖保泉著《司空圖詩品解說》（修訂本）（合肥：安徽人民出版社，1982），頁28～29。

情調氣勢。末四句用概念說理，表述創造雄渾風格的方法。〔註 3〕顯然的，中四句爲形象語言，用以描繪「雄渾」的審美形象；末四句則爲邏輯語言，用以說明「雄渾」的概念。至於首四句，祖、杜二人皆從創作論的立場來詮釋，因此將「大用外腓，眞體內充。返虛入渾，積健爲雄」視之爲概念說明的邏輯語言。然而，倘從文體論的立場來看，則首四句不妨作爲描繪「雄渾」形象的形象語言。「大用外腓，眞體內充」，杜黎均的注釋曾云：

> 「體」和「用」本來是中國古代哲學的一對辯證法範圍，「體」是本體，「用」是作用；「體」是內在實質，「用」是外在表現。古代文論中的「體」和「用」，一般指作品的內容和形式。〔註 4〕

因此，如果不從創作論的觀點來看，則「大用外腓，眞體內充」的「體」與「用」便不是指作品的「內容」與「形式」，而純粹可以指的是「內在實質」與相對的「外在表現」。易言之，「大用外腓，眞體內充」是一內在飽滿的實體並且有向外變化、擴大的形象。另外，「返虛入渾」與「積健爲雄」杜黎均的注釋又分別說是「返回空虛達到渾厚」與「積正氣而顯出雄偉」，一樣具有形象性的概括。〔註 5〕職是，「大用外腓，眞體內充」與「返虛入渾，積健爲雄」皆可視爲形象語言，並作爲「雄渾」的審美形象。〔註 6〕「雄渾」一品的篇章結構可以分析爲：「大用

〔註 3〕參見杜黎均著《二十四詩品譯注評析》（北京：北京出版社，1988），頁 65。

〔註 4〕見杜黎均著《二十四詩品譯注評析》（北京：北京出版社，1988），頁 61。

〔註 5〕參見杜黎均著《二十四詩品譯注評析》（北京：北京出版社，1988），頁 63。

〔註 6〕喬力曾云：「司空圖《二十四詩品》這開宗明義的頭兩句，借用哲學上『體』和『用』的術語，揭櫫出文藝作品的內與外的關係，意爲體，文爲用，其意義就不只限於『雄渾』，而是具有普遍規律和原理性的作用。」見喬力著《二十四詩品探微》（濟南：齊魯書社，1983），頁 2。可見從創作論的觀點來看，「大用外腓，眞體內充」並不能有效凸顯出屬於「雄渾」文體風格的特色。

外腓，眞體內充」、「返虛入渾，積健爲雄」、「具備萬物，橫絕太空」、「荒荒油雲，寥寥長風」等，爲雄渾的審美形象；「超以象外，得其環中」、「持之非強，來之無窮」等，爲雄渾的概念敘述。

就「雄渾」的審美形象言，「大用外腓，眞體內充」，楊廷芝《二十四品淺解》云：

> 外腓，言氣體勁而用其宏也。內充，則包括一切。〔註 7〕

又無名氏《詩品注釋》亦云：

> 見於外曰「用」，存於內曰「體」。腓，變也。充，滿也。言浩大之用改變於外，由眞實之體充滿於內也。此即體精用宏之旨。體精用宏，自然達到雄渾之境。〔註 8〕

職是，「大用外腓，眞體內充」是一內部不斷在充滿的「眞體」，並且有逐漸向外擴大、變化的形象。因此，「眞體內充」的意象，令人有能量源源不絕、逐漸飽滿的美感，但相對的也有一觸即發的壓迫美感。「大用外腓」是「眞體」的對外作用，因此可看成是「眞體」充實、飽滿後的爆發形象。所以「大用外腓」的形象，便令人直覺有氣勢磅礴、力量強勁的美感，彷彿足以撼動、改變外在的世界。「大用外腓，眞體內充」雖是在「大用外腓」之後才接「眞體內充」，但經由「大用外腓」與「眞體內充」的意象並置，卻可以發現「大用外腓」之所「外腓」而「大用」，乃在於下文「眞體」內在充實的巨大能量所致。〔註 9〕

〔註 7〕見（清）孫聯奎、楊廷芝著，孫昌滕、劉淦校點《司空圖詩品解說二種》（濟南：齊魯書社，1980），頁 87。

〔註 8〕見（唐）司空圖著，郭紹虞集解《詩品集解‧續詩品注》（北京：人民文學出版社，2006），頁 3。

〔註 9〕簡政珍在〈詩和蒙太奇〉一文中曾指出：「詩將時間的長短重新調整，詩也將不同的空間加以組合。詩正如電影的蒙太奇，它剪輯現實。」見簡政珍著《詩心與詩學》（臺北：書林出版有限公司，1999），頁 52。而所謂「蒙太奇」（montage）爲電影藝術術語，意指把不同的鏡頭（畫面）有機的剪輯在一起（並置），使它產生連貫、對比、聯想、襯托、懸念及各種節奏效果，從而表達出一定的思想內容，爲欣賞者所理解並能激起欣賞者的美感。參見王世德主編《美學辭典》（臺北：

其次，「返虛入渾，積健爲雄」，楊廷芝《二十四詩品淺解》云：

> 雄渾非偶然得也，必返而求之於虛。一物不著，自到渾然之地。學深養到，積之久，而壯健不已，是雄，豈可以僞爲者哉！〔註10〕

職是，「雄渾」的文體風格似可再細分成「雄」與「渾」兩種不同風格。〔註11〕然而，「返虛入渾，積健爲雄」既然作爲「雄渾」的審美形象，而非邏輯的概念陳述，則「返虛入渾」與「積健爲雄」兩意象，便應同樣都具有「雄渾」的美感風格。郭紹虞的注解云：

> 何謂「渾」？渾，全也，渾成自然也。所謂眞體內充，又堆砌不得，填實不得，板滯不得，所以必須復還空虛，纔得入於渾然之境。這是「渾」，然而正所以助其「雄」。何謂「雄」？雄，剛也，大也，至大至剛之謂。這不是可以一朝襲取的，必積強健之氣才成爲雄。此即孟子所謂「以直養而無害，則塞於天地之間」的意思。這是「雄」，然而又正所以成其「渾」。〔註12〕

又杜黎均亦云：

> 「返虛入渾，積健爲雄」，在古漢語句法上是「互詞見義」：前句之「渾」指雄渾，後句之「雄」亦指雄渾。〔註13〕

因此，「返虛入渾」非僅就「渾」的風格來說，「積健爲雄」也非只針對「雄」的風格而論。「返虛入渾」與「積健爲雄」的審美形象，皆可表現出「雄渾」的風格美感。如此，「返虛入渾」與「積健爲雄」

木鐸出版社，1987），頁643。

〔註10〕見（清）孫聯奎、楊廷芝著，孫昌牓、劉淦校點《司空圖詩品解說二種》（濟南：齊魯書社，1980），頁87。

〔註11〕楊廷芝《二十四詩品淺解》對「雄渾」的題解即云：「大力無敵爲雄，元氣未分曰渾。」見（清）孫聯奎、楊廷芝著，孫昌牓、劉淦校點《司空圖詩品解說二種》（濟南：齊魯書社，1980），頁87。

〔註12〕見（唐）司空圖著，郭紹虞集解《詩品集解·續詩品注》（北京：人民文學出版社，2006），頁4。

〔註13〕見杜黎均著《二十四詩品譯注評析》（北京：北京出版社，1988），頁65。

所表現出的「雄渾」美感爲何呢？就「積健爲雄」來說，可視之爲「浩然之氣」的審美形象。《孟子·公孫丑上》云：

> 「敢問何謂浩然之氣？」曰：「難言也。其爲氣也，至大至剛，以直養而無害，則塞於天地之間。其爲氣也，配義與道；無是，餒也。是集義所生者，非義襲而取之也；行有不慊於心，則餒矣。〔註 14〕

「浩然之氣」的形象是「至大至剛」、「塞於天地之間」的氣體形象，因此令人直覺有氣勢如虹、氣勢磅礡的美感。此外，「浩然之氣」是因「義」的蓄集所生，所以當「浩然之氣」養成時，也令人有豐盈、醇厚的美感。除「浩然之氣」外，「積健爲雄」的審美形象，也可以視爲天體運行不輟的形象。《周易·乾》云：

> 天行健，君子以自強不息。〔註 15〕

職是，天體因其「行健」的形象，於是令人直覺有氣勢如虹的美感；又因其「不息」，也令人感到含藏能量的巨大、雄厚。

再就「返虛入渾」的審美形象來說，「返虛入渾」，祖保泉的注釋云：

> 虛：指道之所在。《莊子·人間世》說：「惟道集虛。」郭象注說：「虛其心則至道集於懷也。」這裡說：「返虛」，即返歸於道的意思。渾：揚雄《太玄經》說：「渾沌無端，莫見其根。」這裡說「入渾」，即入於渾沌無端的境地。〔註 16〕

職是，「返虛入渾」中「虛」與「渾」分別可以《莊子》之「道」與「渾沌」的形象視之。《莊子》之「道」的形象爲何？《莊子·人間世》云：

〔註 14〕見（清）阮元刊刻《十三經注疏·孟子》（臺北：藝文印書館，2003），頁 173～174。

〔註 15〕見（清）阮元刊刻《十三經注疏·周易》（臺北：藝文印書館，2003），頁 11。

〔註 16〕見祖保泉著《司空圖詩品解說》（修訂本）（合肥：安徽人民出版社，1982），頁 27。

若一志，無聽之以耳而聽之以心，無聽之以心而聽之以氣！聽止於耳，心止於符。氣也者，虛而待物者也。唯道集虛。虛者，心齋也。〔註 17〕

「心齋」是莊子思想中重要的修「道」工夫，而「虛」即指「心齋」。所謂「心齋」是使心念順乎「氣」的自然而無欲，又「道」是無所不在，而「氣」亦無所不在，因此自然之「氣」的形象便可作爲「道」的象徵。大氣虛空的意象，有不落痕跡、渾然天成的美感；大氣無所不在的意象，又令人有不可限量的宏大美感。另外，「渾沌」的形象既「無端」又「莫見其根」，因此也令人直覺有渾然天成、氣象宏偉的美感。至此可以發現，「返虛」、「入渾」、「積健爲雄」等意象所表現出的美感，皆令人有能量含藏豐厚的美感，因此與上文「眞體內充」的意象並置來看，則可以發現所謂「返虛」、「入渾」、「積健爲雄」等，其實就是「眞體」的實境寫照。

復次，「具備萬物，橫絕太空」，楊廷芝《二十四詩品淺解》云：

具備萬物，萬理具足。橫絕太空，言其獨往獨來，橫絕於太空，而非物之得與抗衡也。〔註 18〕

又趙福壇的注釋云：

渾然之氣籠蓋萬物，雄健之力橫貫太空。具備，即籠罩、包羅之意。橫絕，即橫貫。「具備萬物」指「渾」而言；「橫絕太空」指「雄」而言。這兩句說，雄渾之氣充塞於天地之間，橫絕於太空之上，渾然充沛，氣勢磅礴，莫與抗衡。〔註 19〕

與「返虛入渾，積健爲雄」的問題相一致，「具備萬物，橫絕太空」既作爲「雄渾」風格的審美形象，則不論「具備萬物」或「橫絕太空」

〔註 17〕見（清）郭慶藩集釋《莊子集釋》（臺北：貫雅文化事業有限公司，1991），頁 147。

〔註 18〕見（清）孫聯奎、楊廷芝著，孫昌膝、劉淦校點《司空圖詩品解説二種》（濟南：齊魯書社，1980），頁 87～88。

〔註 19〕見趙福壇箋釋，黃能升參證《詩品新釋》（廣州：花城出版社，1986），頁 2。

皆能有「雄渾」的美感表現。是故，「具備萬物」非專指「渾」而言，「橫絕太空」亦非僅就「雄」而論。再進一步說，當「返虛」視爲自然之「氣」的意象，「入渾」作爲「渾沌」的意象，「積健爲雄」爲「浩然之氣」或「天體運行」的意象時，所謂「具備萬物」皆可以被理解成是「萬理具足」或「籠罩萬物」的審美形象。「萬里具足」的形象，令人直覺有充溢、飽滿、堅實等美感；「籠罩萬物」，則有宏大、雄偉、磅礡等美感。另外，「橫絕太空」是一橫跨萬里天際的形象，也令人深刻的感受到它如虹的氣勢與蘊藏能量的渾厚。「具備萬物」、「橫絕太空」皆有向外擴張、籠罩萬有的美感表現，因此若與前文「大用外腓」的意象並置，也可以發現所謂「具備萬物」、「橫絕太空」等，即是「大用」、「外腓」的情景寫照。

最後，「荒荒油雲，寥寥長風」，無名氏《詩品注釋》云：

> 荒荒，蒼茫亂走貌；寥寥，四邊空闊貌。油雲，油然之雲也；長風，長遠之風也。」「天油然作雲」，見《孟子》；「乘長風破萬里浪」，見《南史》。擬之於物，此二者又彷彿得其形似。說「荒荒油雲」狀「渾」字，「寥寥長風」狀「雄」字，固無不可；說「荒荒油雲寥寥長風」，整個地寫出雄渾境界，亦無不可。〔註 20〕

又喬力的注釋云：

> 荒荒，蒼茫廓大貌。油，與「由」通，自然而然之意。說據《孟子》焦循正義。按，《孟子・梁惠王上》：「天油然作雲，沛然下雨。」趙岐注：「油然，興雲之貌。」寥寥，空闊。左思〈詠史〉：「寥寥空宇中，所講在玄虛。」又同「翏翏」，長風勁吹之聲。《莊子・齊物論》：「而獨不聞之翏翏乎？」長風，《宋書・宗慤傳》：「願乘長風破萬里浪。」又李白〈行路難〉：「長風破浪會有時。」〔註 21〕

〔註 20〕見（唐）司空圖著，郭紹虞集解《詩品集解・續詩品注》（北京：人民文學出版社，2006），頁 4。

〔註 21〕見喬力著《二十四詩品探微》（濟南：齊魯書社，1983），頁 4。

「荒荒油雲」是暴風雨前烏雲翻騰、聚集、籠罩的形象，因此易以爲狀「渾」字；「寥寥長風」是長遠之風勁吹而來的形象，故易以爲是狀「雄」字。〔註22〕然而，當直覺於「荒荒油雲」的審美形象時，所得者並非只有「渾」的美感；同樣的「寥寥長風」的形象直覺，也非只有「雄」的美感。因此，以「荒荒油雲」、「寥寥長風」皆爲「雄渾」的美感表現，會是更好、更完整的說法。「荒荒油雲」、「寥寥長風」如何能有「雄渾」的美感表現？「荒荒油雲」是烏雲翻騰、聚集、籠罩的形象，因此令人直覺有渾厚的美感；又「荒荒油雲」爲「沛然下雨」的前奏，所以也有大雨欲來的震懾美感。〔註23〕「寥寥長風」是長遠之風勁吹而來的形象，《莊子‧齊物論》曾云：

> 夫大塊噫氣，其名爲風。是唯無作，作則萬竅怒呺。而獨不聞之翏翏乎？山林之畏隹，大木百圍之竅穴，似鼻，似口，似耳，似枅，似圈，似臼，似洼者，似污者；激者，謞者，叱者，吸者，叫者，譹者，宎者，咬者，前者唱于而隨者唱喁。泠風則小和，飄風則大和，厲風濟則眾竅爲虛。而獨不見之調調，之刁刁乎？〔註24〕

職是，「寥寥長風」因大地孔竅的並作怒號，如「激」、如「謞」、如「叱」、如「吸」、如「叫」、如「譹」、如「宎」、如「咬」等，故有聲震林木、響徹雲霄的美感。此外，長風自空曠遼闊的天空強颮勁吹

〔註22〕孫聯奎《詩品臆說》即云：「『荒荒油雲』，取象於雲。荒荒，即渾淪意。荒荒油雲，得『渾』之象矣。『寥寥長風』，取象於風。寥寥，即雄勁意。寥寥長風，得『雄』之象矣。」見（清）孫聯奎、楊廷芝著，孫昌膝、劉淦校點《司空圖詩品解說二種》（濟南：齊魯書社，1980），頁12。

〔註23〕楊廷芝便曾云：「荒荒油雲，渾淪一氣」。見（清）孫聯奎、楊廷芝著，孫昌膝、劉淦校點《司空圖詩品解說二種》（濟南：齊魯書社，1980），頁88。又詹幼馨亦曾指出：「『油然作雲，沛然雨下』，大地荒荒，黯淡無光，大有『黑雲壓城城欲摧』之勢」。見詹幼馨著《司空圖詩品衍繹》（臺北：王記書坊，1985），頁9。

〔註24〕見（清）郭慶藩集釋《莊子集釋》（臺北：貫雅文化事業有限公司，1991），頁45～46。

而來，故也有巨大宏闊、雄勁霸氣的美感。〔註25〕如果將「荒荒油雲」、「寥寥長風」與前文「大用外腓，眞體內充」的意象並置，則可以發現「大用外腓，眞體內充」所指的現實形象，便是大自然中「荒荒油雲」或「寥寥長風」的形象。

就「雄渾」的概念敘述而論，「超以象外，得其環中」，楊廷芝《二十四詩品淺解》云：

> 超以象外，至大不可限制；得其環中，理之圓足，混成無缺，如太極然。按，象外之外，即象爲外有邊際，故曰超。外腓之外，所腓皆外無邊際，故曰腓。二「外」字迥然不同。二「之」字上喻下正。一就物言，一就理言。〔註26〕

又趙福壇的注釋亦云：

> 那雄渾之氣超出物象之外，要得其要旨，須從物象之外去求取。象，物象，指所寫的具體事物。環中，圓環的中心，喻空虛之處。《莊子·齊物論》：「彼是莫得其偶，謂之道樞，樞始得其環中，以應無窮。」環，體圓而中空，如能立於環中，就可以周轉貫通。這兩句說明掌握雄渾的要旨。意謂詩的深刻含義必須超出物象之外，要想得到它就要在象外去領悟。〔註27〕

「雄渾」的審美形象往往是「至大不可限制」、「外無邊際」的形象，因此要掌握「雄渾」的美感就必須「超以象外」。能「超以象外」便能「得其環中」。因爲「得其環中」不僅語出《莊子》，同時也點出「超以象外」的可能。《莊子·齊物論》云：

〔註25〕楊廷芝即云：「寥寥長風，鼓蕩無邊」。見（清）孫聯奎、楊廷芝著，孫昌滕、劉淦校點《司空圖詩品解說二種》（濟南：齊魯書社，1980），頁88。而詹幼馨則曾云：「寥寥青天，長空萬里，瞻前顧後，獨立無依，如入『風急天高猿嘯哀』之境」。見詹幼馨著《司空圖詩品衍繹》（臺北：王記書坊，1985），頁9。

〔註26〕見（清）孫聯奎、楊廷芝著，孫昌滕、劉淦校點《司空圖詩品解說二種》（濟南：齊魯書社，1980），頁88。

〔註27〕見趙福壇箋釋，黃能升參證《詩品新釋》（廣州：花城出版社，1986），頁3。

是亦彼也，彼亦是也。彼亦一是非，此亦一是非。果且有彼是乎哉？果且無彼是乎哉？彼是莫得其偶，謂之道樞。樞始得其環中，以應無窮。〔註28〕

其中，「樞始得其環中，以應無窮」郭象注云：

夫是非反覆，相尋無窮，故謂之環。環中，空矣；今以是非爲環而得其中者，無是無非也。無是無非，故能應夫是非，是非無窮，故應亦無窮。〔註29〕

莊子以「是」「非」反覆，相尋無窮爲「環」，因此「得其環中」即在於掌握是非圓環的中心位置。如此，才能以明達的智慧瞭解是非的相對，沒有定論，而能跳脫是非的對立，應付是非無窮的變化。職是，「雄渾」的美感表現，也必須超越外表形象。易言之，「超以象外，得其環中」說明了「雄渾」的文體風格，不建立在巨大形象的描寫上，而在於巨大形象的描寫能否有成功的「雄渾」意象表現。由此可知，唯有「超以象外」才能「得其環中」，也才能直覺到「雄渾」審美形象的美感表現。

其次，「持之非強，來之無窮」，孫聯奎《詩品臆說》云：

此示人以雄渾之所由也。強，勉強也。雄渾之氣，即浩然之氣，浩然之氣，是集義所生者。養之以自然，故來之無窮。若勉強而襲取之，未有不力餒而敗者，故爲是之切囑也。〔註30〕

然而，趙福壇卻云：

「超以象外，得其環中」是創造雄渾之境的方法之一。司空圖要求詩人在創造雄渾之境時，不要滿足於物象的描寫，而要超越事物的表象，把握住事物的道理，表現事物

〔註28〕見（清）郭慶藩集釋《莊子集釋》（臺北：貫雅文化事業有限公司，1991），頁66。

〔註29〕見（清）郭慶藩集釋《莊子集釋》（臺北：貫雅文化事業有限公司，1991），頁68。

〔註30〕見（清）孫聯奎、楊廷芝著，孫昌滕、劉淦校點《司空圖詩品解說二種》（濟南：齊魯書社，1980），頁12～13。

> 的本質，要創造一個具有雄渾之境的意象來，做到這樣就能得心應手，「持之匪強，來之無窮」。〔註31〕

職是，「持之非強」中「匪強」有作「不能勉強」的意思，但也有解作「不感勉強」，而能得心應手的意思。另外，詹幼馨認爲這兩種說法都可以被接受，並且同時存在。〔註32〕「匪強」究竟具有「不能勉強」還是「不感勉強」的意思？從文本來看，「持之匪強」上接「超以象外，得其環中」，而「超以象外，得其環中」指出的概念是：「雄渾」的美感不是外表的形象描寫，就可以輕易、勉強的表現出，必須超越形象本身，成功作到「意象」的表現，如此才能令人直覺有「雄渾」的美感。依此，下文的「匪強」應作「不能勉強」解，才能與上文「超以象外，得其環中」相呼應，並且「持之匪強」也正說明了「雄渾」的文體風格不能勉強從外表的形象上求得，而必須訴諸審美的美感感受。趙福壇雖指出創造「雄渾」意象的要求，但卻將「持之匪強」轉向「得心應手」的創作論觀點來立說，因而偏離了文體論的立場。此外，詹幼馨以「不能勉強」與「得心應手」可以同時並存，也是純就創作論的立場來解讀。至於孫聯奎的「持之匪強」則扣住了「雄渾」的審美形象「浩然之氣」來說。因此「浩然之氣」有不斷蓄積、內充的美感，則「匪強」便明白點出了這樣的美感表現不是一蹴可幾，不是勉強得來的。

「雄渾」的文體風格所以注重審美「意象」更甚於外表「形象」，便在於「雄渾」美感可以帶給人的無窮感受更甚於巨大的外表形象描寫。因此，文本的最後一句「來之無窮」即可視爲「雄渾」美感表現的直接說明。至於「無窮」的美感內容爲何？則又回應到「雄渾」的

〔註31〕見趙福壇箋釋，黃能升參證《詩品新釋》（廣州：花城出版社，1986），頁5～6。

〔註32〕詹幼馨認爲理解爲「不能勉強」，意在告誡人們在「返虛入渾，積健爲雄」的過程中，是要努力、磨煉。一旦順乎自然，得心應手，那就左右逢源，無往而不利，因此「持之匪強」還有熟能生巧的意思。參見詹幼馨著《司空圖詩品衍繹》（臺北：王記書坊，1985），頁11。

審美形象，所表現出的美感內容為何。易言之，「氣勢磅礴，內蘊渾厚」即是「雄渾」文體風格所帶給人的「無窮」美感感受。

職是，「雄渾」的文體風格可以用「大用外腓」、「眞體內充」、「返虛」、「入渾」、「積健為雄」、「具備萬物」、「橫絕太空」、「荒荒油雲」、「寥寥長風」等審美形象作為象徵。「雄渾」的文體風格總令人有氣勢磅礴、內蘊渾厚的美感。也因此，一般對「雄渾」風格的解說很容易再劃分成「雄」與「渾」兩部分。然而，「雄渾」的文體風格並不適合視為「雄」與「渾」兩種美感的綜合。因為在「雄」的美感中，也含有「渾」的美感；在「渾」的審美形象中，亦能體現「雄」的美感。易言之，「氣勢磅礴」中也能有「內蘊渾厚」的感受，在「內蘊渾厚」中，也可以體現出「氣勢磅礴」的外化美感。因此「雄渾」的文體風格無需再細分為「雄」與「渾」，也不能再細分「雄」與「渾」，而應將「雄渾」視為一獨立、完整的美感風格。

另外，「雄渾」的審美形象往往呈現出的是巨大形象的描寫，然而「雄渾」的美感表現並非建立在巨大形象的描寫上，而是要超越表面形象的描寫，作到成功的意象表現，如此才能令人直覺有「雄渾」的美感。從另一面來說，也因為有這樣的美感表現，所以「雄渾」的文體風格才能眞正的帶給人無窮無盡的巨大感受，既感受到它氣勢磅礴、渾化無跡的作用，也感受到它內蘊的無窮與深厚。

最後，「雄渾」一品中「返虛」、「得其環中」等用詞，雖然都帶有莊子思想的色彩。然而，《二十四詩品》的文本性質既屬文學領域的著作，便不適合以莊子的思想體系，來套用解釋《二十四詩品》。杜黎均即指出：

> 司空圖將此話組合於文學理論之中，是概念的借用，而賦予了文學理論的含義。有人從莊子哲學，大談司空圖文學理論的哲學根源。這是對古代治學借用概念的誤解。〔註 33〕

〔註 33〕見杜黎均著《二十四詩品譯注評析》（北京：北京出版社，1988），頁 65。

儘管《二十四詩品》的作者問題有待商榷，但即便《二十四詩品》的作者是晚唐・司空圖，也不應該將莊子的哲學思想視爲《二十四詩品》文學理論的根源。因爲很顯然的，莊子的哲學思想無法藉由《二十四詩品》來闡明，而《二十四詩品》也不能代表莊子思想的文學觀。擴而言之，《二十四詩品》中即便含有中國儒、釋、道等諸家思想，但《二十四詩品》的性質終究隸屬於文學，而非哲學或思想。如此，當《二十四詩品》中出現諸家思想的用詞時，應視爲《二十四詩品》的作者僅在借用諸家思想的概念思維，以解決當時詩學上的解說困難。總之，唯有正視《二十四詩品》的文學性質，才不致造成以哲學或思想來統攝文學，也才能看清楚《二十四詩品》在中國文學發展史上的重要歷史地位。

有關「雄渾」風格形成的歷史背景，詹幼馨曾指出：

> 韓愈在〈進學解〉中云：「先生之於文，可謂閎其中而肆其外矣」。閎其中，就是司空圖說的「眞體內充」；肆其外，就是司空圖說的「大用外腓」。〔註 34〕

職是，中唐・韓愈的文章風格可說是「雄渾」風格發展的雛形，也同時再次說明了「雄渾」是一體兩面、不可再分割的風格。因爲「閎其中」，所以「肆其外」，而所以「肆其外」，乃因「閎其中」。此外，「雄渾」一詞作爲文學批評的用語，在中唐時也已出現，且與韓愈有關。中唐・沈亞之〈爲韓尹祭韓令公文〉曾云：

> 澤梁宋之戎郊，涵雄渾於雲水。〔註 35〕

可見中唐時已有人使用「雄渾」一詞，來概括韓愈的文章特色。另外，《新唐書・文藝傳序》曾云：

> 唐有天下三百年，文章無慮三變。高祖、太宗，大難始夷，沿江左餘風，絺句繪章，揣合低卬，故王、楊爲之伯。玄宗好經術，群臣稍厭雕琢，索理致，崇雅黜浮，氣益雄渾，

〔註 34〕見詹幼馨著《司空圖詩品衍繹》（臺北：王記書坊，1985），頁 5。
〔註 35〕見（唐）沈亞之著《沈下賢文集》（上海商務印書館縮印明刻本），70 頁。

> 則燕、許擅其宗。是時，唐興已百年，諸儒爭自名家。大曆、貞元間，美才輩出，擩嚌道眞，涵泳聖涯，於是韓愈倡之，柳宗元、李翶、皇甫湜等和之，排逐百家，法度森嚴，抵轢晉、魏，上軋漢、周，唐之文完然爲一王法，此其極也。〔註 36〕

於此，可以發現「雄渾」風格的形成也與大唐盛世有關，因此「雄渾」風格形成的歷史背景，甚至可上溯至盛唐。此外，中唐以下，韓愈、柳宗元等人的「古文運動」也可說是這股「雄渾」風氣下的創作展現。明代謝榛《四溟詩話》曾載：

> 韓退之稱賈島「鳥宿池邊樹，僧敲月下門」爲佳句，未若「秋風吹渭水，落葉滿長安」氣象雄渾，大類盛唐。〔註 37〕

職是，「雄渾」的氣象即是盛唐的氣象。進入宋代後，「雄渾」的文體風格既對唐代有所承續，亦有所發展。南宋・敖陶孫《臞翁詩評》云：

> 本朝蘇東坡如屈注天潢，倒連滄海，變眩百怪，終歸雄渾。〔註 38〕

又葉夢得《石林詩話》云：

> 七言難於氣象雄渾，句中有力，而紆徐不失言外之意。自老杜「錦江春色來天地，玉壘浮雲變古今」，與「五更鼓角聲悲壯，三峽星河影動搖」等句之後，嘗恨無復繼者。韓退之筆力最爲傑出，然每苦意與語俱盡。〈和裴晉公破蔡州回詩〉所謂「將軍舊壓三司貴，相國新兼五等崇」，非不壯也，然意亦盡於此矣。不若劉禹錫〈賀晉公留守東都〉云，「天子旌旗分一半，八方風雨會中州」，語遠而體大也。〔註 39〕

可見蘇軾即是宋代創作「雄渾」文體風格的代表作家。此外，不僅劉夢得對中唐・劉禹錫有「雄渾」的讚賞，其後劉克莊在《後村詩話》

〔註 36〕見（宋）歐陽脩、宋祁撰，楊家駱主編《新校本新唐書附索引》（臺北：鼎文書局，1976），5725～5726 頁。

〔註 37〕見丁福保輯《歷代詩話續編》（北京：中華書局，2006），頁 1158。

〔註 38〕見吳文治主編《宋詩話全編》（南京：江蘇古籍出版社，1998），頁 7541。

〔註 39〕見（清）何文煥輯《歷代詩話》（北京：中華書局，2006），頁 432。

中也提到劉禹錫〈蜀先生廟〉、〈八陣圖〉、〈中秋〉、〈洛中寺北樓〉、〈西塞山懷古〉、〈哭呂溫公〉、〈金陵懷古〉等作「皆雄渾老蒼，沉著痛快，小家數不能及也」。〔註 40〕職是，在宋人眼中，唐代「雄渾」風格的眞正代表作家，已非韓愈，而是繼承杜甫而來的劉禹錫。這樣的現象也正反映出宋人與唐人在「雄渾」風格觀念上的不同。宋人不再滿足於韓愈所樹立的「閎其中而肆其外」，而更進一步提出要在「句中有力」外，達到「紆徐不失言外之意」的美感效果。易言之，宋人「雄渾」文體風格的概念已展現出「象外」的超越，而要求達到無窮無盡的撼動美感表現。宋人「雄渾」的文體風格概念顯然較唐人更進步、更富有詩意。《二十四詩品》因作者問題有待商榷，也因此致使著作年代無從確知。然而，倘從文本上來考察，《二十四詩品》提出「超以象外」、「來之無窮」等美感表現要求，則其「雄渾」的文體風格概念，顯然較接近宋代而非唐代。

第二節　中和疏淡，意趣橫生——沖淡的審美韻致

《二十四詩品・沖淡》云：

> 素處以默，妙機其微。飲之太和，獨鶴與飛。猶之惠風，荏苒在衣。閱音修篁，美曰載歸。遇之匪深，即之愈稀。脫有形似，握手已違。〔註 41〕

就章法而言，祖保泉認爲開頭兩句是針對沖淡詩風者，所提出的思想修養問題。中間六句是比喻，意在表現心平氣和、優游自樂的沖淡情境。末尾四句是「素處以默，妙機其微」的心境說明。〔註 42〕另外，杜黎均亦云：

〔註 40〕見吳文治主編《宋詩話全編》（南京：江蘇古籍出版社，1998），頁 8363。

〔註 41〕見（唐）司空圖著，郭紹虞集解《詩品集解・續詩品注》（北京：人民文學出版社，2006），頁 5～6。

〔註 42〕參見祖保泉著《司空圖詩品解說》（修訂本）（合肥：安徽人民出版社，1982），頁 31～32。

> 首二句言沖淡之產生，中六句以實物取象，刻劃沖淡；末四句強調創造沖淡要重眞情，勿造作。〔註43〕

職是，首二句與末四句是說明「沖淡」的邏輯語言，中六句則是比喻「沖淡」的形象語言。「沖淡」一品的篇章結構可以分析爲：「飲之太和，獨鶴與飛」、「猶之惠風，荏苒在衣」、「閱音修篁，美曰載歸」等，爲沖淡的審美形象；「素處以默，妙機其微」、「遇之匪深，即之愈稀」、「脫有形似，握手已違」等，爲沖淡的概念敘述。

就「沖淡」的審美形象而言，「飲之太和，獨鶴與飛」，楊廷芝《二十四詩品淺解》云：

> 飲，言得於內也。太和，陰陽會合之氣也。惟有獨鶴與之同飛，其意象亦未易彷彿矣。「與」字對人言。〔註44〕

又郭紹虞的注解亦云：

> 飲，讀去聲，與之飲也。太和，陰陽會合沖和之氣也。飲以太和，即《易・乾卦》所謂「保合太和」之意，而其人之氣象可知矣。鶴本澹逸之品，而又獨飛，則與之俱者，其氣象亦可以彷彿矣。形容沖淡，恰到好處。〔註45〕

「太和」語出《周易》，指陰陽沖和之氣。因此「飲之太和」可以指有得於大自然中，陰陽二氣中和的形象。對陰陽二氣中和形象的直覺，能有什麼美感內容呢？《周易・乾》云：

> 大哉乾元，萬物資始，乃統天。雲行雨施，品物流行。大明終始，六位時成，時乘六龍以御天。乾道變化，各正性命。保合大和，乃利貞。首出庶物，萬國咸寧。〔註46〕

職是，天地之間因陰陽二氣的交融、變化，於是形成了雲雨、氣候、

〔註43〕見杜黎均著《二十四詩品譯注評析》（北京：北京出版社，1988），頁69。

〔註44〕見（唐）司空圖著，郭紹虞集解《詩品集解・續詩品注》（北京：人民文學出版社，2006），頁89。

〔註45〕見（唐）司空圖著，郭紹虞集解《詩品集解・續詩品注》（北京：人民文學出版社，2006），頁6。

〔註46〕見（清）阮元刊刻《十三經注疏・周易》（臺北：藝文印書館，2003），頁10～11。

季節等，致使萬物得以生長，因此對陰陽二氣中和的形象直覺，便令人有各得其所、欣欣向榮的美感。此外，「飲之太和」也可以指和諧的處世形象。《莊子・則陽》云：

> 故聖人，其窮也使家人忘其貧，其達也使王公忘爵祿而化卑。其於物也，與之爲娛矣；其於人也，樂物之通而保己焉；故或不言而飲人以和，與人並立而使人化。〔註47〕

其中，「飲人以和」，郭象注云：

> 人各自得，斯飲和矣，豈待言哉！〔註48〕

不論對「人」或「物」，「飲之太和」展現出的是樂與世俗相處的形象，因此令人直覺有萬物自得、自化的喜樂美感。至於「獨鶴與飛」是人乘坐著鶴與之飛翔天際的形象，其中「鶴」有長壽、成仙等象徵，職是「獨鶴與飛」的意象便令人有超凡脫俗、淡泊一切的美感。進一步，倘將「獨鶴與飛」與上文「飲之太和」的意象並置，則「獨鶴與飛」又可作爲審美「飲之太和」形象時的愉悅說明。易言之，人倘能對「太和之氣」有審美的經驗或對人間世俗有自得、自化的喜樂美感表現時，那麼便是懂得與大自然和諧共處。如此，不僅能展現出仙人般祥和、安樂的氣象，也能不爲世俗的紛紛擾擾所困，而逍遙自在的悠遊於天地之間。

其次，「猶之惠風，荏苒在衣」，孫聯奎《詩品臆說》云：

> 惠風，喻沖。荏苒，喻淡。荏苒，微弱也。〈歸去來辭〉：「風飄飄而吹衣」，此以惠風在衣擬詩，其沖淡爲何如者。二句沖淡妙喻。〔註49〕

又郭紹虞的注解亦云：

> 正因沖淡不易形容，於是再用譬喻。猶如惠風，惠風者春

〔註47〕見（清）郭慶藩集釋《莊子集釋》（臺北：貫雅文化事業有限公司，1991），頁878。

〔註48〕見（清）郭慶藩集釋《莊子集釋》（臺北：貫雅文化事業有限公司，1991），頁879。

〔註49〕見（清）孫聯奎、楊廷芝著，孫昌膝、劉淦校點《司空圖詩品解說二種》（濟南：齊魯書社，1980），頁14。

> 風也。其爲風，沖和澹蕩，似即似離，在可覺與不可覺之間，故云荏苒在衣。荏苒亦作苒苒，或作荏染，柔緩貌。對這樣柔緩的惠風，只覺襟袖飄揚，好似沒有刺激到皮膚，然而通體絕無不適之處，其爲沖淡何如也！〔註50〕

「惠風」即吹面不寒的春風，因此令人有溫和柔順、輕鬆舒緩的美感。此外，「猶之惠風」也可與「荏苒在衣」合看，「荏苒」，輕柔緩和貌，亦即藉由「惠風」的「荏苒在衣」形象來表現「沖淡」的美感。當柔緩的春風吹拂到身上時，襟袖隨風飄揚又與肌膚若即若離，此時溫馴、飄蕩的舒適美感，便隨著襟袖飄揚的視覺及肌膚輕微的觸感，湧上心頭。因此，陶潛〈歸去來兮辭并序〉云：

> 歸去來兮，田園將蕪胡不歸？既自以心爲形役，奚惆悵而獨悲。悟已往之不諫，知來者之可追。實迷途其爲遠，覺今是而昨非。舟遙遙以輕颺，風飄飄而吹衣。〔註51〕

由是，「風飄飄而吹衣」的意象所表現出的輕快、舒適美感，便很貼切的反映出陶潛離開違心的官場，而回歸自在田園的輕鬆、愉悅心情。〔註52〕

最後，「閱音修篁，美曰載歸」，楊廷芝《二十四詩品淺解》云：

> 閱，歷也。修，長也。篁，竹也。言自竹下過，明玕微動，其聲清和，其美致有欲載之以歸而不可得者：是謂太音，是謂聲希。〔註53〕

又郭紹虞的注解亦云：

〔註50〕見（唐）司空圖著，郭紹虞集解《詩品集解・續詩品注》（北京：人民文學出版社，2006），頁6。

〔註51〕見（晉）陶潛著，龔斌校箋《陶淵明集校箋》（上海：上海古籍出版社，2004），頁391。

〔註52〕另外，詹幼馨也曾指出：「『荏苒』，有『輕盈』、『舒緩』的意思，不說惠風吹拂人面，而說輕盈、舒緩地吹拂著人的衣服，大有《陶淵明・歸去來辭》中的『舟搖搖以輕颺，風飄飄而吹衣』的神態。感於體，愜於意，適於心，毫無劍拔弩張之勢，這就叫作『沖淡』。」見詹幼馨著《司空圖詩品衍繹》（臺北：王記書坊，1985），頁15。

〔註53〕見（清）孫聯奎、楊廷芝著，孫昌膝、劉淦校點《司空圖詩品解說二種》（濟南：齊魯書社，1980），頁89。

譬之於音。長竹之下，明玕微動，其聲清以和，其境幽以靜，身經其間，一聲兩聲，無意遭之，也等於有心就之，故曰閱。閱者，歷也，察也。當此境地，心賞其美，神與之契，不禁發爲載與俱歸之願，然而不可得也。其爲沖淡又何如也！〔註 54〕

職是，「閱音修篁」是說在修長的竹林間，意外聆聽到竹林所發出清和聲響，因此令人直覺眼前的情境有清幽、閒靜的美感。此外，竹林所以能發出清和的聲音是因爲風的緣故，因此「閱音修篁」倘與前文「猶之惠風，荏苒在衣」的意象並置，便可以發現當下的「惠風」不僅有情的撩撥著自己，也遣興的撥弄著眼前修長的竹林。於是，「風」、「竹」、「人」三者構成了人間一幅安樂、平和、有趣的互動畫面。「閱音修篁」下接「美曰載歸」，則「美曰載歸」即可說是對眼前美感畫面的讚美之詞，令人不禁心生歸與之情。〔註 55〕

另外，孫聯奎《詩品臆說》曾指出：

「閱音修篁」此如曾點之風浴。竹韻瀟灑，竹致駘宕。篔簹谷中，詩人一游，粗野勁直之氣，當俱化矣。竹林七賢，想俱無粗莽氣。音可「閱」乎？閱音，當即聽香，讀畫之意。「美曰載歸」此如曾點之詠歸。眾美而載之以歸，必是言中有物，包蘊無窮。試看曾點言志，平淡之極，而夫子與之，固意其已具堯舜三代氣象也。〔註 56〕

〔註 54〕見（唐）司空圖著，郭紹虞集解《詩品集解・續詩品注》（北京：人民文學出版社，2006），頁 6。

〔註 55〕喬力亦曾云：「天朗氣清，輕柔的和風拂動衣襟，竹林中綠葉修長，清音瑽琤，氣韻高絕。當此時此境，只覺淡逸沖和之味沁人心脾，妙與神契，直可載之與俱歸。」見喬力著《二十四詩品探微》（濟南：齊魯書社，1983），頁 10。而詹幼馨更指出：「其神往之情，可想而知。神往什麼呢？神往於隱逸，神往於安靜，神往於『沖淡』。『載歸』，不是載之使歸，而是要與竹聲同駐，與修篁偕隱，要作一個『素心人』。」見詹幼馨著《司空圖詩品衍繹》（臺北：王記書坊，1985），頁 17。

〔註 56〕見（清）孫聯奎、楊廷芝著，孫昌膝、劉淦校點《司空圖詩品解說二種》（濟南：齊魯書社，1980），頁 14。

由此更凸顯出，「沖淡」美感風格的特色是在簡單、平淡的日常生活中，所表現出的審美意趣。《論語・先進》載：

> （曾點）曰：「暮春者，春服既成；冠者五六人，童子六七人，浴乎沂，風乎舞雩，詠而歸。」夫子喟然歎曰：「吾與點也！」〔註57〕

暮春時，成人與小孩們一同到戶外郊遊，於沂水沐浴後，再到舞雩乘涼，然後哼唱著歌曲回家。如此的休閒活動極其簡易、平淡，並沒什麼特殊的地方，然而參與活動的大人和小孩，卻各自都能從自己的身、心上散發出舒放、自在的喜樂。因此，「沖淡」的美感風格，便同曾點的志向一般，是在簡單、平易的日常生活中，寄寓著中和、自適的美感樂趣。

就「沖淡」的概念敘述而論，「素處以默，妙機其微」，孫聯奎《詩品臆說》云：

> 默，靜默也。沖淡人，斷無不平素處以靜默者。明道先生逐日端坐如泥塑神。靜則心清。心清聞妙香。機者，觸也，契也。微，微妙。機其微，謂一觸即契其微妙也。心通造化，自然妙契希微。〔註58〕

又郭紹虞的注解亦云：

> 素，澹也。處，居也。默，猶言沖漠無朕也。平居澹素，以默爲守，涵養既深，天機自合，故云妙機其微。微也者，幽微也，亦微妙也，言莫之求而自致也。〔註59〕

職是，「沖淡」的美感風格指的是平常生活中，對周遭的人、事、物有靜觀默賞的樂趣發現。就如同「心清聞妙香」一般，並非「妙香」早已濃郁可聞，而是因爲在澄明、靜淨的心境下，才能一觸即契的聞

〔註57〕見（清）阮元刊刻《十三經注疏・論語》（臺北：藝文印書館，1997），頁100。

〔註58〕見（清）孫聯奎、楊廷芝著，孫昌膝、劉淦校點《司空圖詩品解說二種》（濟南：齊魯書社，1980），頁13。

〔註59〕見（唐）司空圖著，郭紹虞集解《詩品集解・續詩品注》（北京：人民文學出版社，2006），頁6。

出平易中有「妙香」的氣味。「默」字「猶言沖漠無朕」，更點出沉浸在「妙機」美感中的樂趣，是足以陶醉其中，而達到忘我的境界。另外，由於「妙機」的發現在於對平常的人、事、物有靜定的觀察、欣賞，因此「沖淡」的美感風格可說是來自中和、疏淡中所饒富的趣味。然而相對的，這樣的趣味也因依附在平凡、平淡的日常生活中，所以往往隱微不顯，不僅不易發現，且容易忽略。〔註60〕

趙福壇曾指出「素處以默，妙機其微」是莊子「天地有大美而不言」的運用，意在要求詩人平素處以靜默，無須言辭，而美的信息則由心靈去覺察、領悟，自然能達到心領神會之妙。〔註61〕顯然的，趙福壇是從創作論的觀點來立說，因此「素處以默，妙機其微」也成爲一般文藝創作的原則。然而，倘從文體論的觀點來看，則會發現莊子的「天地有大美而不言」與「沖淡」的文體風格有遙相呼應之處。《莊子・知北遊》云：

> 天地有大美而不言，四時有明法而不議，萬物有成理而不說。聖人者，原天地之美而達萬物之理，是故至人無爲，大聖不作，觀於天地之謂也。〔註62〕

莊子認爲「美」存在於天地間，但「天」、「地」都不明說，而有待人們在靜觀、默賞的情境下來發現。如此，莊子所談的「美」其實與「沖淡」風格的「美」頗爲近似，因爲一樣都存在於不易被發現的生活周遭，一樣都講求在「素處以默」下，才能直覺有「妙機其微」的顯露。所以就歷史文化的影響層面而言，莊子的「天地有大美而不言」可說是「沖淡」美感風格的思想淵源。

其次，「遇之匪深，即之愈稀」，楊廷芝《二十四詩品淺解》云：

〔註60〕就語法而言，杜黎均亦曾云：「首二句實爲一因果複合句，前者爲因，後者爲果。」見杜黎均著《二十四詩品譯注評析》（北京：北京出版社，1988），頁70。

〔註61〕參見趙福壇箋釋，黃能升參證《詩品新釋》（廣州：花城出版社，1986），頁12～13。

〔註62〕見（清）郭慶藩集釋《莊子集釋》（臺北：貫雅文化事業有限公司，1991），頁735。

遇之匪深，沖何易測；即之愈稀，淡豈有跡。〔註63〕

又郭紹虞就的注解云：

如惠風然，如篁音然，無心遇之，似亦不見其幽深，但有意即之，卻又愈覺其稀寂而莫可窺尋。詩家沖淡之境，可遇而不可求，於此可見。〔註64〕

職是，「遇之匪深」說明了「沖淡」的美感蘊藏在平常、淺顯的人、事、物等形象上，因此不難被發現。然而，也因爲「沖淡」審美形象的顯而易見，所以致使人們往往不會稍加留意，而易被忽略。「即之愈稀」的「稀」字點出了「沖淡」美感風格中和、疏淡的本質，因此即便有心想去親近、把握，也會愈用力愈覺得不可把握。就如同「惠風」、「篁音」一般，雖然可藉由感覺器官感受到它的存在，但眞有心想去捕捉，卻又會發現它無形無狀、莫可窺尋。因此「沖淡」的美感風格，可說是在看似稀鬆、平常的事物中，寄寓著耐人尋味的意趣，只能在「素處以默」中發現它，而無法刻意求得。〔註65〕

最後，「脫有形似，握手已違」，孫聯奎《詩品臆說》云：

不著跡，不費力，乃許沖淡。〔註66〕

又楊廷芝《二十四詩品淺解》亦云：

脫，猶若也。言若有形似，欲指其狀，即一握手間，已涉跡象，非沖淡矣。〔註67〕

「沖淡」的美感因寄寓在日常、平淡的生活形象中，因此沒有特殊的形

〔註63〕見（清）孫聯奎、楊廷芝著，孫昌膝、劉淦校點《司空圖詩品解說二種》（濟南：齊魯書社，1980），頁89。

〔註64〕見（唐）司空圖著，郭紹虞集解《詩品集解・續詩品注》（北京：人民文學出版社，2006），頁6。

〔註65〕杜黎均亦曾云：「此二『之』字，均指沖淡的境地。這兩句和首二句『素處以默，妙機其微』相呼應。」見杜黎均著《二十四詩品譯注評析》（北京：北京出版社，1988），頁68。

〔註66〕見（清）孫聯奎、楊廷芝著，孫昌膝、劉淦校點《司空圖詩品解說二種》（濟南：齊魯書社，1980），頁14。

〔註67〕見（清）孫聯奎、楊廷芝著，孫昌膝、劉淦校點《司空圖詩品解說二種》（濟南：齊魯書社，1980），頁89。

象可以定位，所以說「脫有形似」。另外，「沖淡」的美感必須在「素處以默」的情境下才能直覺得到，因此刻意、用力的去把握日常生活形象，也無從欣賞到「沖淡」的美感，所以又說「握手已違」。「握手已違」中的「握手」正點出刻意、用力的把握，與前文「即之愈稀」相呼應。職此，「沖淡」的美感風格是一種簡易、平常的美感風格，除非停下匆忙的腳步，在悠閒、澄靜的情境下，靜觀默賞，否則即使有心想去捕捉，也無從領略到它的美。此外，「沖淡」的美感也因依附在平常、平淡的生活中，所以對「沖淡」意象所表現出的審美意趣，也會令人感到分外的親切、溫馨，恍然徹悟到原來美好、幸福就在自己的身邊。

職是，「沖淡」的文體風格可以用「飮之太和，獨鶴與飛」、「猶之惠風，荏苒在衣」、「閱音修篁，美曰載歸」等審美形象作爲象徵。「沖淡」的文體風格可說是以一般習以爲常的生活形象作爲審美對象，因此令人感到中和、疏淡，意趣橫生。祖保泉即指出：

> 那些語言平淡而自然的、表現了默默地觀察得來的靜趣的詩篇，便是所謂沖淡特色的詩。〔註68〕

不僅語言平淡而自然，「沖淡」的文體風格就連描寫的形象也是平淡而自然。因此「沖淡」的文體風格總能在平易、平淡的人、事、物中，令人生發一種日常生活的親切與饜心，給人一種溫和柔順、寬敞舒放的美感享受。所以「沖淡」的文體風格並不難把握、表現，只是其中的美感底蘊寄寓在平凡、平淡的生活形象中，往往容易爲人所忽略。既不能無心關注，也不能用力強取，唯有靜下心來，在澄澈明淨的心境中，才能靜觀默賞到「沖淡」美感的隱隱嶄露。孫聯奎《詩品臆說》對「沖淡」的題解曾云：

> 沖，和也。淡，淡宕也。晉陶淵明之人、之文、之詩，俱足當得「沖淡」二字。〔註69〕

〔註68〕見祖保泉著《司空圖詩品解說》（修訂本）（合肥：安徽人民出版社，1982），頁32。

〔註69〕見（清）孫聯奎、楊廷芝著，孫昌滕、劉淦校點《司空圖詩品解說二種》（濟南：齊魯書社，1980），頁13。

又《皋蘭課業本原解》亦云：

> 此格陶元亮居其最。唐人如王維、儲光義、韋應物、柳宗元亦爲近之，即東坡所稱「質而實綺，癯而實腴，發纖穠於簡古，寄至味於淡泊」。要非情思高遠，形神蕭散者，不知其美也。〔註70〕

職是，東晉・陶潛即是創作「沖淡」文體風格的代表作家。蘇轍〈子瞻和陶淵明詩集引〉中，蘇軾曾云：

> 吾於詩人，無所甚好，獨好淵明之詩。淵明作詩不多，然其詩質而實綺，癯而實腴。自曹、劉、鮑、謝、李、杜諸人皆莫過也。〔註71〕

蘇軾所謂「質」、「癯」即指以平淡的語言描寫平淡的生活形象，此外亦可就審美形象所表現出來的中和、疏淡美感來說。至於「實綺」、「實腴」正是中和、疏淡美感形象所生發出來的意趣。

「沖淡」的文體風格可說是以莊子「天地有大美而不言」爲思想淵源，至於文藝創作的實踐則以東晉・陶潛爲宗。入唐以後，陳子昂、王維、孟浩然、儲光羲、韋應物、柳宗元等皆有近似「沖淡」文體風格的創作。〔註72〕因此，「沖淡」一詞作爲詩學批評用語，在中唐時便已出現。中唐・皎然《詩式・詩有六迷》曾云：

> 以虛誕而爲高古；以緩縵而爲澹泞；……。〔註73〕

其中「縵」字，《吟窗雜錄》、《詩法統宗》、《詩學指南》、《詩人玉屑》、

〔註70〕見（唐）司空圖著，郭紹虞集解《詩品集解・續詩品注》（北京：人民文學出版社，2006），頁5。

〔註71〕見陳宏天、高秀芳校點《蘇轍集》（北京：中華書局，1990），頁1110。

〔註72〕南宋劉克莊《後村詩話》曾云：「唐初王、楊、沈、宋擅名，然不脫齊梁之體。獨陳拾遺首倡高雅沖澹之音，一掃六代之纖弱，趨於黃初、建安矣。」見吳文治主編《宋詩話全編》（南京：江蘇古籍出版社，1998），頁8357。又明代胡震亨《唐音癸籤・吟譜》云：「孟浩然詩祖建安，宗淵明，沖澹中有壯逸之氣。」見周維德集校《全明詩話》（濟南：齊魯書社，2005），頁3618。

〔註73〕見傅璇琮主編，張伯偉編撰《全唐五代詩格校考》（西安：陝西人民教育出版社，1996），頁203。

《冰川詩式》等皆作「慢」字，而「澹泞」《歷代詩話》本則作「沖澹」。〔註 74〕「澹」與「淡」字相通，因此「沖淡」文體風格的概念在中唐時已建立，只是易與「緩慢」的概念混淆。與唐人相較，宋人對「沖淡」文體風格的概念顯然更明確，也更普遍受到重視。北宋・秦觀《淮海集・韓愈論》曾云：

> 昔蘇武、李陵之詩長於高妙，曹植、劉公幹之詩長於豪逸，陶潛、阮籍之詩長於沖澹，……。〔註 75〕

秦觀與蘇軾同時又爲「蘇門四學士」之一，因此亦可證明蘇軾對陶潛的評語「質而實綺，癯而實腴」即是對「沖淡」文體風格的論述。此外，北宋・胡仔《苕溪漁隱叢話・後集》載：

> 《龜山語錄》云：淵明詩所不可及者，沖淡深粹，出於自然；若曾用力學，然後知淵明詩非著力之所能成也。〔註 76〕

又南宋・張戒《歲寒堂詩話》亦云：

> 淵明「狗吠深巷中，雞鳴桑樹顚」、「採菊東籬下，悠然見南山」，此景物雖在目前，而非至閒至靜之中，則不能到，此味不可及也。〔註 77〕

由此可見，宋人已十分明確的把陶潛視爲「沖淡」文體風格的代表作家。此外，論陶潛詩「非著力之所能成」、「非至閒至靜之中，則不能到」與《二十四詩品》中「遇之匪深，即之愈稀」、「脫有形似，握手已違」、「素處以默，妙機其微」等「沖淡」的概念說明，也極爲相似。職是，《二十四詩品》中「沖淡」一品的形成，當在中唐之後，而與宋代「沖淡」文體風格概念的臻至成熟，有密切相關。

〔註 74〕參見傅璇琮主編，張伯偉編撰《全唐五代詩格校考》（西安：陝西人民教育出版社，1996），頁 203。

〔註 75〕見（宋）秦觀撰，徐培均箋注《淮海集箋注》（上海：上海古籍出版社，1994），頁 751。

〔註 76〕見（宋）胡仔纂集《苕溪漁隱叢話》（臺北：長安出版社，1978），頁 17。

〔註 77〕見丁福保輯《歷代詩話續編》（北京：中華書局，2006），頁 453。

第三節　纖柔委婉，情韻濃郁——纖穠的審美韻致

《二十四詩品・纖穠》云：

> 采采流水，蓬蓬遠春。窈窕深谷，時見美人。碧桃滿樹，風日水濱。柳陰路曲，流鶯比鄰。乘之愈往，識之愈眞。如將不盡，與古爲新。〔註78〕

就章法而言，祖保泉認爲前八句是通過景物的描繪，來引導讀者領會所謂「纖穠」之美；末四句，則指出體驗「纖穠」境界的要領。〔註79〕另外，杜黎均亦云：

> 本篇由兩部分組成。前八句以物取象，用流水、深谷、碧桃、柳蔭等細密形象，來表述纖穠風格的要求。後四句以理論證，指出纖穠的重要性和文學發展上的意義。〔註80〕

職是，前八句爲描繪「纖穠」的形象語言，後四句爲說明「纖穠」的邏輯語言。「纖穠」一品的篇章結構可以分析爲：「采采流水，蓬蓬遠春」、「窈窕深谷，時見美人」、「碧桃滿樹，風日水濱」、「柳陰路曲，流鶯比鄰」等，爲纖穠的審美形象；「乘之愈往，識之愈眞」、「如將不盡，與古爲新」等，爲纖穠的概念敘述。

就「纖穠」的審美形象而言，「采采流水，蓬蓬遠春」，孫聯奎《詩品臆說》云：

> 采采，水之紋也。采采流水，水無不到。蓬蓬，春氣盛也。蓬蓬遠春，春無不到。采采，蓬蓬，活畫「穠」字。「穠」不必都用字眼，只是道理既足，語言氣味，自覺穠郁。〔註81〕

又郭紹虞的注解云：

〔註78〕見（唐）司空圖著，郭紹虞集解《詩品集解・續詩品注》（北京：人民文學出版社，2006），頁7。

〔註79〕參見祖保泉著《司空圖詩品解說》（修訂本）（合肥：安徽人民出版社，1982），頁34。

〔註80〕見杜黎均著《二十四詩品譯注評析》（北京：北京出版社，1988），頁76。

〔註81〕見（清）孫聯奎、楊廷芝著，孫昌膝、劉淦校點《司空圖詩品解說二種》（濟南：齊魯書社，1980），頁15。

> 采采，鮮明貌。流水，指水波之錦紋言。此形容「纖」。蓬蓬，盛貌，言生機勃發蓬蓬然也。春天氣象就是這樣。寫春而曰「遠春」者，韶華滿目，無遠弗至，更見得一望皆春矣。此形容「穠」。二句分起。〔註82〕

「采采流水」、「蓬蓬遠春」孫聯奎認爲皆就「穠」說，但郭紹虞則以爲「采采流水」形容「纖」，而「蓬蓬遠春」形容「穠」。「纖穠」的文體風格能否再細分爲「纖」與「穠」？又「采采流水」究竟是在形容「纖」？抑或是就「穠」說呢？杜黎均曾指出：

> 楊廷芝《二十四詩品淺解》曾說：「窈窕深谷，時見美人」是「寫纖字」；「碧桃滿樹，風水日濱」是「寫穠字」。其實，認爲前者寫穠，後者寫纖，又有何不可？牽強附會，片面論定，不僅使原著更加難懂，也會促成文學理論概念混亂。纖穠就是纖穠，兩個字是複合詞，是指一種文學風格，豈能生硬分割？〔註83〕

職是，將「纖穠」的審美形象再細分爲「纖」與「穠」，便容易造成見仁見智的問題。事實上，「采采流水，蓬蓬遠春」、「窈窕深谷，時見美人」、「碧桃滿樹，風日水濱」、「柳陰路曲，流鶯比鄰」等，既作爲「纖穠」的審美形象，便意謂著同時包含有「纖」與「穠」的美感，不僅不能再細分，也不易再細分。〔註84〕因此，爲避免流於片面的論定，倒不如將「纖穠」視爲「纖穠合度」的整一展現，而其意義則就「纖穠」形象的審美內容來言說。「采采流水」是水流盛大、波紋鮮明的形象。因此，浩浩湯湯的水流，令人直覺有瀰漫遼闊、橫無際涯的美感。當河面泛起漣漪時，波紋隨風搖蕩與波光粼粼的畫面，則又

〔註82〕見（唐）司空圖著，郭紹虞集解《詩品集解‧續詩品注》（北京：人民文學出版社，2006），頁7～8。

〔註83〕見杜黎均著《二十四詩品譯注評析》（北京：北京出版社，1988），頁76。

〔註84〕「窈窕深谷，時見美人」，郭紹虞的注解即云：「山水之深遠者曰窈窕。於幽杳之境而覯綽約之姿，何其纖也，亦何其穠也。此寫纖穠之意態。」見（唐）司空圖著，郭紹虞集解《詩品集解‧續詩品注》（北京：人民文學出版社，2006），頁8。

令人有翩翩起舞、柔和細緻的美感。「蓬蓬遠春」是生機勃發的春天景象。因此，韶華滿目的春景，令人感到春色無邊，而適合萬物生長的春天形象，又令人直覺有舒適、溫潤的美感。將「采采流水」與「蓬蓬遠春」合看時，詹幼馨曾指出：

> 第一句「采采流水」，從水流起興。水生漣漪，細波遠逝，這就引出了第二句「蓬蓬遠春」。由「流」到「遠」，寫得很自然，也很細緻。〔註85〕

於此可以發現，倘將「采采流水」與「蓬蓬遠春」的意象並置，就會造成視野鏡頭的轉換——從近景的「采采流水」逆溯而上的拉向遠景的「蓬蓬遠春」。於是，曲折、漫長的河道即點出「流水」的無限柔情，而溫潤、濃郁的遠方春色，正激發著人們由「流」到「遠」的想去一探究竟。

其次，「窈窕深谷，時見美人」，孫聯奎《詩品臆說》云：

> 窈窕幽谷，「纖」矣。「時見美人」，「纖」而且「穠」。窈窕，深曲；幽谷，寂靜。果有西子入吳，經過其中，如火如荼，艷光四映，雖山靈當爲之喝采也。〔註86〕

又楊廷芝《二十四詩品淺解》云：

> 山水之深曰窈窕。窈窕深谷，時見美人，言偶於幽杳之境，遙見綽約之度，其神何纖也！〔註87〕

「窈窕深谷」或作「窈窕幽谷」，但不論「窈窕深谷」或「窈窕幽谷」指的都是幽靜的深谷形象。山谷靜謐的形象，令人有嫻靜的美感；而深邃的形象，則有神秘、不可窮究的美感。「時見美人」是對美麗女子驚鴻一瞥的形象。美麗的女子形象，有纖細、柔弱的美感；而綽約的風姿，更引人無限的遐思。將「窈窕深谷」與「時見美人」兩意象

〔註85〕見詹幼馨著《司空圖詩品衍繹》（臺北：王記書坊，1985），頁76。

〔註86〕見（清）孫聯奎、楊廷芝著，孫昌膝、劉淦校點《司空圖詩品解說二種》（濟南：齊魯書社，1980），頁15。

〔註87〕見（清）孫聯奎、楊廷芝著，孫昌膝、劉淦校點《司空圖詩品解說二種》（濟南：齊魯書社，1980），頁90。

並置，則山谷深邃、幽曲的地理形勢，即有如美人溫柔、婉約的儀態；美人含情脈脈、深情款款的意態，也如山谷的幽靜、深曲，而不可探知。此外，「窈窕深谷，時見美人」也可與上文「采采流水，蓬蓬遠春」合看，詹幼馨即指出：

> 「深谷美人」是畫龍點睛之筆。水流至深谷，一路曲折而行之態可見。美人出現於深谷，出乎意外，給蓬蓬遠春更外增添光采。〔註 88〕

由是，「采采流水」、「蓬蓬遠春」、「窈窕深谷」等，不再只是靜態不動的畫面，而可以是「美人」行走其間，一路所看到的風景變換。除此之外，將「時見美人」視爲畫龍點睛之筆，則「采采流水」、「蓬蓬遠春」、「窈窕深谷」等，皆可說是爲下文「美人」的出現作鋪墊。換言之，「采采流水」、「蓬蓬遠春」、「窈窕深谷」等審美形象所表現出的美感，皆意有所指的在暗示「時見美人」時的美感經驗。

再次，「碧桃滿樹，風日水濱」，孫聯奎《詩品臆說》云：

> 碧桃，是「穠」。滿樹，則「纖」。風水與日，分觀則「纖」。風水相遭，而又有旭日相照，不「穠」而「穠」矣。〔註 89〕

又楊廷芝《二十四詩品淺解》云：

> 碧桃，華之穠者也，何況滿樹。風動日暄，其水濱蕩漾之致，又何穠耶！〔註 90〕

「碧桃滿樹」是碧桃花開滿樹枝的形象。粉紅的花朵形象，有嬌顏欲滴的美感；滿樹花開的形象，又令人直覺有情意飽滿的美感。「風日水濱」是水岸邊風和日麗的形象。「風」飄、「水」流的形象，皆帶有委婉、曲柔的美感；風和日麗、波光斂灩的形象，則令人感到溫柔舒適、情意蕩漾。「碧桃滿樹」與「風日水濱」意象相並置，則花開滿

〔註 88〕見詹幼馨著《司空圖詩品衍繹》（臺北：王記書坊，1985），頁 76。

〔註 89〕見（清）孫聯奎、楊廷芝著，孫昌膝、劉淦校點《司空圖詩品解說二種》（濟南：齊魯書社，1980），頁 15。

〔註 90〕見（清）孫聯奎、楊廷芝著，孫昌膝、劉淦校點《司空圖詩品解說二種》（濟南：齊魯書社，1980），頁 90。

樹的滿滿情意便正與明朗天氣的眞情告白相呼應。另外，郭紹虞的注解云：

> 碧桃，花之纖穠者也，何況滿樹！郎士元詩：「重門深鎖無人見，惟有碧桃千樹花。」高蟾詩：「天上碧桃和露種，日邊紅杏倚雲栽。」纖穠的景象可以想見。再加上其時則「風日」，惠風時之日也，亦即所謂蓬蓬遠春也；其地則「水濱」，又即所謂采采流水也。此時此地，襯以滿樹碧桃，纖穠的景象更可想見。〔註 91〕

職是，「風日」又可呼應前文的「蓬蓬遠春」，點出天朗氣清、惠風和暢的春天氣候，而「水濱」可指前文的「采采水流」。如此，後文所見的「碧桃滿樹」、「柳陰路曲」、「流鶯比鄰」等，遂可看成是當初「蓬蓬遠春」中的景致。

最後，「柳陰路曲，流鶯比鄰」，孫聯奎《詩品臆說》云：

> 路曲，是「纖」。柳陰，則「穠」。流鶯，是「纖」。比鄰，則「穠」。余嘗觀群鶯會矣：黃鸝集樹，或坐鳴，或流語；珠吭千串，百梭競擲；儼然觀織錦而聽廣樂也。因而悟表聖〈纖穠〉一品。〔註 92〕

又楊廷芝《二十四詩品淺解》云：

> 路曲者，言路曲而陰，遂無不到也。流鶯，言往來相續而如流然。鶯不必纖，一往一來則纖。比鄰，言鶯之多。分而言之纖，合而言之穠也。上句穠中之纖，下句纖中之穠。柳陰繁密，路曲則深細周匝。流鶯隱約，比鄰則並語纏綿。總二句言之：一言纖穠之神，一言纖穠之韻也。流鶯，雖著意纖字，而下二字以比鄰寫穠字，已早於上二字生根矣。柳陰二字亦然。〔註 93〕

〔註 91〕見（唐）司空圖著，郭紹虞集解《詩品集解・續詩品注》（北京：人民文學出版社，2006），頁 8。

〔註 92〕見（清）孫聯奎、楊廷芝著，孫昌膝、劉淦校點《司空圖詩品解說二種》（濟南：齊魯書社，1980），頁 15。

〔註 93〕見（清）孫聯奎、楊廷芝著，孫昌膝、劉淦校點《司空圖詩品解說二種》（濟南：齊魯書社，1980），頁 90。

「柳陰路曲」是楊柳垂蔭道路的形象。柳條毿毿的形象，有輕盈、柔和的美感；沿途逶迤的綠蔭形象，則令人直覺有濃密、深邃的美感。至於「流鶯比鄰」，孫聯奎認爲是鶯聲流囀的形象，而楊廷芝以爲是黃鶯一來一往、相續如流的飛翔形象。另外，趙福壇則主張：

> 流鶯，一指黃鶯飛來飛去，往來相續如流，比喻纖；一指鶯歌流囀，動人心弦，比喻穠。二説均可。〔註94〕

倘「流鶯比鄰」在點出黃鶯數量的眾多，那麼與其藉由眼見黃鶯一來一往、相續如流的飛翔形象來表示，倒不如經由聽到鶯聲的此起彼落，更能烘托出枝頭上黃鶯的多得無從計數。是故，「流鶯比鄰」以視爲鶯聲的流囀形象爲佳。黃鶯鳴叫的形象，有婉轉、圓滑的美感；鶯聲此起彼落的形象，又令人直覺有春意盎然、歡樂喜悅的美感。「柳陰路曲」與「流鶯比鄰」意象並置，則可以發現「流鶯比鄰」的所在，即沿路「柳陰路曲」之所在。除此之外，「柳陰路曲，流鶯比鄰」與前文「采采流水，蓬蓬遠春。窈窕深谷，時見美人。碧桃滿樹，風日水濱」合看時，杜黎均即指出：

> 「采采流水，蓬蓬遠春」，是遠景；「窈窕深谷，時見美人」，爲中景；「碧桃滿樹，風日水濱」，乃近景；「柳陰路曲，流鶯比鄰」，可謂特寫鏡頭。這一套八句四組形象，是從多方面來渲染纖穠，深化纖穠。〔註95〕

又詹幼馨云：

> 第七句「柳陰路曲」，以「柳陰」襯「碧桃」，春色益濃。「路曲」呼應「深谷」、「水濱」、「時見」，既寫了空間的變化，又進一步點明美人的行止。第八句「流鶯比鄰」，在景色之外，添上音聲，更富於春情。「比鄰」二字著重從「路曲」引出，使鶯聲隨流水、伴美人，漸行漸遠。〔註96〕

〔註94〕見趙福壇箋釋，黃能升參證《詩品新釋》（廣州：花城出版社，1986），頁26。

〔註95〕見杜黎均著《二十四詩品譯注評析》（北京：北京出版社，1988），頁76。

〔註96〕見詹幼馨著《司空圖詩品衍繹》（臺北：王記書坊，1985），頁77。

職是，「采采流水，蓬蓬遠春。窈窕深谷，時見美人。碧桃滿樹，風日水濱。柳陰路曲，流鶯比鄰」彷彿一幅畫卷，徐徐的攤展開來。「采采流水，蓬蓬遠春」是遠景，也是圖畫的前景。「窈窕深谷，時見美人」為距離上的中景，也是圖畫的中景。「碧桃滿樹，風日水濱」為近景，也是圖畫的後景。「柳陰路曲，流鶯比鄰」是特寫鏡頭，也是圖畫的最後景。視野鏡頭前後、遠近的改變，是透過「時見美女」中「美女」的觀賞視野而改變，此外讀者也是藉由「美女」觀看的眼睛，而得以想見畫面中一切的景致風貌。如此，不僅「路曲」呼應「深谷」、「水濱」、「時見」，寫出了空間變化，點明了「美人」行止，甚至可以直指「時見」二字，即有意的在傳達一個訊息——畫面中的空間景象隨著「美人」不斷前進的腳步在展延、變換。〔註 97〕另外，讀者既藉由「美人」而得以進入畫中，所以「美人」的漸行漸遠，也讓讀者彷彿可以感受到鶯聲、水聲的逐漸變小、終而消失。然而，這並不代表一切「纖穠」美感的結束，反而是下一個「纖穠」審美形象的期待開啟。

就「纖穠」的概念敘述而論，「乘之愈往，識之愈真」，詹幼馨曾指出：

> 「乘之」的「之」，指一到八句的字面；「識之」的「之」，指一到八句的精神。「乘」，有「跟隨」、「進入」、「體會」的意思；「識」，有「思索」、「辨別」、「理解」的意思。「乘之愈往，識之愈真」連起來看，就是說：體會一至八句的詞語愈深，理解一至八句的精神愈切。而如何理解「纖穠」，就應該在這兩句上得到答案。纖穠之辭，固然重要，纖穠之質，尤其不能忽視，對景物的觀察要深，對人情的體察要細。〔註 98〕

〔註 97〕詹幼馨亦曾云：「『時見』二字，決不是寫靜止的畫面，而是一路行來，山山、樹樹、小丘、深谷，美人行止，時隱時現。」見詹幼馨著《司空圖詩品衍繹》（臺北：王記書坊，1985），頁 76。

〔註 98〕見詹幼馨著《司空圖詩品衍繹》（臺北：王記書坊，1985），頁 77。

一到八句爲「美人」行進山中，欣賞春色的形象描寫，則九、十兩句「乘之愈往，識之愈眞」的「之」字，便自然皆是就一到八句來說。然而，對「乘之愈往，識之愈眞」的理解是「纖穠之辭，固然重要，纖穠之質，尤其不能忽視，對景物的觀察要深，對人情的體察要細」，則明顯是創作論而非文體論的觀點論述。因此，與其說「乘之」的「之」字指「字面」，「識之」的「之」字指「精神」，倒不如說前一個「之」字指「纖穠」的審美形象，後一個「之」字指「纖穠」審美形象所表現出來的美感。換言之，「乘之愈往，識之愈眞」的概念說明，就如同「采采流水，蓬蓬遠春。窈窕深谷，時見美人。碧桃滿樹，風日水濱。柳陰路曲，流鶯比鄰」的形象描繪一般，愈層層遞進的深入探求，就愈能深刻的體悟出「纖穠」的眞實美感。〔註 99〕

另外，「乘之愈往，識之愈眞」，《皋蘭課業本原解》曾云：

> 此言纖秀穠華，仍然眞骨，乃非俗豔。〔註 100〕

「纖穠」的風格不同於一般濃妝豔抹、矯情粉飾的俗豔，乃因具有「眞骨」。易言之，「纖穠」風格是整一、成功的形象表現，而「俗豔」則是雜多、不成功的形象表現。〔註 101〕但何謂「眞骨」？曹冷泉認爲「纖穠」一品非僅限於「纖」與「穠」的描寫，還要寓「眞骨」於其中，而所謂「眞骨」即指高尚品格、高尚情感、生氣、變化、貴眞、貴新等。〔註 102〕如此，「眞骨」將不僅有別於「纖穠」之外，甚至作

〔註 99〕郭紹虞的注解亦云：「乘者，趁也；識者，認也。纖穠之境，盡量朝此方向發展下去，愈往而愈認識到眞處，自然不成爲俗豔。」見（唐）司空圖著，郭紹虞集解《詩品集解・續詩品注》（北京：人民文學出版社，2006），頁 8。

〔註 100〕見（唐）司空圖著，郭紹虞集解《詩品集解・續詩品注》（北京：人民文學出版社，2006），頁 8。

〔註 101〕義大利美學家克羅齊（Croce）即指出：「因此，醜就是不成功底表現。就失敗底藝術作品而言，有一句看來似離奇底話實在不錯，就是：美現爲整一，醜現爲雜多。」見克羅齊（Croce）原著，正中書局編審委員會重譯《美學原理》（臺北：正中書局，1975），頁 82。

〔註 102〕參見曹冷泉注釋《詩品通釋》（西安：三秦出版社，1989），頁 13～15。

品要有「眞骨」也會成爲創作上共同遵守的一般原則，而非針對「纖穠」的風格概念作說明。職此，所謂「眞骨」仍應就「乘之愈往，識之愈眞」中「眞」的內容來探討。「乘之愈往」既指對「纖穠」形象的探求、直覺，則「識之愈眞」便指的是「纖穠」美感的表現。是故，所謂「眞骨」的內容即指向「纖穠」形象所表現出的「美感」。

其次，「如將不盡，與古爲新」，楊廷芝《二十四詩品淺解》云：

> 不盡者，纖益求纖，穠益求穠；由纖而穠，穠歸於纖；由穠而纖，纖盡於穠，則纖穠得中。光景常新，有與古無分也，而豈猶夫今之纖穠哉！〔註 103〕

「乘之愈往，識之愈眞」下接「如將不盡，與古爲新」，則不僅「不盡」與「愈往」相呼應，甚且「如將不盡，與古爲新」即爲「識之愈眞」中「眞」的概念說明。易言之，「如將不盡，與古爲新」即爲「纖穠」的美感說明。但如何說「如將不盡」？又怎樣「與古爲新」呢？「如將不盡」與「乘之愈往」相呼應，因此「如將不盡」即指出「纖穠」的美感有愈深入，愈不能窮盡的特質，即是感到「纖」者益「纖」、「穠」者愈「穠」、「穠」歸於「纖」、「纖」盡於「穠」等情況。至於「與故爲新」則指出在「乘之愈往」的過程中或「如將不盡」的感受中，「纖穠」的美感又令人感到有光景常新、新穎生動等特質。

職是，「纖穠」的文體風格可以用「采采流水」、「蓬蓬遠春」、「窈窕深谷」、「時見美人」、「碧桃滿樹」、「風日水濱」、「柳陰路曲」、「流鶯比鄰」等審美形象作象徵。「纖穠」的文體風格往往能表現出委婉曲柔又濃郁不盡的美感。此外，倘將「采采流水，蓬蓬遠春。窈窕深谷，時見美人。碧桃滿樹，風日水濱。柳陰路曲，流鶯比鄰」作一整體的審美形象看，則更能凸顯出「纖穠」的文體風格是愈深入探求，就愈能體悟出其中「纖穠」美感的濃濃情韻。是故，「纖穠」的文體風格即指的是「纖柔委婉，情韻濃郁」的美感表現。孫聯奎《詩品臆

〔註 103〕見（清）孫聯奎、楊廷芝著，孫昌膝、劉淦校點《司空圖詩品解說二種》（濟南：齊魯書社，1980），頁 90。

說》對「纖穠」的題解曾云：

> 纖，細微也。穠，穠郁也。細微，意到。穠郁，辭到。對粗疏及白干者看。〔註104〕

又楊廷芝《二十四詩品淺解》亦云：

> 纖，以紋理細膩言。穠，以色澤潤厚言。〔註105〕

因此，歷來學者多以文思的細密說「纖」，以詞藻的豔麗說「穠」。如此，也就容易產生「纖穠」文體風格爲創作理論服務的現象。詹幼馨即云：

> 綜觀八句，合春景、春色、春情於一爐，情景交融，動靜攸宜。有眼前景，有景中情，有情外意。思路細密而文辭豔麗。這就叫做纖穠。〔註106〕

職是，「采采流水，蓬蓬遠春。窈窕深谷，時見美人。碧桃滿樹，風日水濱。柳陰路曲，流鶯比鄰」爲純粹的形象描寫，便被賦予創作上「思路細密」、「文辭豔麗」的含義。「采采流水，蓬蓬遠春。窈窕深谷，時見美人。碧桃滿樹，風日水濱。柳陰路曲，流鶯比鄰」雖可視爲一整體的「纖穠」審美形象，但就風格而言，目的並不在呈現創作思路的細密與文辭的豔麗，而在於彰顯出「纖穠」審美形象的美感。杜黎均曾明白表示對傳統以「意」說「纖」，以「辭」說「穠」的反對。杜黎均云：

> 纖穠，作爲一個複合詞，指的是一種文學風格。作品的意和辭，都要求纖穠。〔註107〕

於此，杜黎均雖打破以「意」、「辭」分說「纖」、「穠」的方式，但所謂「纖穠」風格的概念其實只是綜合「意」的細密與「辭」的濃麗來

〔註104〕見（清）孫聯奎、楊廷芝著，孫昌滕、劉淦校點《司空圖詩品解說二種》（濟南：齊魯書社，1980），頁14。

〔註105〕見（清）孫聯奎、楊廷芝著，孫昌滕、劉淦校點《司空圖詩品解說二種》（濟南：齊魯書社，1980），頁89。

〔註106〕見詹幼馨著《司空圖詩品衍繹》（臺北：王記書坊，1985），頁77。

〔註107〕見杜黎均著《二十四詩品譯注評析》（北京：北京出版社，1988），頁76。

言說。換言之，杜黎均即使把「纖穠」當作複合詞來看，但其中的含義卻仍離不開傳統以細密說「纖」，以濃麗說「穠」的方式。事實上，「纖穠」既作爲一種文體風格，便應從文體論的觀點來闡述其義，亦即應從作品的審美形象來探究其中所表現出的美感內涵。所以就文體論而言，「纖穠」指的是「纖柔委婉，情韻濃郁」的美感。

有關「纖穠」文體風格的演變，趙福壇曾指出：

> 纖穠屬優美之格。纖穠最早是用來形容美人的意態的，如宋玉〈神女賦〉說：「穠不短，纖不長。」曹子建〈洛神賦〉說：「穠纖得衷，修短中度。」〔註108〕

職是，「纖穠」風格的形成可說源於對美麗女子的意態形容。《二十四詩品》中「纖穠」的「時見美人」即是一明顯的例證反映。另外，清代陳廷焯《白雨齋詞話》云：

> 六朝詩，所以遠遜唐人者，魄力不充也。魄力不充者，以纖穠損其眞氣故也。〔註109〕

六朝詩講究柔靡華美、雕琢綺麗也與女性的描寫有關，其中「宮廷詩」的發展、形成，便是典型的代表。所以，六朝時「纖穠」的概念並不突出，但其依附在女性的形容、描寫上，卻是顯而易見的發展事實。《文心雕龍・隱秀》中疑有「纖穠」一詞的使用，其載：

> 然烟靄天成，不勞於粧點；容華格定，無待於裁鎔；深淺而各奇，穠纖而俱妙，若揮之則有餘，而攬之則不足矣。〔註110〕

此段文字屬「隱秀」篇的補文，因此有學者懷疑是明代人所僞託，頗具爭議，至今仍未有定論。職是，「纖穠」一詞作爲詩學上的批評用語用，目前只能上推到北宋。蘇軾〈書黃子思詩集後〉云：

> 李、杜之後，詩人既作，雖間有遠韻，而才不逮意，獨韋

〔註108〕見趙福壇箋釋，黃能升參證《詩品新釋》（廣州：花城出版社，1986），頁26。

〔註109〕見唐圭璋編《詞話叢編》（北京：中華書局，1996），頁3976。

〔註110〕見（梁）劉勰著，王更生注譯《文心雕龍讀本》下篇（臺北：文史哲出版社，2004），頁203。

應物、柳宗元發纖穠於簡古，寄至味於淡泊，非餘子所及也。唐末司空圖，崎嶇兵亂之間，而詩文高雅，猶有承平之遺風。其論詩曰：「梅止于酸，鹽止于鹹。」飲食不可以無鹽梅，而其美常在鹹酸之外。蓋自列其詩之有得于文字之表者二十四韻，恨當時不識其妙。予三復其言而悲之。〔註111〕

與「至味」之於「淡泊」一般，北宋的「纖穠」正是與「簡古」爲相對的概念。雖然如此仍未能明確得知北宋的「纖穠」概念爲何，但尤可注意的是，北宋對於「纖穠」的表現是要求在文字的書寫上作最大的表現，如此與《二十四詩品》中「纖穠」的「乘之愈往，識之愈眞」、「如將不盡，與古爲新」等概念，則已頗近似。

第四節 靜謐深沉，思而未發——沉著的審美韻致

《二十四詩品・沉著》云：

綠林野屋，落日氣清。脫巾獨步，時聞鳥聲。鴻雁不來，之子遠行。所思不遠，若爲平生。海風碧雲，夜渚月明。如有佳語，大河前橫。〔註112〕

就章法而言，祖保泉認爲全篇沒有理論性的說明，都是用具體描寫的方法來表現「沉著」的意境。首四句從人的處境和行動來描寫，中四句從人的心理，末四句則透過景物的刻劃。〔註113〕另外，杜黎均以爲前八句在鋪敘「沉著」風格所需達到的狀態，非眞實刻劃人物，而是借人寓意，亦即作品的描寫達到這樣的狀態，才算具有「沉著」的風格。後四句則簡說創造「沉著」獲得成功時的景象。〔註114〕職是，

〔註111〕見（宋）蘇軾著，傅成穆儔標點《蘇軾全集》（上海：上海古籍出版社，2000），頁2133。
〔註112〕見（唐）司空圖著，郭紹虞集解《詩品集解・續詩品注》（北京：人民文學出版社，2006），頁9。
〔註113〕參見祖保泉著《司空圖詩品解説》（修訂本）（合肥：安徽人民出版社，1982），頁36。
〔註114〕參見杜黎均著《二十四詩品譯注評析》（北京：北京出版社，1988），

前八句杜黎均雖以爲是借人寓意的概念說明，但就文句本身而言，卻是刻劃人物的形象語言。因此，「沉著」一品皆爲審美的形象語言，其中審美形象可分析爲：「綠林野屋，落日氣清。脫巾獨步，時聞鳥聲」、「鴻雁不來，之子遠行。所思不遠，若爲平生」、「海風碧雲，夜渚月明。如有佳語，大河前橫」等。

就「沉著」的審美形象言，「綠林野屋，落日氣清。脫巾獨步，時聞鳥聲」，郭紹虞的注解云：

> 野屋，草野人之屋，亦即山野間之屋。野屋而襯以綠林，掩映之餘，更覺幽寂。傍晚落日，野曠氣清，於斯境，於斯時，而有人也，閒步逍遙，已覺遠隔塵氛，飄飄欲仙。曰獨步，則思慮之岑寂可知；曰脫巾，則風度之瀟灑可想。然而「鳥鳴山更幽」，偏又時聞鳥聲，則靜與神會，豈非沉著象乎？〔註 115〕

「綠林野屋」是山野間，綠林掩映的茅屋形象，因此令人直覺有清靜、幽寂的美感。「落日氣清」是傍晚時分落日的景象，天色的漸漸暗沉與氣溫的逐漸轉涼，則分別有深沉與清曠的韻致。「脫巾獨步」是人脫掉頭巾，獨自漫步的形象。趙福壇即云：

> 脫巾，脫去頭巾，意即瀟灑自若，無俗氣。獨步，往來漫步，深默靜思。〔註 116〕

職是，「脫巾獨步」的形象，令人直覺有靜默、沉思的美感。將「脫巾獨步」與「綠林野屋」、「落日氣清」等意象並置，孫聯奎《詩品臆說》曾云：

> 境，無些子喧囂，是可思之地。氣，無半點氛濁，是可思之時。於是沉思獨往。〔註 117〕

頁 81。

〔註 115〕見（唐）司空圖著，郭紹虞集解《詩品集解・續詩品注》（北京：人民文學出版社，2006），頁 9。

〔註 116〕見趙福壇箋釋，黃能升參證《詩品新釋》（廣州：花城出版社，1986），頁 34。

〔註 117〕見（清）孫聯奎、楊廷芝著，孫昌膝、劉淦校點《司空圖詩品解說

由是，「綠林野屋」、「落日氣清」不僅點出「脫巾獨步」的背景、時間，甚且「綠林野屋」與「落日氣清」的形象直覺，也令人有想要尋思、探索的美感。「時聞鳥聲」是禽鳥鳴叫的形象。「時聞鳥聲」與「綠林野屋」、「落日氣清」、「脫巾獨步」等意象並置，又可以發現「鳥聲」是樹林枝頭上，群鳥鳴叫的聲音，而「時聞鳥聲」者便是上文「脫巾獨步」者。「脫巾」不僅是瀟灑風度的展現，同時也是擺脫束縛的自在象徵。此外，楊廷芝《二十四詩品淺解》云：「獨步，往來尋繹之狀。」〔註 118〕如是，「脫巾獨步」不僅是遠隔塵紛的逍遙漫步，更是在逍遙的情境中，任其思緒的上下求索。獨步尋思時，忽然驚覺枝頭上有群鳥的叫聲，便意謂著「時聞鳥聲」的同時，「脫巾獨步」者也從深沉的思慮中，回到了現實世界。換言之，「鳥聲」與「脫巾獨步」者的心聲相應，甚至「鳥聲」極可能就是「脫巾獨步」者思而未發的心語。職是，進一步可推想前文「綠林野屋」、「落日氣清」何以令人直覺有尋思、探索的美感？「綠林野屋，落日氣清」與「脫巾獨步，時聞鳥聲」的意象並置，則其中「綠林」的鬱鬱蒼蒼、「氣清」的瀰漫縹緲，不正與「脫巾獨步」者上下求索的茫茫情境相呼應？易言之，「綠林」與「氣清」即是「脫巾獨步」者上下求索的情境隱喻，而綠林之中的「野屋」、氣清之中的「落日」，即可說是所欲尋思、探索的答案象徵。〔註 119〕

其次，「鴻雁不來，之子遠行。所思不遠，若為平生」，郭紹虞的注解云：

二種》（濟南：齊魯書社，1980），頁 16。

〔註 118〕見（清）孫聯奎、楊廷芝著，孫昌滕、劉淦校點《司空圖詩品解說二種》（濟南：齊魯書社，1980），頁 91。

〔註 119〕「綠林野屋」或作「綠杉野屋」，而作「綠林野屋」較好的理由，便在於「林」字能點出樹木的眾多，與「杉」字相較起來，更能與「脫巾獨步」的意象相呼應。另外，祖保泉也曾指出：「作『林』字意義較好。綠林之中有野屋，有沉著的意象。」見祖保泉著《司空圖詩品解說》（修訂本）（合肥：安徽人民出版社，1982），頁 35。

> 鴻雁不來，則雲山寥落，之子遠行，則情懷渺邈。然而，所思不遠，好似當前即是；若爲平生，又覺握手如昨。那麼千里如咫尺，似有未嘗相離也。「之子遠行」，所思已無可見之理；「若爲平生」，所思猶有得見之情。思之不見，愈思得見，一心凝聚，縈回往復，則獨念之深切又正是沉著的表現也。前言景，此言情，雙股夾寫，而沉著亦形象化矣。〔註 120〕

「鴻雁不來」可以是眺望遠處雲山的形象。此外「鴻雁」點出高空，因此「鴻雁不來」也可以是遠眺高空又空無一物的形象。悠悠的天空中竟空無一物，或除了雲、山以外，竟不見他物，於是不免令人心生空寂、落寞之感。「鴻雁不來」下接「之子遠行」，則「鴻雁」便具有捎來書信的象徵。於是「鴻雁不來」的形象，又令人直覺有「之子遠行」的美感。易言之，期盼不來的「鴻雁」是他鄉遠行「之子」的隱喻，而雲、山或天空的空寂、寥落，便成爲悠悠、渺渺的思念情懷反映。〔註 121〕「所思不遠，若爲平生」是離開「鴻雁不來」審美活動後，承續「之子遠行」美感而來的自我安慰語。「所思不遠」意謂「好似當前即是」，但何以「好似當前即是」？下句「若爲平生」即是最好的注解。楊廷芝《二十四詩品淺解》云：

> 若爲平生，言有如是人，乃若爲平生之不忘者，其以實相與之，故有難以言傳者。〔註 122〕

又曹冷泉亦指出：

> 按前言「之子遠行」，僅隔一句又云「所思不遠」，兩「遠」字前後呼應，似相反而實相承，後者反前者之意的意圖是：由於眞情地思念摯友，雖遠在天涯，又何遠之有！即所謂

〔註 120〕見（唐）司空圖著，郭紹虞集解《詩品集解・續詩品注》（北京：人民文學出版社，2006），頁 9～10。

〔註 121〕楊廷芝《二十四詩品淺解》即云：「之子遠行，不知所之，其慮沉矣。」見（清）孫聯奎、楊廷芝著，孫昌滕、劉淦校點《司空圖詩品解說二種》（濟南：齊魯書社，1980），頁 91。

〔註 122〕見（清）孫聯奎、楊廷芝著，孫昌滕、劉淦校點《司空圖詩品解說二種》（濟南：齊魯書社，1980），頁 91～92。

「遠在天涯，近在咫尺」也。〔註123〕

遠行的「之子」是魂牽夢縈、終生難忘的人，因此即便千山相隔、遠在天涯，對「之子」的感覺也依然親切、熟悉，彷彿就在身旁。然而即便如此，仍舊改變不了相隔遙遠、音訊杳無的事實。趙福壇即指出：

> 曰「遠行」而又說「不遠」，乃爲心靈之感覺，古人有「咫尺天涯」之說。即思念到深處，彷彿其在目前，故言不遠；不遠，亦即遠也，虛實相生。〔註124〕

職是，在「鴻雁不來」的形象直覺中，除了「之子遠行」的美感外，更寄寓著難以言傳、道盡的思念情懷。

最後，「海風碧雲，夜渚月明。如有佳語，大河前橫」，郭紹虞的注解云：

> 試再廣之以譬：海風碧雲，指動態的沉著；夜渚月明，指靜態的沉著。海風而襯以碧雲，闊大浩瀚，狀壯美的沉著；夜渚而兼以月明，幽靜明徹，狀優美的沉著，這樣夾寫，沉著之精神更出。〔註125〕

又云：

> 竊以爲大河前橫，當即言語道斷之意。鈍根語本談不到沉著，但佳語說盡，一味痛快，也復不成爲沉著。所以要在言語道斷之際，而成爲佳語，纔是眞沉著。〔註126〕

「海風碧雲」是海風習習、碧雲悠悠的形象。「夜渚月明」是月光照在水中小洲的形象。「海風碧雲，夜渚月明」下接「如有佳語，大河前橫」，則「如有佳語，大河前橫」便是「海風碧雲」、「夜渚月明」兩審美形象的美感內容。但何以「海風碧雲」、「夜渚月明」，能令人

〔註123〕見曹冷泉注釋《詩品通釋》（西安：三秦出版社，1989），頁17。

〔註124〕見趙福壇箋釋，黃能升參證《詩品新釋》（廣州：花城出版社，1986），頁35。

〔註125〕見（唐）司空圖著，郭紹虞集解《詩品集解・續詩品注》（北京：人民文學出版社，2006），頁10。

〔註126〕見（唐）司空圖著，郭紹虞集解《詩品集解・續詩品注》（北京：人民文學出版社，2006），頁10。

直覺有「如有佳語，大河前橫」的美感呢？習習不停的海風形象，令人感到言語不盡；悠悠浮雲的形象，則彷彿是文字的不盡書寫。職是，在「海風碧雲」的美感經驗中，會令人感到縱然心中湧起許多的言語、佳話，也一時難以辯說清楚，因爲眼前無盡的「海風」、「碧雲」便已是最佳的代言者。至於明亮月光中的小洲形象，就如同「綠林野屋」、「落日氣清」一般，令人直覺有幽靜、沉思的美感。然而，在「夜渚月明」的美感經驗後，縱有幾經熟慮的想法，都不如消融、沉澱在這「夜渚月明」的審美形象中。質言之，「夜渚月明」所散發出明靜、沉思的美感紛圍，即是心思佳語的最好表達。是故，「沉著」的風格不是完全的沉默不語，也不是痛快的一語道盡，而是如「大河前橫」般，雖未道出一字一句，卻已在形象的直覺中內涵著有口難盡的動人佳語。〔註 127〕職此，不僅「夜渚月明」可視爲靜態的「沉著」，前文的「綠林野屋」、「落日氣清」、「鴻雁不來」也是；「海風碧雲」屬動態的「沉著」，而前文的「時聞鳥聲」亦然。

倘將「海風碧雲，夜渚月明。如有佳語，大河前橫」與前文「綠林野屋，落日氣清。脫巾獨步，時聞鳥聲。鴻雁不來，之子遠行。所思不遠，若爲平生」合看，便會發現「思」字是本篇的詩眼。此外，「海風碧雲，夜渚月明」的審美形象中所飽含著難以訴說、言盡的佳語，便清楚的指向是對「之子」的思念。「如有佳語，大河前橫」，詹幼馨即云：

> 「佳語」，可理解爲欲傾積愫之辭，也可理解爲即興口占之詩。〈詩大序〉：「詩者，志之所之也」；懷人寄遠，詩人多擅此道。「如有佳語」，等於說「似有佳語」，可是，「大河

〔註 127〕「大河前橫」倘從創作論的觀點來看，便如楊廷芝《二十四詩品淺解》所指出：「人之佳語，如有此妙境，而大河前橫，舉目可得，隨在皆然矣。」見（清）孫聯奎、楊廷芝著，孫昌膝、劉淦校點《司空圖詩品解說二種》（濟南：齊魯書社，1980），頁 92。又杜黎均更明白說：「大河橫在前面。指作家創作成功時面臨的一種眞切自然的境界。」見杜黎均著《二十四詩品譯注評析》（北京：北京出版社，1988），頁 80。

> 前橫」，「道阻且長」，「欲寄相思何由寄？」因此，「如有佳語」又可理解爲「設有佳語」，「縱有佳語」，即柳永在〈雨霖鈴〉中說的「便縱有千種風情，更與何人說？」之意。又即杜甫在〈天末懷李白〉中說的「鴻雁幾時到？江湖秋水多！」之情。這兩句還可以設想爲：大河前橫，則竚足以觀。風弄水響，似訴平生。月明之夜，靜聽「佳語」，情深意切，平生之交誼可知。〔註 128〕

「如有佳語」不論是理解爲「似有佳語」、「設有佳語」、「縱有佳語」或只是靜靜的聆聽「海風碧雲」、「夜渚月明」、「大河前橫」等佳語，總之都是飽含著對「之子遠行」的思念之情，也都是還來不及釐清、成形並脫口說出的心語。〔註 129〕職是，「沉著」的風格可以說是在靜謐、深沉的情境中，未及一語道破，卻令人深刻的感到有錯綜複雜的滿滿懷思、情意。

另外，「海風碧雲，夜渚月明」，孫聯奎《詩品臆說》曾云：

> 風舉，雲停，千潭月印。空闊澄澈，直思到這樣境地。〔註 130〕

其中「直思到這樣境地」，曹冷泉認爲已近心理活動的解釋，因此「海風碧雲，夜渚月明」爲沉思故人而進入幻境的心理活動描繪。曹冷泉云：

> 當相思不得一見而進入迷幻之境界時，觀海風碧雲，而回憶到故人雄健高逸的不凡氣度，視夜渚月明，而聯想到故人深沉瑩澈的胸懷。〔註 131〕

然而，「海風碧雲，夜渚月明」下接「如有佳語，大河前橫」則明確指出：其一、「海風碧雲，夜渚月明」的審美內容爲「如有佳語，大

〔註 128〕見詹幼馨著《司空圖詩品衍繹》（臺北：王記書坊，1985），頁 93。

〔註 129〕趙福壇即云：「前十句寫了佳語妙景，浮思翩翩，而終未吐露。這裡突然來個急煞車，把將要吐露之語言截斷，回歸沉著。有『曲終人不見，江上數峰青』之妙。」見趙福壇箋釋，黃能升參證《詩品新釋》（廣州：花城出版社，1986），頁 35。

〔註 130〕見（清）孫聯奎、楊廷芝著，孫昌滕、劉淦校點《司空圖詩品解說二種》（濟南：齊魯書社，1980），頁 16～17。

〔註 131〕見曹冷泉注釋《詩品通釋》（西安：三秦出版社，1989），頁 18～19。

河前橫」。其二、「如有佳語，大河前橫」也說明了縱有心生「佳語」的可能，但終究未能得知「佳語」的確實內容爲何。因此，「海風碧雲」不必然要說出是「回憶到故人，雄健高逸的不凡氣度」；「夜渚月明」也無須解釋成「聯想到故人深沉瑩澈的胸懷」。孫聯奎《詩品臆說》云：

> 觀「海風碧雲」二句，而知沉著即在空靈中也。此首：前十句，皆言沉著之思，尾二句，方拍到詩上。觀「如有」二字可見。〔註 132〕

末二句「如有佳語，大河前橫」是點出「沉著」題旨的所在。因此，面對「海風碧雲」、「夜渚月明」便如同面對「大河前橫」般，是靜默得未發一語，然而一語未發的原因極可能來自沉思故人的思緒紛陳，所以有欲語還休、言語道斷的情形發生。如此欲言又止的情況，便同「綠林野屋，落日氣清。脫巾獨步，時聞鳥聲」的意象表現一般，是因在眼前「海風碧雲」、「夜渚月明」的審美形象中，實已負載著對遠行「之子」無法言語道盡的滿滿思緒。

「海風碧雲，夜渚月明」不作進入幻境的心理活動描繪，則可作什麼看呢？詹幼馨云：

> 忽見雲隨風馳，所懷之人是否可以相與俱來？於是又推進一層。〔註 133〕

又云：

> 「海風碧雲」，引著人往遠處想；「夜渚月明」，逼得人朝近處看。月雖明，而夜已至。悠悠碧雲，不復可見。行至水渚，不能前行。此時此地，雲不可見，雁不曾來，人不可聚，所可感受者，惟明月之中，水渚之畔，一片冷寂。低頭徘徊，仰首長嘆，如是而已。〔註 134〕

〔註 132〕見（清）孫聯奎、楊廷芝著，孫昌熙、劉淦校點《司空圖詩品解說二種》（濟南：齊魯書社，1980），頁 17。

〔註 133〕見詹幼馨著《司空圖詩品衍繹》（臺北：王記書坊，1985），頁 91。

〔註 134〕見詹幼馨著《司空圖詩品衍繹》（臺北：王記書坊，1985），頁 93。

職是，「海風碧雲」、「夜渚月明」、「大河前橫」等皆可視爲思念「之子」而凝視的現實情境。〔註 135〕「海風」、「碧雲」、「明月」、「大河」等皆是思念情意所託付的對象，因此對「之子遠行」的所思可以說是從早到晚，並且始終未曾一語道破。由此可見，所謂「沉著」的風格即指「靜謐深沉，思而未發」的美感表現。

職是，「沉著」的文體風格可以用「綠林野屋」、「落日氣清」、「脫巾獨步，時聞鳥聲」、「鴻雁不來」、「海風碧雲」、「夜渚月明」等審美形象作爲象徵。其中固然可再有「動態沉著」與「靜態沉著」的細分，但無論是「動態沉著」或「靜態沉著」，總之，要有情意深沉、飽滿又未及一語道破的美感表現，才是「沉著」文體風格的表現。趙福壇即云：

> 總之「思」是通篇的著筆點，思而不發是沉著的關鍵。〔註 136〕

又詹幼馨亦云：

> 全品的中心是以懷人爲喻，說明如何沉著地寫出懷人之情。〔註 137〕

「思」或「懷人」固然是「沉著」一品的中心，但作品「如何沉著地寫出懷人之情」，則明顯是從創作的觀點來談如何「沉著」。倘說作品令人有「思而不發」的美感，則方是從文體論的觀點，來談「沉著」的風格。因此不論「思」的內容或「懷人」的內容如何，「沉著」文體風格的表現乃在於令人有情意深沉、飽滿又難以言說、道盡的美感

〔註 135〕祖保泉曾指出：「大河即暗指上文海風之『海』、『夜渚』之水。」見祖保泉著《司空圖詩品解說》（修訂本）（合肥：安徽人民出版社，1982），頁 35。然而，「大河前橫」因承「海風碧雲，夜渚月明」的審美經驗而來，因此「大河」也可以不必然要暗指海風之「海」、「夜渚」之水，而可以與「如有佳語」一同視爲審美「海風碧雲，夜渚月明」而來的美感內容。易言之，對「海風碧雲，夜渚月明」的形象直覺，所表現出的美感內容即是「如有佳語，大河前橫」。

〔註 136〕見趙福壇箋釋，黃能升參證《詩品新釋》（廣州：花城出版社，1986），頁 88。

〔註 137〕見詹幼馨著《司空圖詩品衍繹》（臺北：王記書坊，1985），頁 90。

感受。更進一步說，不論是「靜態沉著」或「動態沉著」，總之就其審美形象而言，都可以令人深刻的感受到有「靜謐深沉，思而未發」的美感。

《二十四詩品》中「沉著」的文體風格既以「思」為核心思想，則中唐皎然標舉「思」字為獨立風格，便對後來《二十四詩品》「沉著」的形成，有很深的影響。《詩式》云：「氣多含蓄曰思。」〔註138〕的確與《二十四詩品》的「沉著」風格有深沉而不輕發的近似。「沉著」一詞運用在詩學批評的專著中，可逕推到南宋。嚴羽《滄浪詩話》論詩即云：

其大概有二：曰優游不迫，曰沉著痛快。〔註139〕

於此「沉著」雖與「痛快」連用，但與「不迫」之於「優游」一般，宋代「痛快」一詞應與「沉著」的概念有近似、相容之處。此外，「沉著痛快」與「優游不迫」是性質相對的觀念，因此相對於「優游不迫」的輕快，「沉著痛快」便近於深沉。清代況周頤《蕙風詞話》曾云：

重者，沉著之謂。在氣格，不在字句。於夢窗詞庶幾見之。即其芬菲鏗麗之作，中間雋句豔字，莫不有沉摯之思，灝瀚之氣，挾之以流轉。令人翫索而不能盡，則其中之所存者厚。沉著者，厚之發見乎外者也。欲學夢窗之緻密，先學夢窗之沉著。即緻密、即沉著。非出乎緻密之外，超乎緻密之上，別有沉著之一境也。夢窗與蘇、辛二公，實殊流而同源。其所為不同，則夢窗緻密其外耳。〔註140〕

職是，況周頤即以「重」、「厚」為「沉著」文體風格的特質，而蘇軾、辛棄疾、吳文英等，便是詞作上創作「沉著」文體風格的代表作家。其中「夢窗詞庶幾見之」，則又可見「沉著」文體風格在南宋時代的成熟發展。然而，值得注意的是「沉著痛快」並非南宋時才有的文藝

〔註138〕見傅璇琮主編，張伯偉編撰《全唐五代詩格校考》（西安：陝西人民教育出版社，1996），頁220。

〔註139〕見（清）何文煥輯《歷代詩話》（北京：中華書局，2006），頁687。

〔註140〕見唐圭璋編《詞話叢編》（北京：中華書局，1996），頁4447。

專有名詞，北宋・黃庭堅〈論書〉即云：

> 余在黔南，未甚覺書字綿弱，及移戎州，見舊書多可憎，大概十字中有三四差可耳。今方悟古人沉著痛快之語，但難爲知音爾。〔註 141〕

又胡仔《苕溪漁隱叢話・後集》載：

> 山谷〈跋東坡書〉云：「如華岳三峰，卓然參昂，雖造化之鑪錘，不自知其妙也。中年書圓勁而有韻，大似余會稽；晚年沉著痛快，乃似李北海。」〔註 142〕

「沉著痛快」是黃庭堅一再推崇、讚賞的書法藝術表現，而蘇軾即是這方面的創作實踐者。蘇軾、黃庭堅皆是北宋時期重要的詩人兼書法大家，因此在北宋詩學的發展中，已可見書法藝術上「沉著痛快」的薰染。質言之，南宋・嚴羽以「沉著痛快」論詩，即來自書法藝術方面的影響，而《二十四詩品》標舉「沉著」爲獨立的文體風格，便可能與此風氣有關。除此之外，李邕爲盛唐時著名的書法家，因此「沉著」風格形成的源流，最早或許可再上溯至盛唐。

第五節 抗懷千古，崇高難企——高古的審美韻致

《二十四詩品・高古》云：

> 畸人乘眞，手把芙蓉。汎彼浩劫，窅然空蹤。月出東斗，好風相從。太華夜碧，人聞清鐘。虛佇神素，脫然畦封。黃唐在獨，落落玄宗。〔註 143〕

就章法而言，祖保泉認爲開頭四句說「畸人」要「乘眞」，要逃避苦難人世，飄然遠行，即在說明逃避現實是構成「高古」風格的關鍵。中間四句刻劃深遠渾淪的意境。末四句表面說「畸人」具有純潔的心

〔註 141〕見上海書畫出版社編《歷代書法論文選》（上海：上海書畫出版社，2007），頁 355。

〔註 142〕見（宋）胡仔纂集《苕溪漁隱叢話》（臺北：長安出版社，1978），頁 240～241。

〔註 143〕見（唐）司空圖著，郭紹虞集解《詩品集解・續詩品注》（北京：人民文學出版社，2006），頁 11。

靈，能超脫一切跡象，寄心於太古，成爲玄妙的化身，但實際用意卻在說明「高古」的詩，含思深遠，且無跡可求。〔註 144〕另外，杜黎均則以爲：

> 本篇由三部分組成。首段四句描繪畸人超脱世俗、遨遊太空的精神。中段四句刻劃華山月夜清新明淨的景象。末段四句説明一種詩歌境界的創作方法。〔註 145〕

職是，首四句、中四句皆爲形象語言，可視爲「高古」審美形象的描繪。至於末四句，祖保泉雖認爲意在說明「高古」的詩，含思深遠，且無跡可求，但就文句本身而言，卻也可視爲形象語言。祖保泉的譯文云：

> 畸人，你駕著仙氣，手拿著蓮花，遠離苦難的人世，升入邈遠的天庭。月亮從東方出來迎接你，好風在背後吹送你；你佇立在碧玉似的華山之巔，傾聽著悠悠的鐘聲。你的心靈多麼虛靜，早超脱於是是非非的世塵。你寄心於純樸的太古時代，你簡直是玄妙的化身。〔註 146〕

於此，「虛佇神素，脫然畦封。黃唐在獨，落落玄宗」不僅被視爲形象語言，甚至與前文合併被視爲「畸人」完整形象的刻劃。至於杜黎均之所以將末四句視爲創作方法的概念說明，他的理由是：

> 「虛佇神素」正是主張作家要虛靜，要在提高情志方面多下功夫。這和〈沖淡篇〉說的「素處以默」有相似之處，也互爲呼應。「脱然畦封」則是著重申明創作需要擺脱世俗陳規舊習的束縛而有所作爲。「黃唐在獨，落落玄宗」二句顯示高古風格形成後的藝術境界。〔註 147〕

然而，「作家要虛靜，要在提高情志方面多下功夫」、「創作需要擺脫

〔註 144〕參見祖保泉著《司空圖詩品解説》(修訂本)(合肥：安徽人民出版社，1982)，頁 40。

〔註 145〕見杜黎均著《二十四詩品譯注評析》(北京：北京出版社，1988)，頁 86。

〔註 146〕見祖保泉著《司空圖詩品解説》(修訂本)(合肥：安徽人民出版社，1982)，頁 39。

〔註 147〕見杜黎均著《二十四詩品譯注評析》(北京：北京出版社，1988)，頁 87。

世俗陳規舊習的束縛而有所作爲」等，皆是一般文藝創作的通則，並非是針對「高古」的文體風格而論。換言之，杜黎均是從創作論而非文體論的觀點來論述「高古」的文體風格。「虛佇神素，脫然畦封」，孫聯奎《詩品臆說》曾云：

> 以上八句，俱取高古之象，至此方說到詩上。虛佇神素，即下「黃唐在獨」。脫然畦封，即下「落落元宗」。但此用虛衍，下方指其事以實之。〔註148〕

「虛佇神素，脫然畦封」即「黃唐在獨，落落玄宗」之意。〔註149〕如此「黃唐在獨，落落玄宗」同「虛佇神素，脫然畦封」一樣，皆具有「說到詩上」的作用，只是「黃唐在獨，落落玄宗」指實說明，而「虛佇神素，脫然畦封」則虛衍說到。由是，「虛佇神素，脫然畦封」不妨視爲形象語言，並與上文的審美形象合併來看，將更能透顯出「高古」的美感內容。而「黃唐在獨，落落玄宗」既指實以說明，則不妨視爲邏輯語言，以作爲「高古」風格概念的明確說明。職是，「高古」一品的篇章結構，可以分析爲：「畸人乘眞，手把芙蓉。汎彼浩劫，窅然空蹤」、「月出東斗，好風相從。太華夜碧，人聞清鐘，虛佇神素，脫然畦封」等，爲高古的審美形象；「黃唐在獨，落落玄宗」，爲高古的概念敘述。

就「高古」的審美形象言，「畸人乘眞，手把芙蓉。汎彼浩劫，窅然空蹤」，孫聯奎《詩品臆說》云：

> 此四句，取高古之象於人。「畸人」，指神仙而言。「乘眞」，謂乘其眞氣而游。駕鹿乘龍，無非乘其眞氣。手把芙蓉，即仙人朝貢。泛彼浩劫，即仙人修煉，幾歷劫灰。窅然空蹤，即修煉既成，始得凌虛躡景，輕身飛渡之類。〔註150〕

〔註148〕見（清）孫聯奎、楊廷芝著，孫昌膝、劉淦校點《司空圖詩品解說二種》（濟南：齊魯書社，1980），頁18。

〔註149〕「玄宗」即「元宗」。參見杜黎均著《二十四詩品譯注評析》（北京：北京出版社，1988），頁85。

〔註150〕見（清）孫聯奎、楊廷芝著，孫昌膝、劉淦校點《司空圖詩品解說二種》（濟南：齊魯書社，1980），頁17。

「畸人」語出《莊子》，因此所謂「畸人者，畸於人而侔於天」，郭象注云：

夫與內冥者，遊於外也。獨能遊外以冥內，任萬物之自然，使天性各足而帝王道成，斯乃畸於人而侔於天也。〔註 151〕

職是，「畸人」便有順應自然、逍遙於天地間的形象。「畸人」下接「乘眞」，《說文解字》云：

眞，僊人變形而登天也。〔註 152〕

「僊人」即「仙人」，因此「畸人乘眞」又可視爲仙人乘著眞氣、得道升天的形象。「畸人乘眞」下接「手把芙蓉」，李白〈古風五十九首‧十九〉曾云：

西上蓮花山，迢迢見明星。素手把芙蓉，虛步躡太清。〔註 153〕

其中，「素手把芙蓉，虛步躡太清」即爲仙人形象的描寫。是故「畸人乘眞，手把芙蓉」便很清楚的是在描繪一修練有成、得道升天的仙人形象。也因此，曹冷泉認爲：

此兩句（「畸人乘眞，手把芙蓉」）與下兩句均以畸人乘眞氣，化形登天的境界，暗喻高古詩境的基本特徵。不過，化形登天乃道士的幻想，不同於莊子所謂返眞。〔註 154〕

《二十四詩品》的「畸人」固然不必等同視爲《莊子》中的「畸人」，但《莊子》「畸人」所展現出順應自然、逍遙天地的形象，其實與神仙忘懷名利、自在遨遊的形象並不相違背。換言之，「畸人乘眞，手把芙蓉」即可視爲得道仙人乘著眞氣，逍遙自在於天地的形象。「畸人」爲神仙形象，因此其通達的神格氣象與長生的生命形態，便令人直覺有高明睿智與恆長久遠的美感。又「畸人」乘著眞氣、淩空飛渡的形象，也令人有崇高難企、遙不可及的美感。另外，楊廷芝曾云：

〔註 151〕見（清）郭慶藩集釋《莊子集釋》（臺北：貫雅文化事業有限公司，1991），頁 273。

〔註 152〕（漢）許愼撰，（清）段玉裁注《說文解字注》（臺北：黎明文化事業股份有限公司，1998），頁 384。

〔註 153〕見（清）汪琦注《李太白全集》（臺北：華正書局，1979），頁 113。

〔註 154〕見曹冷泉注釋《詩品通釋》（西安：三秦出版社，1989），頁，頁 21。

芙蓉，言其不尚雕飾也。「畸人者，畸於人而侔於天」；乘其眞，而行神於空。手把芙蓉，則一塵不染，攜無俗物。〔註155〕

又喬力亦云：

而手把芙蓉，素質高潔，出於污泥而不染者，可謂之「高」。〔註156〕

職是，「芙蓉」有「不尚雕飾」、「一塵不染」的象徵，所以「畸人乘眞」的意象又帶有脫塵離俗、清淨高尚的美感。「浩劫」爲佛家語，杜黎均的注釋云：

劫：災難。本爲佛教名詞。梵文 kalpa 的音譯「劫波」的略稱，意譯「遠大時節」。古印度傳說世界數萬年毀滅一次，重新再開始，這樣一周期叫做一「劫」。一劫包括「成」、「住」、「壞」、「空」四個時期，稱爲「四劫」。到「壞劫」時，有火、水、風三災出現，世界歸於毀滅。後人將「劫」加以借用，指天災人禍，如「浩劫」、「浩數」、「在劫難逃」。〔註157〕

因此，「浩劫」除了指災難外，更具有時間長久的含義。所以「畸人乘眞，手把芙蓉」下接「汎彼浩劫，窅然空蹤」便勾勒出「畸人」歷時長久、淩虛飛度，並閱盡人間災難的形象。曹冷泉曾云：

汎彼浩劫，謂不受時間的局限，形容時間長；窅然空踪，謂不受空間的侷限，形容範圍廣。即是說，上下四方，往古來今的一切事端，一切觀念，皆不足以縈繞其胸懷。〔註158〕

「浩劫」指出時間的長久，「空蹤」點出空間的廣闊，「畸人乘眞，手把芙蓉。汎彼浩劫，窅然空蹤」的形象直覺，便令人有浩瀚無際、崇

〔註155〕見（清）孫聯奎、楊廷芝著，孫昌滕、劉淦校點《司空圖詩品解說二種》（濟南：齊魯書社，1980），頁92～93。

〔註156〕見喬力著《二十四詩品探微》（濟南：齊魯書社，1983），頁25。

〔註157〕見杜黎均著《二十四詩品譯注評析》（北京：北京出版社，1988），頁84。

〔註158〕見曹冷泉注釋《詩品通釋》（西安：三秦出版社，1989），頁，頁22。

高難企的美感。另外，郭紹虞曾云：

> 窅然猶渺然，隔遠之意。空蹤者，前不見古人之謂。言此畸人歷劫以去，僅留空蹤也。〔註 159〕

又喬力亦云：

> 幾歷浩劫仍不壞，游心鴻濛，凌虛躡景，窅然遠逝，又到何處去覓其行跡呢？可以稱「古」。〔註 160〕

職是，「窅然空蹤」除了指「畸人」活動範圍的廣闊外，也意謂著「畸人」行蹤的飄忽不定，而現實空間空空蕩蕩的意象正與「汎彼浩劫」悠悠的時間意象相映襯。

其次，「月出東斗，好風相從。太華夜碧，人聞清鐘。虛佇神素，脫然畦封」，郭紹虞的注解云：

> 東斗，東方之斗宿。月出東斗之上而好風與之相隨，寫出高古之景。太華，西嶽華山也。清鐘，清亮之鐘聲也。太華入夜，萬籟俱寂，一碧無餘，此時此際，忽聞清鐘，更覺一私不染，萬念胥澄，直令人靜絕塵氛，神遊太古。〔註 161〕

職是，「月出東斗，好風相從。太華夜碧，人聞清鐘」是華山上月夜、好風下，聆聽鐘聲的形象，而「虛佇神素，脫然畦封」即是直覺「月出東斗，好風相從。太華夜碧，人聞清鐘」審美形象的美感內容。但「虛佇神素，脫然畦封」何以能令人「更覺一私不染，萬念胥澄，直令人靜絕塵氛，神遊太古」呢？「月出東斗，好風相從」，孫聯奎《詩品臆說》曾云：

> 此二句，又取高古之象於月與風。莫高於月，亦莫古於月。月出而好風相從，如此風月，有卑俗氣否？〔註 162〕

〔註 159〕見（唐）司空圖著，郭紹虞集解《詩品集解．續詩品注》（北京：人民文學出版社，2006），頁 11。

〔註 160〕見喬力著《二十四詩品探微》（濟南：齊魯書社，1983），頁 25。

〔註 161〕見（唐）司空圖著，郭紹虞集解《詩品集解．續詩品注》（北京：人民文學出版社，2006），頁 11。

〔註 162〕見（清）孫聯奎、楊廷芝著，孫昌熙、劉淦校點《司空圖詩品解說二種》（濟南：齊魯書社，1980），頁 18。

明月高掛夜空又恆存古今的審美形象,有高遠、幽古的美感。〔註 163〕此外,「月出東斗」是月亮自東方夜空逐漸透顯出來的形象,因此也令人直覺有脫穎而出、優質出眾的美感。「好風相從」是風吹宜人的形象,所以有溫柔、舒服的美感。另外,「月出東斗,好風相從」也可以從追慕者的觀點來說,詹幼馨即云:

> 「月出東斗,好風相從」,承上「窅然空蹤」而言。就「畸人乘眞」來說,是「手把芙蓉」,「窅然空蹤」。就追慕高古的人來說,是目注芙蓉,追踪而上。〔註 164〕

倘將「月出東斗,好風相從」的意象與上文「畸人乘眞,手把芙蓉。汎彼浩劫,窅然空蹤」的意象並置,則可以發現「月出東斗」即指出「畸人」「窅然空蹤」的空間位置,換言之「月」即是「畸人」的象徵。又「月出東斗」下接「好風相從」,是故「好風」也可以視爲追慕「畸人」者的象徵。「太華夜碧,人聞清鐘」孫聯奎《詩品臆說》云:

> 此二句,又取象於山之高古,復以鐘聲足之。太華亦高亦古,於夜見山色之碧,更覺高古。且於夜而聞山間清鐘,所謂令人發深省者。古韻,非俗韻也。〔註 165〕

山巍峨高聳與橫亙古今的形象,一樣令人有崇高、久遠的美感。此外,「太華夜碧」是華山嶙峋聳立於碧色深夜的形象,因此更令人有仰之彌高的震懾感受。〔註 166〕「人聞清鐘」與「太華夜碧」的意象並置,則點出人在山中,偶然聽到鐘聲自山間傳來的美感經驗。「鐘聲」是

〔註 163〕初唐・張若虛〈春將花月夜〉即云:「江畔何人初見月?江月何年初照人?人生代代無窮已,江月年年只相似。不知江月待何人?但見長江送流水。」見(清)曹寅刻《全唐詩》(上海:上海古籍出版社,1996),頁 273。

〔註 164〕見詹幼馨著《司空圖詩品衍繹》(臺北:王記書坊,1985),頁 38。

〔註 165〕見(清)孫聯奎、楊廷芝著,孫昌滕、劉淦校點《司空圖詩品解說二種》(濟南:齊魯書社,1980),頁 18。

〔註 166〕楊廷芝《二十四詩品淺解》亦云:「太華,西嶽。夜碧,夜靜則一碧無餘,仰之彌高。」見(清)孫聯奎、楊廷芝著,孫昌滕、劉淦校點《司空圖詩品解說二種》(濟南:齊魯書社,1980),頁 93。

時間的象徵，因此陣陣的悠悠鐘聲除了暗示時間的流逝外，同時也指涉出「月」與「太華」亙古、悠長的美感。另外，《太平御覽・地部四》載：

《華山記》云：「山頂有池，生千葉蓮花，服之羽化，因曰華山。」〔註 167〕

又《太平廣記・女仙四》亦載：

明星玉女者，居華山，服玉漿，白日昇天。〔註 168〕

不同於一般的山脈，「華山」還帶有神靈仙道的色彩，因此「太華夜碧」正與前文「畸人乘眞」、「手把芙蓉」相呼應。所以將「月出東斗，好風相從。太華夜碧，人聞清鐘」與「畸人乘眞，手把芙蓉。汎彼浩劫，窅然空蹤」的意象並置，便可發現「月」、「風」、「太華」皆可說是「畸人」「窅然空蹤」的所在，而「清鐘」與「浩劫」相應，正指出「畸人」縱貫古今的悠長時間。如此，「虛佇神素，脫然畦封」作爲審美「月出東斗，好風相從。太華夜碧，人聞清鐘」的美感內容，便清楚的指向——彷彿自己也跟著「畸人」超脫塵俗之外，擺落了現實世界的短暫與紛擾，而神遊於浩瀚、永恆的宇宙中，也因此說「更覺一私不染，萬念胥澄，直令人靜絕塵氛，神遊太古」。〔註 169〕「虛佇神素，脫然畦封」，郭紹虞的注解云：

虛，空也。佇，立也；猶存也。心之靈謂之神，象之眞謂之素。《北史・韋敻傳論》：「敻隱不負人。貞不絕俗，怡神墳籍，養素丘園。」虛佇神素，言神素超然塵世之外，不染俗氛也。畦，町也。封，畦之界限也。《周禮》：「大司徒

〔註 167〕見（宋）李昉等編《太平御覽》（臺北：臺灣商務印書館股份有限公司，1968），頁 315。

〔註 168〕見（宋）李昉等編《太平廣記》（北京：中華書局，2003），頁 362。

〔註 169〕職此，曹冷泉亦曾云：「『人聞清鐘』句不僅僅是情境的描寫，也暗示高古的詩境具有滌漱塵氛的作用。』」見曹冷泉注釋《詩品通釋》（西安：三秦出版社，1989），頁 23。又詹幼馨云：「『窅然空踪』的『畸人乘眞，手把芙蓉』的形象雖不可求，而『太華夜碧，人聞清鐘』的高古的精神卻終於給追踪高古的人捕捉住了。」見詹幼馨著《司空圖詩品衍繹》（臺北：王記書坊，1985），頁 39。

> 之職制其疆理而溝封之。」脫，離也，超也。脫然畦封，言超離於疆界之外，謂不能以世俗禮教繩也。虛佇神素，自能渾然無跡矣。〔註170〕

因此，「虛佇」指久久空立於「月出東斗，好風相從。太華夜碧，人聞清鐘」的審美經驗中，而「神素」點出心靈超然塵世、不染俗氛的美感。〔註171〕然而，「畦封」除了對疆界的「空間」說以外，更應包括對「時間」的侷限。換言之，「脫然畦封」是指對「時間」、「空間」的超越美感表現。

就「高古」的概念敘述而論，「黃唐在獨，落落玄宗」，楊廷芝《二十四詩品淺解》云：

> 黃唐，皆古帝。按：此當作高古看。落落，不相入貌。老子《道德經》:「落落如石。」結云黃唐，高古而在獨，則其高無匹，非人之所可及也；其古無古，非人之所得知也。落落然豈不爲玄元之宗耶？〔註172〕

又郭紹虞的注解云：

> 黃唐、黃帝與唐堯也。「黃唐在獨」，有抗懷千古之意，語本陶潛〈時運〉詩「黃唐莫逮，慨獨在余」。落落，不相入貌。抗懷千載，當然不偶世俗，亦惟有抱此玄妙宗旨以終身已耳。〔註173〕

職是，「黃唐在獨」點出了「高古」風格的最終旨趣，即在於對黃帝、唐堯等上古時代的寄託。換言之，「畸人」的美感雖然可以藉由審美

〔註170〕見(唐)司空圖著，郭紹虞集解《詩品集解・續詩品注》(北京：人民文學出版社，2006)，頁11。

〔註171〕另外，趙福壇的注解云:「虛，空也，這裡指心靈。《莊子・人間世》:『惟道集虛，虛者，心齋也。』佇，通貯，積存。」見趙福壇箋釋，黃能升參證《詩品新釋》(廣州：花城出版社，1986)，頁45。如是，「虛佇」又可理解爲美感的獲得。

〔註172〕見(清)孫聯奎、楊廷芝著，孫昌滕、劉淦校點《司空圖詩品解說二種》(濟南：齊魯書社，1980)，頁93。

〔註173〕見(唐)司空圖著，郭紹虞集解《詩品集解・續詩品注》(北京：人民文學出版社，2006)，頁12。

「月出」、「好風」、「太華」、「清鐘」等形象而深刻感受到，但「畸人」的「窅然空蹤」畢竟說明了「畸人」在現實生活中的不存在，或早已離去因而徒流空蹤。因此，欲進一步追慕「畸人」，遂只能到上古的時代中去尋找。〔註 174〕遠古的仙人傳說「非人之所可及」，亦「非人之所得知」，因此「落落玄宗」即說明了「高古」的美感風格帶有令人有難以理解的玄妙意味。〔註 175〕易言之，「虛佇神素，脫然畦封」爲「高古」的美感表現，而「黃唐在獨，落落玄宗」則指實說明了「虛佇神素，脫然畦封」的美感表現即是「抗懷千古，崇高難企」。

職是，「高古」的文體風格可以用「畸人乘眞，手把芙蓉。汎彼浩劫，窅然空蹤」、「月出東斗，好風相從。太華夜碧，人聞清鐘」等審美形象作爲象徵。「高古」的文體風格兼有「高」與「古」的美感。其中，時空超越、高明睿智、清淨高潔等，皆爲「高」的美感表現；橫跨古今、歷時久遠等，則點出「古」的美感。然而，這並非意謂「高古」的文體風格可以再細分爲「高」與「古」，而應是將「高古」的文體風格視爲一合義複詞來掌握。因爲，其中有「高」的時空超越，所以能表現出歷時長久的「古」；也因有歷時長久的「古」，所以更能襯顯出時空超越的「高」。由是，「抗懷千古，崇高難企」的美感表現即是「高古」的文體風格表現。趙福壇曾云：

> 他（司空圖）所推崇的高古是脫離人類社會生活的仙境，這類高古詩風，無疑是指那些脫離現實的游仙詩。這類詩專言天上遇仙事，是作者在現實生活中尋求自我解脫的一種空幻之境。〔註 176〕

〔註 174〕《皋蘭課業本原解》即云：「此言神仙富貴，非有兩途，故得乾坤浩氣，追溯軒黃唐堯氣象，乃是眞高古。」見（唐）司空圖著，郭紹虞集解《詩品集解‧續詩品注》（北京：人民文學出版社，2006），頁 12。

〔註 175〕詹幼馨亦曾云：「要想追上『空踪』，既不容易達到目的，連目的地都渺茫得很。這就是歷來所謂『高古』之作，只可意會，而終於難得解說具體的癥結所在！」見詹幼馨著《司空圖詩品衍繹》（臺北：王記書坊，1985），頁 38。

〔註 176〕見趙福壇箋釋，黃能升參證《詩品新釋》（廣州：花城出版社，1986），

又詹幼馨云：

> 從我們今天的眼光看，這種「高古」，是超越於現實之上的，是對現實的否定；而在古人看來，卻是潔身自好的，令人嚮往的，也是可以拯救陷溺的，可以力挽頹風的。這也是古代文學史上摹古、擬古、法古之風歷久不衰的原因所在。〔註177〕

「高古」的文體風格固然是造成文學上摹古、擬古、法古等問題的重要因素之一，但就追慕「畸人」與「畸人」帶有神仙色彩來說，《二十四詩品》的「高古」與游仙詩的關係，相較與摹古、擬古、法古之風的關係，顯然來得更爲密切。此外，游仙詩在魏晉時期的盛行也遠早於《二十四詩品》對「高古」風格的提出，因此游仙詩的發展可說是「高古」文體風格形成的重要因素。然而，值得釐清的是《二十四詩品》的「高古」文體風格並不同於一般的游仙詩作，非專言天上仙事，而是藉由遠古的仙人形象，來表現現實時空超越、世俗紛擾擺脫的「高古」美感。〔註178〕

「高古」一詞的出現可上溯至漢代。王充《論衡・齊世》云：

> 述事者好高古而下今，貴所聞而賤所見。〔註179〕

於此，「高古」即含有遠古、貴古等概念。進入魏晉後，「高古」一詞雖未使用於詩學批評中，但游仙詩的發展卻對日後「高古」文體風格的形成產生重要的影響。「高古」一詞作爲詩學上的批評用語可推溯到中唐。白居易〈餘思未盡加爲六韻重寄微之〉云：

> 制從長慶辭高古，詩到元和體變新。〔註180〕

頁47。

〔註177〕見詹幼馨著《司空圖詩品衍繹》（臺北：王記書坊，1985），頁38。

〔註178〕詹幼馨亦曾云：「總而言之，『高古』所要體現的境界，是超現實、追往古。」見詹幼馨著《司空圖詩品衍繹》（臺北：王記書坊，1985），頁36。

〔註179〕見（漢）王充撰，劉盼遂集解，楊家駱主編《論衡集解》（臺北：世界書局，1967），頁384。

〔註180〕見謝思煒撰《白居易詩集校注》（臺北：中華書局，2006），頁1801。

可見中唐・元稹、白居易所領導的「新樂府運動」對「高古」文體風格的形成也有推波助瀾的作用。另外，中唐・皎然《詩式》云：

> 詩有七德：一識理；二高古；三典麗；四風流；五精神；六質幹；七體裁。〔註 181〕

又

> 詩有六迷：以虛誕而爲高古；以緩漫而爲澹泞；以錯用意而爲獨善；以詭怪而爲新奇；以爛熟而爲穩約；以氣力少弱而爲容易。〔註 182〕

以「高古」爲「詩德」之一，是皎然對「高古」的正面肯定，但以「虛誕」爲「高古」，則可看出唐人對「高古」的迷思，其所謂「虛誕」便可能是針對作品中仙人或遠古時代的難以理解或徒具形式而發。皎然在〈辯體有一十九字〉中曾標舉「高」爲文體風格，但卻未有「古」的文體風格。《詩式》云：「風韻朗暢曰高」〔註 183〕「高」與「古」的關係密切，因此《二十四詩品》標舉「高古」爲文體風格，當在中唐「高」的文體風格發展之後才形成。南宋時，便常有合「高」、「古」爲一詞來論詩。南宋・張戒《歲寒堂詩話》云：

> 大抵句中若無意味，譬之山無烟雲，春無草樹，豈復可觀。阮嗣宗詩，專以意勝；陶淵明詩，專以味勝；曹子建詩，專以韻勝；杜子美詩，專以氣勝。然意可學也，味亦可學也，若夫韻有高下，氣有強弱，則不可強矣。此韓退之之文，曹子建杜子美之詩，後世所以莫能及也。世徒見子美詩多粗俗，不知粗俗語在詩句中最難，非粗俗，乃高古之極也。自曹劉死至今一千年，惟子美一人能之。〔註 184〕

如是，曹植與杜甫的詩、韓愈的散文等，皆是「高古」文體風格的創

〔註 181〕見傅璇琮主編，張伯偉編撰《全唐五代詩格校考》（西安：陝西人民教育出版社，1996），頁 204。

〔註 182〕見傅璇琮主編，張伯偉編撰《全唐五代詩格校考》（西安：陝西人民教育出版社，1996），頁 203。

〔註 183〕見傅璇琮主編，張伯偉編撰《全唐五代詩格校考》（西安：陝西人民教育出版社，1996），頁 219。

〔註 184〕見丁福保輯《歷代詩話續編》（北京：中華書局，2006），頁 450。

作代表，其中杜甫詩又以粗俗語來表現，因此張戒譽為「高古之極」。此外，也可發現南宋的「高古」，在「氣」之外也講究「韻」，正與中唐．皎然所標舉「高」的文體風格是一脈的相承。另外，年代稍晚於張戒的南宋詩學批評家嚴羽亦曾對「高古」提出看法。《滄浪詩話》云：

> 黃初之後，惟阮籍〈詠懷〉之作，極爲高古，有建安風骨。〔註 185〕

又

> 韓退之〈琴操〉極高古，正是本色，非唐賢所及。〔註 186〕

於此，嚴羽與張戒都認為韓愈的文章具有「高古」的文體風格，但對於阮籍詩的評論，卻不相一致。張戒不以「高古」來評阮籍詩，而嚴羽卻以「極為高古」來盛讚，且其理由是「有建安風骨」。由此可見「高古」的文體風格概念在南宋時已發生變化，寄託遠古的味道明顯轉為淡薄。因此《二十四詩品》藉由遠古的仙人形象，來表現「抗懷千古，崇高難企」的「高古」文體風格，其形成的年代便可能是在中唐以後到南宋之間。

第六節 典麗雅正，靜穆品高——典雅的審美韻致

《二十四詩品．典雅》云：

> 玉壺買春，賞雨茆屋。坐中佳士，左右修竹。白雲初晴，幽鳥相逐。眠琴綠陰，上有飛瀑。落花無言，人淡如菊。書之歲華，其曰可讀。〔註 187〕

就章法而言，祖保泉認為開頭四句是佳士們賞雨的典雅情境描繪。中間四句也仍是典雅情境的延續描繪。末四句則說雅士對良辰美景淡泊

〔註 185〕見（清）何文煥輯《歷代詩話》（北京：中華書局，2006），頁 696。
〔註 186〕見（清）何文煥輯《歷代詩話》（北京：中華書局，2006），頁 698。
〔註 187〕見（唐）司空圖著，郭紹虞集解《詩品集解．續詩品注》（北京：人民文學出版社，2006），頁 12。

如菊，因而他的詩寫來也典雅可讀。〔註 188〕另外，杜黎均則云：

通篇全用人和物取象，只在尾句隱約透露出有關詩創作的觀點。〔註 189〕

職是，首四句、中四句皆爲審美的形象語言，可視爲「典雅」的審美形象描繪。至於末四句，祖保泉的譯文云：

花無聲地落著，人像菊花一樣的淡泊自處。這是多麼好的意境啊，寫來一定是可讀的好詩。〔註 190〕

又杜黎均的今譯亦云：

花片輕落，默默無語，幽人恬淡，宛如秋菊。這樣的勝境寫入詩歌，也許會說值得欣賞品讀。〔註 191〕

於此可以發現「花落無言，人淡如菊」亦爲形象語言，又「書之歲華，其曰可讀」乃直承「花落無言，人淡如菊」的審美形象而發。換言之，「書之歲華，其曰可讀」爲「花落無言，人淡如菊」的審美內容。因此，杜黎均雖以「尾句隱約透露出有關詩創作的觀點」，而認爲「典雅」在強調創造鮮明、逼眞的藝術境界，但這畢竟是就創作論而非文體論的觀點來論述「書之歲華，其曰可讀」。〔註 192〕所以「書之歲華，其曰可讀」不妨與「花落無言，人淡如菊」合看，並一併作爲審美的形象語言。職是，「典雅」一品的篇章結構皆爲審美的形象語言，而其中審美形象可分析爲：「玉壺買春，賞雨茆屋。坐中佳士，左右修竹」、「白雲初晴，幽鳥相逐。眠琴綠陰，上有飛瀑。落花無言，人淡如菊。書之歲華，其曰可讀」。

〔註 188〕參見祖保泉著《司空圖詩品解說》（修訂本）（合肥：安徽人民出版社，1982），頁 43。

〔註 189〕見杜黎均著《二十四詩品譯注評析》（北京：北京出版社，1988），頁 92。

〔註 190〕見祖保泉著《司空圖詩品解說》（修訂本）（合肥：安徽人民出版社，1982），頁 43。

〔註 191〕見杜黎均著《二十四詩品譯注評析》（北京：北京出版社，1988），頁 91。

〔註 192〕參見杜黎均著《二十四詩品譯注評析》（北京：北京出版社，1988），頁 92。

就「典雅」的審美形象而言，「玉壺買春，賞雨茆屋。坐中佳士，左右修竹」，楊廷芝《二十四詩品淺解》云：

> 玉壺，酒器。春，春景。此言載酒遊春，春光悉爲我得，則直以爲買耳。孔平仲詩:「買住青春費幾錢。」楊萬里詩:「種柳堅堤非買春。」諸如此意。曰「賞雨」，有化機之感，見自得之趣。曰「茆屋」，無外物之牽，見幽居之情。佳士，氣體端凝，學深養道之人。修竹清韻，則左右宜人。三四句補，一以人言，一以地言也。〔註193〕

「壺」非一般陶土瓷壺，而是用光亮、華麗的「玉」打造，如此的玉壺形象，便令人有秀氣、典麗的美感。「買春」的解釋有二：其一爲楊廷芝《二十四詩品淺解》所主張，「春」指春景，故「玉壺買春」爲春風得意下，載酒出遊的寫照。另一爲無名氏《詩品注釋》所云：

> 春，酒也。《唐國史補》：酒有郢之「富水春」，烏程之「若下春」，滎陽之「上窟春」，富平之「石東春」，劍南之「燒春」。〔註194〕

「春」指酒而言，故「買春」即買酒之義。郭紹虞以爲此二說皆可通，但以楊廷芝的說法較長。〔註195〕然而，「玉壺買春」下接「賞雨茆屋」，即勾勒出下雨天，人在茅屋中賞雨的形象。「賞雨茆屋」是室內的靜態活動，因此「玉壺買春」倘解釋爲載酒春遊的戶外活動，便有上下文意不甚契合、連貫的現象。是故，「春」具有「春季」與「酒」的含義，但「玉壺買春」並不適合解釋成載酒遊春，而不妨理解爲玉壺中盛滿春酒的形象。「玉壺買春」與「賞雨茆屋」的意象並置，便點出人在茅屋中，一邊品嚐春酒，一邊欣賞春雨的形象，因此令人直覺有從容、雅致的美感。此外，賞雨之中看出雨對萬物的滋養化育，及

〔註193〕見（清）孫聯奎、楊廷芝著，孫昌熙、劉淦校點《司空圖詩品解說二種》（濟南：齊魯書社，1980），頁94。

〔註194〕見（唐）司空圖著，郭紹虞集解《詩品集解・續詩品注》（北京：人民文學出版社，2006），頁12～13。

〔註195〕參見（唐）司空圖著，郭紹虞集解《詩品集解・續詩品注》（北京：人民文學出版社，2006），頁13。

用野生茅草爲屋來反映自己不受外物牽絆、安居幽處的心境等，皆可說是「玉壺買春，賞雨茆屋」時，所獲得的審美情趣。

「坐中佳士」，詹幼馨云：

這一句說明雅人的朋友一同來買春賞雨。可見雅興很濃。〔註 196〕

「佳士」可指雅人的朋友，於是雅人們的相聚，將致使「玉壺買春，賞雨茆屋」的雅興更爲濃厚。然而，「佳士」也可視爲雅人本身。換言之，「坐中佳士」與「玉壺買春，賞雨茆屋」的意象並置，便點出茅屋中從事飲酒、賞雨的人即是「坐中佳士」。〔註 197〕孫聯奎《詩品臆說》曾云：

竹之爲物，最爲典雅。不可一日無此君，爲其雅也。可與上句連看。言坐中有佳士，正如左右之有修竹也。〔註 198〕

又趙福壇亦云：

佳士無疑是指鴻儒。而竹之清韻，竹之高風亮節，那正是那些體氣端凝、學深道貫的儒門學士的質樸古淡，高雅閑遠、名士風流的志趣和體貌。〔註 199〕

「士」指讀書人，因此「佳士」可視爲一謙謙君子的儒者形象。不僅表現出人文教化的雅正涵養，其不偏不倚的坐「中」姿態，更令人有剛直不阿、言正行正的美感。「竹」除象徵「典雅」外，其高風亮節、有節守中的特質更是「君子」的象徵。因此「坐中佳士」與「左右修竹」意象並置，則左右的「修竹」正暗示坐中的「佳士」是一位文質彬彬的君子。職此，進一步可以說「玉壺買春」中的「玉壺」亦帶有

〔註 196〕見詹幼馨著《司空圖詩品衍繹》（臺北：王記書坊，1985），頁 85。

〔註 197〕「坐中佳士，左右修竹」郭紹虞的注解即云：「此二句仍看作分說典雅，固無不可；即看作和前兩句連在一起，補說『買春』、『賞雨』之人和境，也未嘗不可。」見（唐）司空圖著，郭紹虞集解《詩品集解・續詩品注》（北京：人民文學出版社，2006），頁 13。

〔註 198〕見（清）孫聯奎、楊廷芝著，孫昌滕、劉淦校點《司空圖詩品解說二種》（濟南：齊魯書社，1980），頁 19。

〔註 199〕見趙福壇箋釋，黃能升參證《詩品新釋》（廣州：花城出版社，1986），頁 55。

君子雅正的象徵，與「佳士」、「修竹」交相輝映。〔註 200〕「坐中佳士，左右修竹」與上文「玉壺買春，賞雨茆屋」合看，便彷彿電影鏡頭的取景敘述一般：首先呈現的是玉壺的特寫畫面。接著鏡頭拉開，帶到的是雨中茆屋的室內場景。鏡頭再拉近，則可看到飲酒、賞雨的主角——一位坐正當中的佳士。接著鏡頭再拉向外頭，呈現出的是一片翠綠的「修竹」畫面。「左右修竹」不僅是觀眾可以看到的景致，同時也是「坐中佳士」的視野觀點。由是，「玉壺買春，賞雨茆屋。坐中佳士，左右修竹」是一文人雅士於四周修竹的茅屋中啜飲春酒、靜賞春雨的形象，因此令人直覺有「人」、「事」、「物」一片典麗又雅正的美感。〔註 201〕

其次，「白雲初晴，幽鳥相逐。眠琴綠陰，上有飛瀑。落花無言，人淡如菊。書之歲華，其曰可讀」，郭紹虞注解云：

> 白雲，淡逸之物也；初晴，開霽之初也。雨後新晴，白雲卷舒，更見得大塊文章雅潤典則。幽鳥，幽僻之鳥也。相逐，可解作鳥侶自相戲逐，也可解作鳥之雅致若與人相親。總之，白雲初晴，幽鳥相逐，一片天機，自然典雅。眠琴，猶言橫琴，言琴之眠於綠陰也，但比橫琴更妙。橫琴可以彈，眠琴卻不一定彈，猶淵明撫無絃之琴，但得琴中趣也。這樣，與下句「上有飛瀑」自相配合、相掩映，可以看到人境雙清，自然典雅。落花無言，幽寂可想；人淡如菊，蕭疏可知。於無字句處體會，其味彌永。「之」猶此也，就典雅說。歲華猶言歲時。「陽春召我以煙景，大塊假我以文章」，則書之歲華云者，亦即「一年好景君須記」之意云耳。幽賞未已，高談轉清，雅韻古色，庶幾可讀。〔註 202〕

〔註 200〕古人認爲「玉」具有「仁」、「義」、「智」、「勇」、「絜」等五種美德。參見（漢）許愼撰，（清）段玉裁注《說文解字注》（臺北：黎明文化事業股份有限公司，1998），頁 10。

〔註 201〕曹冷泉亦云：「坐中佳士，謂其人典雅也；左右修竹，謂其境典雅也。連本篇前二句飲酒觀雨，謂其事典雅也。」見曹冷泉注釋《詩品通釋》（西安：三秦出版社，1989），頁 26。

〔註 202〕見（唐）司空圖著，郭紹虞集解《詩品集解・續詩品注》（北京：

「白雲初晴」是雨過天晴的形象，有洗淨、清新的美感。「幽鳥相逐」是群鳥戲逐的形象，有活潑、生機的美感。詹幼馨即云：

> 「幽」字，既寫了雨中靜止的鳥一見放晴爲之「雀躍」騰飛的歡快之情，也寫出雅人在野外喜見大自然景象變化而自得其樂。〔註 203〕

職是，透過「移情」的作用，「幽鳥」的歡樂之情也可說是欣賞者當下的心情反映。另外，楊廷芝《二十四詩品淺解》曾云：

> 白雲初晴，天初霽而雲開，覺氤氳之氣與日光輝映，其典融而化矣。〔註 204〕

因此倘將「白雲初晴」與「幽鳥相逐」的意象並置，便會發現大雨過後，白雲舒卷變化的形象即是生機朗現、活動開始的前奏。易言之，「白雲初晴」的意象正與下文「幽鳥相逐」的意象相呼應，都在昭示著這清新、素麗的天地並非一片的沉默、孤寂，而是實有自然的天機、生命的情趣在進行著。

「眠琴綠陰」的形象可以有兩種看法：其一指在綠蔭下彈琴，另一指與琴共眠於綠蔭中。郭紹虞以爲後者比前者更妙，因爲如同陶淵明撫無絃琴一般，意在琴中趣，而不在撫琴所聽到的旋律。另外，詹幼馨亦云：

> 「眠琴」，可以理解爲琴靜靜地躺在那兒。那麼，「眠琴綠陰」等於說把琴放在綠陰之下；也可以理解爲把琴當作枕頭，在綠陰之下，枕琴而臥。後一種理解更有情趣一些，更能顯出這位雅人的典雅的姿態與情志。一面是靜靜地「眠琴綠陰」，一面卻是嘩嘩地響著瀑布的水聲。說「上有飛瀑」，是針對下有「眠琴」而言。上下映照，動、靜，響、寂，旁觀者如對畫圖；當事者，陶醉於其中。〔註 205〕

人民文學出版社，2006），頁 13。

〔註 203〕見詹幼馨著《司空圖詩品衍繹》（臺北：王記書坊，1985），頁 85。

〔註 204〕見（清）孫聯奎、楊廷芝著，孫昌膝、劉淦校點《司空圖詩品解說二種》（濟南：齊魯書社，1980），頁 95。

〔註 205〕見詹幼馨著《司空圖詩品衍繹》（臺北：王記書坊，1985），頁 85。

「眠琴綠陰」若與下文「上有飛瀑」合看，自然可以有「人境雙清」的美感，也可以有上下動靜、響寂的映照情趣。然而，「琴」與「玉」、「竹」一般，具有典麗、雅正的象徵，《論語·陽貨》即云：

> 子之武城，聞弦歌之聲，夫子莞爾而笑曰：「割雞焉用牛刀？」子游對曰：「昔者，偃也聞諸夫子曰：『君子學道則愛人，小人學道則易使也。』」子曰：「二三子！偃之言是也，前言戲之耳！」〔註206〕

所以捨「琴」而不彈，豈不有損「琴」在「典雅」審美形象中的點化作用？又「琴」如果寧可捨而不彈，那會是在什麼樣的環境氛圍下，才有的取捨呢？曹冷泉云：

> 按：眠，休止也。眠琴，即撫琴靜思停止彈奏，而若眠然。爲什麼停止彈奏呢？蓋綠蔭之上，飛瀑有聲，一片天籟，如約天廣約之奏，勝於琴聲，情不自禁地停琴凝神傾聽。〔註207〕

「眠琴」是停止彈奏，凝神靜思，若眠然的意思。因此「眠琴綠陰」與「上有飛瀑」意象並置，便暗示當下「飛瀑」所發出來的清澈響聲，即如同「琴」所彈奏出來的美妙旋律。撫琴人若眠然的處於凝神靜思的傾聽中，而靜思、傾聽的對象正是綠陰上飛瀑的天籟。如此，不僅無損於「琴」點化「典雅」形象的作用，同時也能盡得「但得琴中趣，何勞絃上聲」的美感情趣。

「落花無言」是花靜靜飄落的形象，「人淡如菊」是人如菊花般淡然、靜默的形象，而「書之歲華，其曰可讀」是直覺「落花無言，人淡如菊」審美形象的美感內容。「書之歲華，其曰可讀」，楊廷芝《二十四詩品淺解》即云：

> 歲華承上喻言，而典雅之神畢見。「其曰」二字，見〈檀弓〉。蓋擬議之詞也。曰「可」，則實見其典而且雅矣。讀，玩索

〔註206〕見（清）阮元刊刻《十三經注疏·論語》（臺北：藝文印書館，2003），頁154。

〔註207〕見曹冷泉注釋《詩品通釋》（西安：三秦出版社，1989），頁26。

之意；言睹此歲華之景而出以典雅之筆，殆有玩之不盡者乎？〔註 208〕

「歲華」承「落花無言，人淡如菊」而來，因此「書之歲華」即指書寫歲時之中典雅的審美形象。「其曰可讀」則點出這些典雅形象值得書寫的原因，乃在於其有堪人一再欣賞、玩味的美感韻致。職是，「落花無言，人淡如菊」的「典雅」之神或美感韻致爲何呢？「落花無言，人淡如菊」，郭紹虞認爲應於無字句處體會，所以「落花無言，幽寂可想；人淡如菊，蕭疏可知」。詩意固然應於無字句處體會，但「典雅」的美感韻致與「幽寂」、「蕭疏」有何關聯呢？孫聯奎《詩品臆說》曾云：

「花如解語還多事。」花至落而無言。物靜典雅。芳草落英，典雅令人可想。人不淡，則如趨羶之蟻；反是，則淡中自寓高品。菊，花之淡而有品者也，人淡如之，其品當於九日東籬，采菊盈把之時遇之矣。此句是人靜典雅。〔註 209〕

又楊廷芝《二十四詩品淺解》亦云：

落花，則紅雨亂落，水面迴風；無言，則豔而不褻，靜而不擾，其神致又豈筆墨所能傳？人淡如菊，蕭疏出塵之字，就典雅說。〔註 210〕

「花」如紅雨般的飄落，可能是因水面的迴風所致，但倘與前文合看，便可能是因「賞雨茆屋」的那場大雨，而打落了遍地的花紅。花落的形象，令人有幽寂、哀傷的美感。〔註 211〕但當「花落無言」與下文

〔註 208〕見（清）孫聯奎、楊廷芝著，孫昌膝、劉淦校點《司空圖詩品解說二種》（濟南：齊魯書社，1980），頁 95。

〔註 209〕見（清）孫聯奎、楊廷芝著，孫昌膝、劉淦校點《司空圖詩品解說二種》（濟南：齊魯書社，1980），頁 19。

〔註 210〕見（清）孫聯奎、楊廷芝著，孫昌膝、劉淦校點《司空圖詩品解說二種》（濟南：齊魯書社，1980），頁 94～95。

〔註 211〕曹冷泉即云：「落花無言句並非采菊之情景，乃落葉飄零之際，落菊悄悄地隨風飄去，有悠然悵惘之情趣。」見曹冷泉注釋《詩品通釋》（西安：三秦出版社，1989），頁 27。

「人淡如菊」合看時，卻反轉了人面對落花景象時的感傷心理。祖保泉的注釋云：

古人以菊象徵淡泊自持者的神志。〔註212〕

因此「落花無言」與「人淡如菊」意象並置，則無言的「落花」便可以指的是淡泊自持的「菊花」，又人如菊花的「淡」也與落花的「無言」相呼應，因此落花的「無言」，也意指人面對片片落花時的「無言」。職是，「落花無言，人淡如菊」勾勒出的是人面對菊花謝落時，不為所動的形象，令人直覺有典麗雅正、靜穆品高的美感，孫聯奎即謂之「人靜典雅」。另外菊花即便謝落了，仍不失淡泊自持的本色，甚且「豔而不褻」、「靜而不擾」的「無言」，更凸顯出它靜靜存在的美麗與格調，因此一樣令人直覺有典麗雅正、靜穆品高的美感，孫聯奎即以「物靜典雅」說之。職是，在「落花無言，人淡如菊」的審美形象中，不論就「人」或「花」而言，實內蘊著值得一再玩味的「典雅」美感韻致。

另外，「書之歲華，其曰可讀」，詹幼馨曾云：

「歲華」，指一歲之華，也就是「當春」的意思。「書之歲華」，也就是書之於歲華之時，「之」指一到十句。俗話說：「一年之計在於春」思。「書之歲華」容續描繪；開頭四句是佳士們賞雨的典雅情境描繪；新春發歲，因而去「玉壺買春」。正如上面分析的那樣，從「玉壺買春」到「人淡如菊」，可說是心滿意足，「春」已「買」得。在這新春發歲之時，寫下「買」春「得」春的經過及其感受，未始不是值得欣賞、留戀之事。〔註213〕

然而，構成「典雅」文體風格的主要因素乃在於有「典雅」的美感表現，而不在於是否寫下心滿意足的「買」春「得」春。因此，「歲華」與其指「一歲之華」、「當春」的意思，倒不如更明確的指歲時之中「典

〔註212〕見祖保泉著《司空圖詩品解說》（修訂本）（合肥：安徽人民出版社，1982），頁42。

〔註213〕見詹幼馨著《司空圖詩品衍繹》（臺北：王記書坊，1985），頁87。

雅」的審美形象。「書之歲華」的「之」字，可就一到十句來說，指的便是「典雅」的審美形象。職是，「書之歲華，其曰可讀」不僅是「落花無言，人淡如菊」的審美內容，也可以是「玉壺買春，賞雨茆屋」、「坐中佳士，左右修竹」、「白雲初晴，幽鳥相逐」、「眠琴綠陰，上有飛瀑」等的審美內容。易言之，「落花無言，人淡如菊」的意象可與「玉壺買春，賞雨茆屋。坐中佳士，左右修竹。白雲初晴，幽鳥相逐。眠琴綠陰，上有飛瀑」的意象並置。職是，坐中的「佳士」爲整個活動的主角，不僅「玉壺」、「修竹」烘托出他君子的氣質，甚且「白雲」的「高潔」、「眠琴」的「雅正」、「菊花」的「淡泊」等也可作爲他「佳士」人格的象徵。另外，明顯的即便下著大雨，也可以有茆屋中的幽賞；即便「上有飛瀑」，也可以有「眠琴綠陰」的雅興聆聽；即便片片的落花在目，也一樣能有「人淡如菊」的觀賞雅致。換言之，在「典雅」的美感韻致中，所有的審美形象都轉化成一種靜思、細品的觀照對象，都是自有品味與格調的獨立、靜穆存在。職是，「典雅」的審美形象，令人直覺有的美感表現，便是「典麗雅正，靜穆品高」。

職是，「典雅」的文體風格可以用「玉壺買春，賞雨茆屋」、「坐中佳士，左右修竹」、「白雲初晴，幽鳥相逐」、「眠琴綠陰，上有飛瀑」、「落花無言，人淡如菊」等審美形象作爲象徵。趙福壇曾云：

> 司空圖所標舉的典雅大致也是從儒家經典的模式來著筆描繪的。〔註 214〕

但另一方面卻又指出：

> 但從這些景象中，亦隱隱可見作者恬淡閑雅，孤芳自賞的心境。這就使得典雅之格，不如前人所謂情致高雅、質樸莊重那樣，而幾近沖淡，以致成爲色相俱空的禪家之境。〔註 215〕

〔註 214〕見趙福壇箋釋，黃能升參證《詩品新釋》（廣州：花城出版社，1986），頁 55。

〔註 215〕見趙福壇箋釋，黃能升參證《詩品新釋》（廣州：花城出版社，1986），

就《二十四詩品》的文本形象而言，固然恬淡閑雅，但絕非是孤芳自賞的心境展現。因爲在「玉壺買春，賞雨茆屋。坐中佳士，左右修竹。白雲初晴，幽鳥相逐。眠琴綠陰，上有飛瀑。落花無言，人淡如菊」的意象中，「佳士」是貫串整個活動的靈魂人物，而「玉壺」、「修竹」、「白雲」、「眠琴」、「菊花」等皆可作爲「佳士」典麗雅正、淡泊自持的「君子」象徵。《論語・雍也》即云：

> 子曰：「質勝文則野，文勝質則史。文質彬彬，然後君子。」〔註 216〕

又〈子罕〉云：

> 子曰：「歲寒，然後知松柏之後彫也。」〔註 217〕

職是，《二十四詩品》所標舉的「典雅」文體風格，實近於儒家的君子之風，而非禪家的俱空之境，並且「典麗雅正，靜穆品高」的美感表現，即是「典雅」文體風格的表現。

「典雅」文體風格的源流，可上溯至《詩經》。〈詩大序〉即云：「雅者，正也。」〔註 218〕然而，「典雅」一詞作爲文學批評用語則要下逮到魏朝。曹丕〈又與吳質書〉云：

> 而偉長獨懷文抱質，恬淡寡欲，有箕山之志，可謂彬彬君子矣。著《中論》二十餘篇，成一家之業，辭義典雅，足傳於後，此子爲不朽矣。〔註 219〕

曹丕雖指出徐幹《中論》在詞藻與內容兩方面能表現出「典雅」，但何謂「典雅」？卻未有進一步說明。然而即便如此，仍可以清楚發現

頁 56。

〔註 216〕見（清）阮元刊刻《十三經注疏・論語》（臺北：藝文印書館，2003），頁 54。

〔註 217〕見（清）阮元刊刻《十三經注疏・論語》（臺北：藝文印書館，2003），頁 81。

〔註 218〕見（清）阮元刊刻《十三經注疏・詩經》（臺北：藝文印書館，2003），頁 18。

〔註 219〕見（明）張溥輯評，宋效永校點《三曹集》（長沙：岳麓書社，1995），頁 162。

「典雅」與「彬彬君子」實有密切的關連。南朝梁時，劉勰始標「典雅」爲獨立的文體風格。《文心雕龍・體性》云：

> 若總其歸塗，則數窮八體：一曰典雅，二曰遠奧，三曰精約，四曰顯附，五曰繁縟，六曰壯麗，七曰新奇，八曰輕靡。典雅者，鎔式經誥，方軌儒門者也；……。〔註220〕

又〈定勢〉篇云：

> 圓者規體，其勢也自轉；方者矩行，其勢也自安；文章體勢，如斯而已。是以模經爲式者，自入典雅之懿；效騷命篇者，必歸豔逸之華；綜意淺切者，類乏醞藉；斷辭辨約者，率乖繁縟；譬激水不漪，槁木無陰，自然之勢也。〔註221〕

在「典雅」的文體風格中，劉勰一再強調的是「經」，而所謂「經」者，指的便是儒家所認定的「經書」，即《詩》、《書》、《易》、《禮》、《樂》、《春秋》等「六經」。因此，所謂「典雅」的文體風格，即指文章能融裁「六經」以入文者。由此更可進一步證實，「典雅」文體風格在成立的一開始，便帶有濃厚的儒家色彩。北宋・楊萬里《誠齋詩話》曾云：

> 褒頌功德五言長韻律詩，最要典雅重大。如杜云：「鳳歷軒轅紀，龍飛四十春。八荒開壽域，一氣轉洪鈞。」又云：「碧瓦初寒外，金莖一氣旁。山河扶繡戶，日月近雕梁。」李義山云：「帝作黃金闕，天開白玉京。有人扶太極，是夕降玄精。」七言褒頌功德，如少陵賈至諸人倡和〈早朝大明宮〉，乃爲典雅重大。和此詩者，岑參云：「花迎劍佩星初落，柳拂旌旗路未乾。」最佳。〔註222〕

在這一段話中，反映了三點重要的訊息：其一、宋人認爲唐代詩人中，杜甫、賈至、岑參、李商隱等，皆是「典雅」文體風格的創作代表作

〔註220〕見（梁）劉勰著，王更生注譯《文心雕龍讀本》下篇（臺北：文史哲出版社，2004），頁21。

〔註221〕見（梁）劉勰著，王更生注譯《文心雕龍讀本》下篇（臺北：文史哲出版社，2004），頁62。

〔註222〕見丁福保輯《歷代詩話續編》（北京：中華書局，2006），頁138。

家。其二、唐代詩學中未有明顯關於「典雅」的強調、要求，因此對「典雅」的重視，宋代更甚於唐代。其三、不論五言或七言，創作褒頌功德的律詩就必須講究「典雅重大」，如此的風氣在北宋時便可能已經形成，又褒頌「德」的部分與儒家重視「德行」、「君子」的觀念也極為相近。因此，倘將《二十四詩品》放進中國詩學發展的歷史中，則「典雅」一品形成的時代背景，便可能約在北宋的前後。